二哈和他的白猫師尊

바보 허스키와 그의 흰 고양이 사존

二哈和他的白猫師尊

바보 허스키와 그의 흰 고양이 사존

육포부출육 장편소설

11권

BLab

二哈和他的白猫師尊

목차

268장 천음각, 처벌을 앞두고

삼 일이 순식간에 흘러갔다. 셋째 날 새벽에 사매가 밀실 앞에 찾아왔다.

답선군은 벌써 채비를 마쳤다. 여전히 검은색 차림에 갑옷을 걸치고, 가는 허리에는 은빛이 번쩍번쩍하는 암살 무기함을 동여맸다. 늘씬한 다리에 넓고 균형 잡힌 어깨, 두 손에는 용 비늘 무늬의 가죽 장갑을 끼고, 손목에는 천기갑[#1]을 찼다.

그가 고개를 들고 차가운 눈빛으로 말했다.

"왔어?"

"천음각으로 떠날 준비 해."

"준비할 것도 없다. 가자."

사매가 그를 위아래로 훑어보더니 물었다.

"그럼 초만녕은?"

#1 천기갑 千机匣, 화살을 담는 통

"약 먹였어. 자."

사매는 고개를 끄덕였지만, 그래도 마음이 놓이지 않는지 답선군과 함께 밀실로 들어갔다. 진맥을 마치고 사매가 말했다.

"며칠 안에 기력이 완전히 회복될 거야. 조심해야 해."

답선군은 초만녕의 전투력에 대해서는 별로 걱정하지 않았다.

"그럼 기억은?"

사매가 흘겨보며 말했다.

"마찬가지지."

"……."

사매는 답선군의 음울하고 불쾌한 얼굴을 모른 체하고 일어서서, 밀실 안에 진을 치고 미향을 피웠다. 초만녕이 갑자기 깨어나서 초를 치는 걸 막기 위해서였다. 그러고도 밀실을 나서면서 문에 금제 주술까지 걸었다.

답선군이 미간을 찌푸리며 물었다.

"그렇게까지 할 필요 있어? 산에 다른 사람도 없잖아. 남궁류도 애송이가 된 마당에 누가 들어가서 구한다고."

사매가 얼굴빛 하나 바꾸지 않은 채 담담하게 말했다.

"집 안 도둑은 막기 어렵지."

"누구?"

"넌 모르는 사람이야."

사매가 한숨을 쉬며 말했다.

"나랑 가장 가까운 사람. 그건 그렇고, 가자."

두 사람은 길을 떠났다.

썰렁한 석실 안에는 초만녕 혼자 남았다. 그는 여전히 인사

불성이었다. 두 생의 기억이 뒤엉키면서 돌아오고 있었다.

그런데 묵연뿐만 아니라 사매조차도 알지 못한 사실이 있었다. 초만녕이 저렇게 오랫동안 반복적으로 정신을 잃고 의식과 기억이 아직 완전히 회복되지 않은 건, 단순히 몸 상태가 좋지 않아서가 아니라 중요한 이유가 하나 더 있었다.

그가 떠올리고 있는 건 그 혼자만의 기억이 아니었다!

지혼의 절반이 묵연의 몸속에 오랫동안 머물면서 묵연의 영혼과 계속해서 뒤엉켜서 그런지, 지혼이 돌아오면서 묵연의 영혼 깊숙한 곳에 있는 기억까지 함께 가져왔다.

그래서 그 기억들이 맨 마지막으로 그의 머릿속에 저장된 장면이 되었다. 그는 꿈을 꾸고 있었다. 모두 자질구레한 지난 일들이었다.

처음에는 연고가 없는 무덤이 마구 널려 있는 공동묘지 꿈을 꿨다. 머리털이 흐트러지고 얼굴에 때가 꼬질꼬질 낀 아이가 다 썩은 여자 시체에 엎드린 채 눈물 콧물 범벅이 되어 애처롭게 울고 있었다.

"어머니…… 어머니……. 누구 없어요? 누구……. 저도 같이 묻어 주세요, 저도 어머니와 같이 묻어 주세요……."

다음은 상담 취옥루의 꿈을 꿨다. 두들겨 맞은 묵연이 온몸에 멍이 든 채 개 우리에 웅크리고 앉아 있었다. 난각 안은 용뇌 향이 코를 찌르고 향 연기가 자욱했다. 아이는 먹을 것도, 마실 것도 없이 우리에 갇혀 꼼짝달싹하지 못하고 있었다.

또래로 보이는 아이가 입을 삐죽거리며 비웃었다.

"꼴에 영웅 놀이 하고 싶은가 보지? 내가 보기에 넌 그냥 웃음거리야! 퉤! 네 인생 자체가 웃음거리야!"

침이 날아왔다.

어린 묵연은 눈을 꼭 감았다.

초만녕의 속눈썹도 파르르 떨렸다.

묵연…….

이어서 뱀의 혀처럼 날름거리며 활활 타오르는 불길이 목을 매달아 죽은 악귀처럼 지붕 위에서 왔다 갔다 흐느적거리며 춤을 추는 장면이 보였다.

도처에서 통곡 소리와 비명이 들려왔다. 불에 탄 기둥이 무너져 내리자 누군가 날카롭게 부르짖었고, 시커먼 연기가 뭉게뭉게 솟아올랐다.

소년 묵연은 하늘 높이 치솟는 불길 속에서 평온한 얼굴로 고개를 숙이고 앉아, 핏물이 뚝뚝 떨어지는 칼을 무릎에 얹은 채 포도송이를 끌어안고 한 알, 한 알 천천히 껍질을 벗기고 있었다.

"다 끝났어요, 어머니."

묵연은 무척이나 편안해 보였다.

"그런데 어머니를 못 만날 것 같아요……. 저는 사람을 죽여 손에 피를 잔뜩 묻혔거든요. 어머니, 저는 죽어서 지옥에 떨어질 거예요. 다시는 어머니를 보지 못할 거예요."

묵연…… 묵연…….

그러다 갑자기 눈앞이 환해졌다.

여자의 부드러운 얼굴이 보였다. 눈꼬리가 살짝 올라간 여자였다.

누구지?

초만녕은 여자의 양미간이 자기와 조금 닮았다는 생각이 들었다. 고개를 숙이고 일에 집중하는 모습이 특히 더 닮았다.

그녀는 쪼그리고 앉아 헌 옷을 꼼꼼하게 꿰매고 있었다.

"어머니……."

아이의 기어들어 가는 목소리가 들렸다.

그 소리에 여자가 고개를 들고 아이를 향해 생긋 웃었다.

"왜 깼니?"

"악몽을 꿨어요……. 배가 너무 고파요……."

여자가 옷을 내려놓고, 두 팔을 활짝 벌리고는 부드럽게 웃으며 달랬다.

"또 악몽 꿨니? 괜찮다, 무서워하지 마. 연아, 엄마 품으로 오렴."

연아…… 묵연…….

초만녕은 마음이 씁쓸해져 두 눈을 꼭 감았다.

마음이 아려 왔다.

보기만 해도 말라비틀어진 피폐한 삶이었다. 하루하루 견디기 버거운 나날들이었다.

어머니…….

처음으로 묵연의 생모를 보았다. 그는 문득 그해 무비사 밖에서 어린 묵연이 왜 본능적으로 자신의 옷을 붙잡았는지, 왜 자신을 믿고 사정했는지, 통천탑 앞에서 왜 그 소년이 자신에게 다가와 제자로 받아 달라고 고집스레 애원했는지 알 것 같았다.

당시 소년은 환하게 웃으며 이렇게 말했었다.

"가장 따뜻하고 말이 잘 통할 것처럼 보여서요."

모두가 묵연을 눈이 삐었다고, 아부를 떤다고 비웃었다.

사실은 그런 게 아니었다.

그런 게 아니었다…….

눈이 삔 것도 아니고, 아부를 떤 것도 아니었다. 진실을 말할 수 없었고, 초만녕을 붙잡고 이렇게 떼를 쓸 수도 없어서 그랬던 것이었다.

"선군, 고개를 숙인 모습이 한때 이 세상에서 저를 가장 아껴 주던 여자와 닮았어요. 지금은 없지만요. 저를 좀 봐 주시면 안 될까요? 그 여자를 대신해 저를 한 번만이라도 봐 주시면 안 될까요?"

어머니가 너무 보고 싶어요.

아무것도 말할 수 없었던 묵연은 그저 엄청난 슬픔을 억누르고, 터져 나오는 눈물을 애써 참아야만 했다. 초만녕의 냉대와 무시를 감내하고 졸졸 따라다니며 아무렇지 않은 척 웃고, 모두의 눈을 속여야만 했다.

아무도 그의 과거를 알아줄 필요를 느끼지 못했고, 아무도 그의 아픔을 나누지 못했다.

그는 그저 그렇게 환하게 웃을 수밖에 없었다. 그날 통천탑 아래에서 본 그 웃음은 너무나도 열렬하고 간절해서, 초만녕을 불에 덴 것처럼 아프게 했다. 그런데 사실 그 웃음에는 끝없는 그리움이 담겨 있었다.

묵연은 눈을 떴다.

그곳은 사생지전이 아니었다. 손바닥만 한 공간이었다. 사방은 온통 어두컴컴하고, 유일하게 빛이 들어오는 곳이라고는 철문 아래 밥을 넣어 주는 작은 구멍뿐이었다.

천장에는 저울추의 문장이 새겨져 있었다. 감옥에 갇힌 것이다.

하늘 아래 가장 공정하고 공평한 심판의 전당이자, 10대 문파에서 독립된 수진계 제일의 관아였다.

천음각.

그는 감옥 안에 누워 있었다. 목이 타는 듯이 아프고, 입술이 부르텄다.

온통 적막뿐이었다. 너무 조용해서 고막에 한산한 바람이 일고, 영혼이 늘어놓는 헛소리가 들릴 지경이었다. 그는 한참 만에야 겨우 흩어진 의식을 한데 모았다.

사실 그는 전생에 진작 이런 날이 왔어야 한다고 생각했다. 그런데 운명은 그에게 관대했고, 두 번의 생을 살고 난 지금에야 그에게 죄를 물었다.

"묵연, 밥 먹어라."

얼마나 누워 있었는지, 이곳에서는 시간이 어떻게 흘러가는지 알 수 없었다.

누군가 다가와 구멍으로 음식을 밀어 넣어 줬다. 유선병 하나와 국 한 그릇.

그는 일어나지 않았다. 천음각의 하인도 더 말을 걸지 않고 곧장 돌아갔다.

초만녕은 어떻게 됐을까?

사생지전은 어떻게 됐을까?

부서진 바둑돌들은 어디로 갔을까?

그는 정신이 혼미한 와중에도 힘든 줄도 모르고 이 세 가지를 생각했다. 오랫동안 죽어라 생각하고 나서야 현실을 받아들이기로 했다. 아무도 그 답을 알려 주지 않을 것이다. 그는 지금 죄수의 몸이다.

그는 일어나 앉았다.

가슴에 무거운 통증이 밀려오고, 온몸에 기운이 하나도 남아 있지 않았다. 세차게 물결치던 영류도 온데간데없었다. 그는 벽에 기대어 한참을 멍하니 앉아 있었다.

영핵이 파괴되면 이런 느낌이구나.

신무도 소환하지 못하고 법술도 부리지 못하게 되니, 바람을 타고 물살을 가르며 나아가던 곤어[#2]가 꼬리를 잃고, 구름과 안개를 타고 하늘을 날던 붕[#3]이 날개를 잃은 것 같았다.

그는 구석에 웅크리고 앉아 새까만 눈으로 멍하니 허공을 바라봤다.

갑자기 슬픔이 몰려왔다. 그런데 그 슬픔은 자신 때문이 아니었다. 전생의 초만녕이 떠올라서였다. 돌고 돌아 묵연도 마침내 당시 초만녕이 느꼈을 무력감과 고통을 피부로 느끼게 되었다.

그때의 초만녕에게 미안하다고 말하고 싶었다.

그런데 너무 늦었다.

#2 곤어 鯤魚. 《장자》에 나오는 전설상의 큰 물고기
#3 붕 鵬. 《장자》에 나오는 전설상의 큰 새

아무것도 되돌릴 수 없었다.

그는 그렇게 방에 갇혀 있었다. 따뜻했던 유선병과 국은 차갑게 식어 갔다. 그것들을 모두 먹어 버린 후로는 아무도 찾아오지 않았다.

그는 또다시 개 우리에 갇혀 있던 어린 날의 묵연이 되고 말았다. 그런데 지금 이곳은 개 우리보다는 훨씬 나았다. 이렇게 팔다리 쭉 뻗고 누워 있을 수 있으니까.

어둠 속에 갇혀 잠들었다 깨기를 반복했다. 그는 그렇게 하루하루 죽어 갔다. 의식이 몽롱한 와중에, 묵연은 자신이 정말로 죽은 게 아닐까 하는 생각이 들었다.

어쩌면 이번 생은, 그가 통천탑 밑의 관에 누워 영혼이 흩어지기 전 잠깐 꾼 달콤한 꿈이었을지도 모른다. 지난 삼십이 년 동안의 희로애락을 주마등처럼 돌려 보고, 끝끝내 무덤 속의 해골이 된 것일지도 모른다.

그는 입꼬리를 살짝 올려 빙긋 웃었다.

정말 그러면 더할 나위 없겠다고 생각했다.

너무 지쳤다. 너무 오래 걸었고, 너무 오래 발버둥 쳤다. 앞으로 가게 될 곳이 지옥이든 인간 세상이든 더는 중요하지 않았다. 그저 쉬고 싶은 마음뿐이었다.

그의 마음은 많이 노쇠해졌다. 사실 초만녕이 죽었을 때 이미 완전히 무너지고 늙어 버렸다. 지난 세월 동안 그는 줄곧 선행을 베풀며 잘못을 메꾸려 했고, 쇠약해진 마음을 치료할 약을 찾아 헤맸다.

그런데 결국 찾지 못했다.

그 긴긴 세월을 싸우고 꿋꿋하게 버티며 파렴치하게 빌었다. 이젠 싸우다 지치고 빌다 지쳤다. 이번 생에 그는 어머니를 잃고, 사존을 잃고, 벗과 애인, 도둑질해 온 가족, 명예까지 모두 잃었다.

그리고 지금은 영핵마저 잃었다. 그런데도 천음각으로 끌려왔고, 수진계의 가장 강력한 처벌에서 벗어날 수 없었다.

그는 마침내 단념했다. 자신이 더는 용서받을 수 없다는 걸 인정했다.

묵미우는 추하고 기형적인 산이었다. 한때는 끝없이 펼쳐진 눈밭이 그의 흉터를 가려 줬다.

그런데 지금은 눈이 녹아 버렸다.

그의 어둠도, 흉악함도 더는 숨길 수 없게 되었다.

그는 결코 묵 종사가 될 수 없었다. 손에 무고한 사람의 피를 묻히는 순간, 이번 생은 답선제군이 될 수밖에 없는 운명이었다. 그는 어리석었고, 사람을 풀을 베듯 죽였고, 흉악하고 짐승만도 못했다. 죽어 마땅했다.

그가 죽으면 만천하가 환호할 것이다.

그렇게 감옥에 갇혀 지내던 어느 날, 문이 열렸다.

천음각의 제자들이 들어와 말없이 곤선삭으로 그를 꽁꽁 묶었다. 그러고는 양쪽에서 붙잡고 밖으로 끌어냈다. 그들은 그를 길고 어두운 복도로 연행해 갔다.

묵연은 흐리멍덩해서 잠긴 목소리로 갇힌 이후 처음으로 입을 열었다.

"그들은 어떻게 됐습니까?"

아무도 대꾸하지 않았다.

그저 그렇게 복도 끝까지 끌려갔다. 해가 막 얼굴을 드러낸 시간이었다. 그는 어둠 속에 오랫동안 갇혀 있던 악룡처럼 눈이 멀고 발이 썩었다. 강한 빛을 받으니 눈이 아프고 마음이 불안했다. 갑작스러운 빛에 적응하기 힘들어 눈을 가리고 싶었지만, 두 손은 뒤로 묶여 있었다. 어쩔 수 없이 고개를 숙였다. 촘촘하고 까만 속눈썹 아래로 눈물이 새어 나왔다.

눈과 귀가 제 기능을 하지 못해 지금 있는 곳이 어디인지도 알 수 없었다. 오직 후각만이 선명했다.

바람 냄새, 사람 냄새, 꽃과 나무의 냄새가 풍겨 왔다. 누군가 그를 앞으로 확 밀었다. 묵연은 머뭇머뭇하며 한 걸음 한 걸음 앞으로 더듬어 갔다.

두 귀도 서서히 이곳의 소음에 적응해 나갔다.

사람들이 수군대고 있었다. 귓속말로 속삭이는 소리가 한데 모이니 파도 소리 같았다. 파도는 오물을 깨끗이 씻어 주기도 하지만 때로는 사람을 삼켜 버리기도 한다.

묵연은 숨이 제대로 쉬어지지 않았다.

그는 허약했다.

몸이 극도로 쇠약해진 상태였다.

"꿇어."

그를 호송해 온 사람들이 등을 확 밀쳤다. 그는 털썩 꿇어앉았다. 하늘 높이 걸려 있는 해가 초췌하고 여윈 그의 얼굴을 밝게 비췄다.

밖은 이렇게 화창한 봄날일 줄이야.

"저 묵 종사가 글쎄……."

"묵 종사가 천음각에서 심판을 받는 날이 올 줄이야. 휴, 열 길 물속은 알아도 한 길 사람 속은 모른다더니."

묵연의 귀에선 윙윙 소리가 났다. 조금씩 조금씩 보이기 시작했다. 그런데 여전히 어렴풋하게만 보였다. 어쩔 수 없이 농밀한 속눈썹을 반쯤 내리고 주변을 두리번거렸다.

기억 속의 그 천음각 공개 심판대였다.

어릴 때 설정옹, 설몽과 함께 심판 과정을 참관했던 곳이었다.

그러나 그의 신분은 구경꾼에서, 모두가 지켜보는 가운데 심판을 받는 죄인으로 바뀌어 있었다.

심판대 아래는 북새통을 이루었다. 모두 구경 나온 백성들과 전국 각지에서 모인 수사들이었다. 사람들의 얼굴이 똑똑히 보이지 않았다. 그들이 어떤 표정을 하고 있는지도 알 수 없었다. 다만 귀에 입을 대고 소곤거리는 머리통들이 밀밭에 일렁이는 물결 같다는 생각이 들 뿐이었다.

고개를 들어 앞을 바라봤다.

사방에 높은 단상이 우뚝 솟아 있고 그 위에는 각 문파에서 온 사람들이 빼곡히 앉아 있었다.

청록색의 벽담장, 담홍색의 화황각, 노란색의 무비사……. 문득 가슴이 쥐어짜이는 것처럼 아팠다. 이상하다, 아직 고통을 느끼다니.

그리고 익숙한 은남색이 눈에 들어왔다. 방청석에서 가장 조용하고, 인원수가 가장 많은 문파였다.

사생지전.

그는 애써 따가운 눈을 똑바로 뜨고 그쪽을 바라봤다. 그런데 보이지 않았다. 설정옹이 어디에 있는지, 설몽은 어디에 있는지, 탐랑 장로는, 선기 장로는 어디에 있는지, 왕 부인도 그의 눈으론 찾을 수 없었다.

결국 그는 심판대에서 가장 보고 싶은 사람들을 찾아내지 못했다.

"사생지전의 묵연, 유풍문의 아홉 번째 성주인 남궁엄의 사생아……."

목연리가 확음술을 써서 맑고 또렷한 목소리로 줄줄 읊어 댔다.

"……그러니 엄중히 심판함이 마땅합니다. 절대 놓아줘서도, 오판을 내려서도 안 될 것입니다……."

묵연은 그녀의 말이 귀에 들어오지 않았다.

오랜 시간 동안 혼자 갇혀 있던 사람에게 이렇게 높고 예리한 목소리는 너무 자극적이고, 귀에 거슬렸다.

목연리는 급하지도 느리지도 않게 그의 죄행에 대해 한참이나 늘어놓았다. 묵연의 귀에 날아와 꽂힌 건 띄엄띄엄 들리는 '목숨으로 보상해야 마땅하다', '속내를 헤아릴 수 없는 사람이다', '금지 술법을 수련했다'와 같은 구절들뿐이었다.

마지막으로 목연리는 이렇게 말했다.

"중죄인을 다스리고 정의를 구현하는 것은 저희 천음각의 책임입니다."

목연리가 말을 마치자 천음각 제자 하나가 다가왔다. 제자는 눈을 찌르는 해를 등지고 묵연의 바로 앞에 서서 먹물처럼 시커먼 그림자를 드리웠다.

"입 벌려."

"……."

묵연이 아무런 반응도 없자, 제자는 혀를 끌끌 차더니 거칠게 그의 턱을 거머잡고는 쓰고 짠 약물을 마구 들이부었다.

"컥컥컥."

기침이 멈추지 않았다. 묵연은 벌써 며칠째 아무것도 먹지 못했다. 갑자기 이렇게 강렬한 약물이 들어오니 위가 경련을 일으키고, 헛구역질이 났다.

상대는 그의 목울대를 꽉 잡아 제압하고, 강제로 약물을 모두 삼키게 했다. 차디찬 액체는 뱀처럼 배 속으로 흘러 들어가 오장육부를 찢을 것처럼 격렬하게 요동쳤다.

묵연은 얼굴이 퍼렇게 질려 왈칵 토해 내고 싶었다.

그러나 그는 굴복하지 않고 살려 달라고 애원하지도 않았다. 심지어 눈가에 눈물이 맺히는 것조차 허용하지 않았다. 인생의 반을 구차하고 비열하게 살았지만, 그렇다고 존엄이 없는 건 아니었기에.

마지막 한 방울까지 털어 넣고 나서야 상대는 그를 놓아줬다. 묵연은 힘겹게 가쁜 숨을 몰아쉬었다.

날개가 꺾이고 피곤한 기색이 역력했다.

하지만 여전히 죽음을 앞둔 독수리의 흉악한 모습을 잃지 않았다.

천음각 사람이 방방곡곡에서 모인 구경꾼들에게 설명했다.

"자백 약물입니다."

묵연은 얼굴에 핏기가 하나도 없었다. 그런데도 눈을 내리깔고 웃고 있었다!

자백 약물…… 아, 자백 약물. 그가 어찌 모르겠는가?

죄가 없는 사람은 이런 약물을 마실 일이 없다. 천음각의 심판을 받는 죄인들만 이런 약물을 강제로 마시게 된다. 이 자백 약물을 마시면 의식이 흐릿해져 자기가 지은 크고 작은 죄를 모두 실토하게 된다.

설명을 마친 천음각 제자는 자리에 있는 사람들이 모두 묵연의 목소리를 똑똑히 들을 수 있게 그에게 확음술을 걸었다.

묵연은 눈을 감고 미간을 찌푸렸다. 위가 칼에 베이는 듯이 아팠다.

그는 애써 참았다. 온몸이 와들와들 떨리면서 족쇄와 수갑이 딸랑거렸다. 얼굴이 백지장처럼 하얗게 질리고, 흰자위가 점점 위로 뒤집히더니 그대로 심판대에 쓰러졌다. 온몸이 움찔움찔 경련을 일으켰다…….

여전히 의식은 남아 있었지만 또렷했다 희미해지기를 반복했다. 그는 약의 효과에 저항하려고 모진 애를 썼지만 도저히 이겨 낼 수 없었다.

"저는…… 사람을 죽였습니다."

결국 그는 눈을 질끈 감고 고통스럽게 입을 열었다.

그의 처량한 목소리가 비틀비틀하며 구석구석을 지나갔다.

장내는 순식간에 조용해졌다. 수백 쌍의 눈이 일제히 심판대로 향했다.

목연리가 단상 위에서 흘겨보며 물었다.

"몇 명을 죽였습니까?"

"……너무 많아서…… 기억나지 않습니다……."

백성들은 너무 놀라서 얼굴이 새파랗게 질렸다.

"처음 사람을 죽인 게 몇 살 때입니까?"

"열네 살이었습니다."

"수사를 죽였습니까? 아니면 백성을 죽였습니까?"

"백성이었습니다."

"복수를 위해서였습니까? 아니면 자신을 지키기 위해서였습니까?"

"둘 다였습니다."

두 사람이 문답을 주고받았다. 대부분은 구경을 나온 백성들이었기에 전에 무슨 일이 있었는지 잘 알지 못했다. 그들은 묵연이 어린 나이에 사람을 죽이고, 게다가 나중에는 너무 많이 죽여서 기억도 못 한다는 말을 듣고는 경악을 금치 못했다.

"명성이 자자한 묵 종사가 사람을 죽이고도 눈 하나 깜짝하지 않는 악마일 줄 누가 알았겠어요!"

"너무 무서워요……. 저 사람 정말 너무 사악하네요."

"열네 살 때 저는 닭 모가지도 못 비틀었는데, 사람을 죽이다니! 악마 같은 자식……."

묵연리가 아랑곳하지 않고 쌀쌀맞게 말했다.

"계속해서 당신 죄를 알리시오."

"저는……."

핏줄이 불룩불룩 튀어나올 때까지 참아 봤지만, 묵연은 결국 견디지 못하고 쉰 목소리로 말을 이었다.

"저는…… 사생지전 존주의 조카를 사칭했습니다……."

"얼마나?"
"팔 년이요……."
"계속하시오."
묵연이 느릿느릿 말했다.
"저는…… 3대 금지 술법인…… 진롱…… 진롱…… 기국을…… 수련했습니다."
그 말을 들은 단상 위 사람들은 안색이 확 흐려지더니 순식간에 조용해졌다.
누군가 괴상야릇한 눈빛으로 사생지전 쪽을 바라보며 비아냥거렸다.
"설정옹이 이런 짐승만도 못한 놈의 처벌을 면하도록 도와주려 하다니. 자백 약물을 먹이니 순순히 털어놓네요. 그런데도 일전에 설정옹은 천음각에서 계율에 따라 묵연을 심판하는 것을 막으려고 했습니다. 저 늙은이가 노망났나 봅니다. 조카를 죽인 원수도 갚지 않는다는 게 말이나 됩니까? 사생지전 제자가 금지 술법을 수련했습니다. 이 정도면 문파를 해체해야 하는 거 아닙니까? 유지해서 뭐 하려고요? 계속해서 악마들을 배출하게요?"
"제가 뭐라 그랬습니까! 저놈 짓이라니까요. 사생지전에서 영핵을 파괴해 우리를 구하는 척한 건 다 고육지책[#4]이라고요. 그때 놓아주지 않은 게 천만다행입니다!"
"그러게 말입니다. 푸른 산이 있으면 땔나무 걱정은 없다고 생각한 게 분명합니다. 실력이 그렇게 대단한데, 영핵이 파괴

#4 고육지책 상황을 벗어나기 위해 어쩔 수 없이 꾸민 계책

되는 것쯤이야 무슨 대수겠습니까? 필시 온갖 부정한 수단을 동원해 회복할 거라고요. 돌이켜 보니 정말 위험천만했습니다. 천음각 각주께서 밀어붙이지 않았다면 저 악독한 놈을 놔줬을지도 모릅니다!"

공개 심판대에는 금색의 빛이 흐르는 거대한 저울이 하나 있다. 족히 100톤은 되는 그 특수한 신무는 천음각이 세워지면서부터 지금까지 수천 년 동안 대대로 같은 자리를 지키고 있었다.

이 저울은 천지신명이 남긴 것으로, 인간 세상의 모든 죄와 벌을 명확하게 판단하여 가장 공정한 처벌을 내린다고 한다.

묵연이 죄를 한 가지씩 실토할 때마다 목연리는 제자에게 금색 영력이 모여서 만들어진 저울추를 저울에 올리게 했다. 영롱한 저울추들은 저울에 닿자마자 순식간에 부피가 커지면서 저울 한쪽을 묵직하게 눌렀다. 그러면 다른 한쪽이 올라가면서 그에 상응하는 처벌을 가리켰다.

첫 번째 죄를 털어놓았을 때 저울은 이미 '영핵을 강제로 도려낸다'를 가리켰다.

진룡기국을 수련한 사실을 털어놓자 저울은 곧장 최고형을 가리켰다.

[영혼을 분쇄한다.]

단상 위에서 지켜보던 설몽은 대뜸 얼굴이 새하얗게 질렸다.

"영혼을 분쇄한다고……?"

그는 믿을 수 없다는 듯이 혼잣말로 중얼거렸다.

이제 그 어디에도 묵미우는 없다. 묵연은 없다.

그의 형은, 진짜여도 좋고, 가짜여도 무방하다.

설령 윤회해서 다시 태어나도, 다음 생에는 그를 볼 수 없게 될 터였다.

설몽은 머릿속이 하얘지고 손이 뻣뻣하게 굳어 버렸다.

그때, 설정옹이 벌떡 일어나 정색하며 목연리에게 따졌다.

"천음각이 세워진 이래, 영혼을 분쇄하는 형벌을 받은 사람은 단 한 사람도 없지 않소. 목 각주, 이번 심판은 공정성을 잃은 게 아닌가 싶소."

269장 천음각, 최종 심판

설정옹이 입을 열자 옆에서 다른 문파 사람이 발끈했다.

"사생지전은 빠져 주시죠! 당신네 제자가 진롱기국을 수련했으니 이는 수진계의 금기를 어긴 것입니다. 이치대로라면 당장 문파를 해체하고 수진계에서 사라져야 합니다! 지금 당장은 그런 걸 따질 여유가 없는 것뿐이니 주제 파악 좀 하시지요."

"설정옹! 아직도 편을 들다니요! 설마하니 저놈과 한패는 아니겠지요!"

사방에서 사람들이 수군댔다.

문파나 집안은 언제나 이런 법이다. 한 사람이 높은 벼슬에 오르면 그 딸린 식구도 권세를 얻고, 한 사람이 용서받지 못할 죄를 지으면 문파와 집안 전체가 악마 소굴 취급을 당한다.

"죄를 헤아리는 것일 뿐 형이 확정된 것은 아닙니다."

목연리는 사실만 놓고 말하면서 사생지전을 평가하지는 않았다.

"설 장문, 조급해하지 않으셔도 됩니다. 죄를 헤아린 후에는 공도 헤아린답니다. 공과를 서로 상쇄하고 최종 판결을 내립니다."

목연리는 설명을 마치고 다시 저 멀리 묵연을 돌아보며 쌀쌀하게 말했다.

"계속해서 죄를 알리시오."

"저는…… 사존을 능욕하고…… 문파를…… 욕되게 했습니다……."

"사존을 능욕하고 문파를 욕되게 했다니요?"

알쏭달쏭한 말이었다.

묵연은 몹시 초조했다.

사존을 능욕하고 문파를 욕되게 했다는 건, 전생에 지은 죄를 고백하는 거였다. 이 망할 놈의 자백 약물이 전생에 지은 죄까지 뱉어 내게 할 줄이야!

그런데 묵연은 말하고 싶지 않았다……. 말할 수 없었다. 설마 수백 쌍의 눈이 지켜보는 가운데, 전생에 어떻게 초만녕을 능욕했는지 털어놓으란 말인가?

어떻게 연금해서 자기 것으로 만들었는지, 어떻게 첩으로 들였는지를?

어떻게 그 대쪽 같은 성격을 모욕하고, 어떻게 죽였는지를?

그는 말하고 싶지 않았다.

자신은 곧 죽을 목숨이지만, 초만녕은 앞길이 구만리가 아닌가?

초만녕은 가장 순수한 영기를 가지고, 하늘이 내린 남다른 재능을 지녔다. 그는 초만녕이 이 길을 쭉 걸어, 결국에는 득도하여 선경에 날아가고 신선의 반열에 오르기를 바랐다. 그리하여 더는 윤회의 고통을 받지 않고, 애정의 아픔에서 벗어나기를 바랐다.

그토록 선하고 청렴한 사람.

그런 사존을 지켜 주고 싶었다…….

사람들이 둘 사이에 무슨 관련이 있고, 서로 연루되어 있다고 느끼게 해서는 절대 안 된다.

사람들이 초만녕이 더럽다고, 답선군의 죄업과 비릿하고 들척지근한 냄새가 배었다고 느끼게 해서는 절대 안 된다.

그는 사존을 지켜 줘야 한다.

지켜 내야 한다…….

배 속에서 불길이 활활 타오르는 것 같았다. 창자가 끊어질 것처럼 아팠다. 따져 묻는 목연리의 냉랭한 목소리가 어렴풋이 들려왔다.

"사존을 능욕하고 문파를 욕되게 했다는 게 무슨 말입니까?"

그는 말하지 않았다. 말하지 않았다.

손가락 끝은 거친 자갈을 긁어 파서 피가 나고, 이마는 이리저리 굴러서 시뻘게졌다. 그는 그 자리에 구부리고 앉아 모래톱에 밀려나 죽어 가는 물고기처럼 숨을 헐떡거렸다…….

그는 말하지 않았다.

사실 자백 약물도 천문을 버티는 것처럼 버티면 된다. 이를 악물고 버티면 어떻게든 버텨진다.

그는 천음각의 비난조의 질문과 사람들의 질시 속에서 궁지에 몰린 짐승처럼 울부짖었다. 정말 견디기 힘든 고통이었다. 보통 사람은 천문도 견뎌 내기 어려울 것이다. 그런데 천문보다 수백 배, 수천 배는 괴로웠다.

보이지 않는 손이 위장을 쥐어짜고, 찢고, 뭉개는 느낌이었다. 피투성이 상처를 소금물에 담그는 것처럼 아리고 얼얼하고, 가슴을 도려내는 것처럼 쓰라렸다.

목연리의 목소리가 바다를 사이에 두고 들려오는 것처럼 아득했다.

"사존을 능욕하고 문파를 욕되게 했다는 게 도대체 무슨 말입니까?"

그는 말하지 않았다. 혓바닥을 깨물고 입술을 물어뜯어 입 안에 피가 고였지만, 눈물은 흘리지 않았다.

개 우리에 갇혀 있었던 칠 일처럼.

그는 울지 않았다.

그의 눈물은 구경꾼들의 웃음거리가 될 뿐이다.

아무도 동정하지 않을 것이고, 그 역시 그 누구의 동정도 바라지 않는다.

죽을 만큼 아파도, 창자가 끊어질 것처럼 고통스러워도 참아내야 한다.

목연리가 높이 앉아 내려다보며 심문을 이어 갔다.

"대체 초만녕에게 무슨 짓을 한 겁니까?"

너무 아파서 나중엔 환영까지 보였다.

백 년 후에 초만녕이 선경에 날아가 신선이 되는 모습이 희미하게 보였다. 여전히 눈처럼 희고 깨끗한 옷을 입고 있었고, 준수한 얼굴에 신선의 기품이 넘쳐흘렀다. 웃지 않을 때는 눈빛이 칼끝처럼 날카롭고, 웃을 때는 그 칼끝이 바다와 같은 부드러움으로 녹아내렸다.

"하지 않았습니다……."

목연리가 잠시 얼떨떨해하더니 새빨간 입술을 달싹이며 물었다.

"뭐라고?"

묵연은 목구멍에 녹이 슨 것처럼 쉰 목소리로 힘겹게 말했다.

"잘못 말했습니다. 저는…… 사존을 능욕하고…… 문파를 욕되게 한 적이……."

눈에는 핏발이 섰지만 눈동자는 번쩍였다.

"없습니다!"

한 글자, 한 글자 끊어 가며 천천히 말했다.

"……."

목연리는 경악하는 것 같기도 하고 망연해하는 것 같기도 한 복잡한 표정이었다. 그러나 경악과 망연함은 이내 얼음처럼 차가운 표정으로 바뀌었다.

"계속하시오."

묵연은 기침이 멈추지 않고 피가 끊임없이 나왔다. 폐가 으깨진 것처럼 숨 쉴 때마다 탁한 비린내가 올라왔다.

자백 약물의 혹독한 고통이 사라지자 온몸이 땀에 흠뻑 젖고 얼굴이 백지장처럼 하얗게 질렸다. 그는 볼을 땅에 붙이고 엎드린 채 헐떡거렸다. 머리카락이 땀에 젖어 얼굴에 잔뜩 들러붙었다.

목연리가 한 걸음 다가서서 매섭게 노려보며 소리쳤다.

"계속 자백하시오!"

"자백할 만한 죄가……."

묵연은 눈을 질끈 감고 잠긴 목소리로 단호하게 말했다.

"없습니다."

그러자 목연리가 제자더러 묵연의 몸에서 피를 한 방울 취해 영롱한 저울추에 묻히게 했다. 저울추에 소전[#5]으로 '공선덕' 세 글자가 양각되었다. 이 저울추로 공덕을 헤아린다.

목연리가 저울추를 저울에 달았다.

저울이 서서히 움직였다. 묵연을 제외한 모두가 금색의 바늘을 지켜봤다.

[영혼을 분쇄한다.]

……여전히 '영혼을 분쇄한다'였다…….

바늘이 흔들거렸다.

[영혼을 분쇄한다.]

그러나 결국 '영혼을 분쇄한다'의 범위를 벗어나지 못했다.

설몽은 무릎에 얹어 둔 용성을 꽉 움켜잡고 새하얗게 질린 얼굴로 저울을 노려봤다. 그는 애써 허리를 꼿꼿이 폈다. 한 번 무너지면 다시는 세울 수 없을 것 같았다.

몸이 가볍게 떨렸다. 손바닥은 용성보다 차가웠다.

목연리는 눈도 깜빡이지 않고 황금 저울을 지켜봤다. 바늘은 속도를 점점 늦추더니 '영혼을 분쇄한다'에서 멈추려는 듯했다.

#5 소전 小篆. 진(秦)나라의 승상 이사(李斯)가 대전(大篆)을 변형해 만든 서체

목연리가 옷소매를 탁 털고 담담하게 말했다.

"이제 결과가 나온 것……."

"아직 멈추지 않았습니다."

"설 공자……."

설몽이 목연리를 노려보며 말했다. 목소리가 심하게 떨리고, 이렇게 하는 게 맞는지 확신도 없었지만, 단호하게 말했다.

"바늘이 아직 움직이고 있습니다."

"거의 멈췄습니다."

"그럼 멈출 때까지 기다리죠."

목연리와 설몽은 말없이 서로를 매섭게 노려봤다.

잠시 후, 목연리는 차가운 미소를 지으며 비웃는 듯한 말투로 말했다.

"좋아요. 그럼 멈출 때까지 기다려 봅시다."

작열하는 햇빛 아래, 자갈 바닥이 뜨겁게 달궈져 옅은 연기가 피어올랐다.

모두가 바늘에 시선을 고정한 채 멈추기를 기다렸다. 그런데 한참이 지나도 바늘은 멈추지 않았다. 바늘도 묵미우에게 어떤 판결을 내릴지 결정하지 못한 것 같았다. 바늘은 계속해서 흔들렸다. 그리고 한참 후, 마침내 주저주저하며 감형하는 쪽으로 천천히, 조금씩 옮겨 갔다.

목연리도 이런 경우는 처음인지 더 말하지 않고, 담황색 옷자락을 바닥에 늘어뜨리고 서서, 조용히 저울의 판결을 기다렸다. 설몽은 뼈마디가 하얗게 될 정도로 주먹을 꽉 쥐고 바늘에서 눈을 떼지 않았다. 마치 그 바늘이 묵미우의 생사가 아닌,

묵연과 알고 지낸 세월을 판결하기라도 하듯이.

업신여기던 때부터 미워하기까지, 미워하던 때부터 받아들이기까지, 받아들이던 때부터 인정하기까지의 세월을.

어디서부터 잘못된 걸까? 처음에 데면데면하게 굴었던 게 잘못된 걸까? 아니면 나중에 내뱉었던 '형'이라는 그 한마디가 한심하리만치 잘못된 걸까?

알 수 없었다.

그는 바늘을 빤히 노려봤다. 바늘을 보고 있는 동안은 의지할 데 없는 마음에 약간의 희망이 남아 있었다.

멈추지 마.

제발.

조금만 더 앞으로 가. 아주 조금만…….

아무리 죄가 크다고 해도, 영핵을 깨부수고 천군만마를 물리치지 않았는가.

그런데 어찌 극형에 처한단 말인가?

어찌 영혼을 분쇄한단 말인가…….

조금만, 아주 조금만 더.

그러다 결국…….

"영핵을 도려낸다."

목연리가 무표정한 얼굴로 선포했다. 그녀는 지극히 공정하면서도 지극히 냉혹해 보였다. 얼음보다 차가운 모습이 따뜻한 금빛이 남실거리는 화려한 옷과 선명한 대조를 이루었다.

바늘이 멈췄다.

바늘 끝이 바르르 떨리면서 '영핵을 도려낸다'를 가리키고 있었다.

묵 종사에게 내린 최종 판결이었다.

목연리는 빽빽하게 모여선 구경꾼들과 단상에 앉아 있는 10대 문파를 쭉 둘러보며 선고했다.

확실히 10대 문파였다. 천음각은 여전히 유풍문의 자리를 남겨 두고 있었다. 그 자리에는 검은색 옷을 입은 엽망석이 홀로 덩그러니 앉아 있었다.

엽망석은 주인을 잃은 노백금을 무릎에 눕히고, 남궁사의 헝겊 전갑을 메고 있었다. 얼굴은 초췌했지만 눈빛은 또렷하게 빛났다. 그녀는 이 모든 과정을 지켜보고 있었다.

"천음각은 공적과 과실을 따짐에 있어서 사사로운 정에 얽매여 편파적으로 판결하거나, 일부러 곤란하게 하지 않습니다. 판결을 내리겠습니다. 묵연, 묵미우를 영핵을 도려내는 형벌에 처합니다. 삼 일간 공시 기간을 갖고, 이의가 없으면 삼 일 후에……."

내내 눈을 질끈 감고 억지로 참고 있던 설몽은 결국 견디지 못하고 벌떡 일어나 소리쳤다.

"이의 있습니다."

"……."

"삼 일 후까지 기다릴 것도 없습니다. 이의 있습니다."

웅성거리는 소리가 더 커졌다.

"빌어먹을 사생지전은 당장 해체하라!"

"설정옹과 설몽도 같이 심판합시다! 십중팔구 한패입니다. 그렇지 않고서야 어찌 이 판국에 저 악마 편을 들겠습니까!"

"진룡 바둑돌들이 왜 사생지전 사람들은 많이 죽이지 않았겠습니까? 당신들 정말 악의 소굴 아니야?"

설몽은 화가 나서 얼굴이 시퍼렇게 질렸지만, 온 힘을 다해 분을 삭이는 수밖에 없었다.

목연리는 수사들의 분노에 찬 포효를 듣고도 모른 체하며 담담하게 말했다.

"설 공자, 말하면 내 새겨듣겠어요."

설몽은 무슨 말을 하면 좋을지 몰라 입만 벙긋벙긋했다. 왕부인이 걱정되어 몰래 잡아당기며 말했다.

"몽아, 아직 삼 일의 기한이 남았으니, 어떻게 하면 좋을지 신중하게 논의해 보자꾸나……."

설몽은 어머니의 말을 듣지 못했는지 목연리를 한참이나 빤히 바라봤다. 그러고는 저울을 한 번 보고, 나중에는 저 멀리에 있는 검은색 작은 점에 시선을 고정했다.

심판대에 엎드려 있는 묵연이었다.

설몽은 정처 없이 흔들리는 눈빛으로 허공을 응시하며 다짜고짜 말했다.

"묵연은 영핵이 없습니다."

"무슨 말인지?"

설몽은 문득 감정이 북받쳐 목연리를 돌아보며 말했다.

"무슨 말인지 당신이 더 잘 알잖아요? 사생지전에서 당신을 구해 준 사람이, 바둑돌들을 물리친 사람이 누구였습니까? 묵연이잖아요. 목 각주, 무슨 수로 형을 집행한단 말입니까? 묵연의 영핵은 이미 산산이 조각났다고요! 뭘 더 어떻게 할 건데요? 심장이라도 도려내려는 겁니까?"

설몽은 눈이 촉촉해지고, 손톱이 손바닥에 깊숙이 박혔다.

"영핵을 도려낸다, 영핵을 도려낸다…… 영핵이 없으니 목숨을 도려내겠단 말입니까!"

목연리가 눈을 가늘게 뜨고 말했다.

"천음각에는 자연히 천음각만의 방법이 있지요."

"규정대로라면, 판결이 정해지면 삼 일 후에 형을 집행해야 합니다."

문득 살짝 잠긴 목소리가 울려 퍼졌다. 소리가 들려온 쪽을 돌아보니, 엽망석이었다.

"각주, 무슨 방법인지 이 자리에서 명확히 밝히시지요."

벽담장 사람이 즉각 비난하고 나섰다.

"당신이 무슨 자격으로 끼어들어? 당신이 뭔데?"

밑에서 누군가 속닥거렸다.

"강희가 뒤를 봐주고 남궁사가 죽음으로 유풍문의 결백을 증명하니, 정말 자기가 뭐라도 되는 줄 아나 봐요. 아녀자 주제에 감히 이렇게 중대한 자리에서 천음각 각주를 추궁하다니."

엽망석은 그들의 비난에 아랑곳하지 않았다.

전에 남궁 집안과 원수를 맺었던 사람이 버럭버럭 소리쳤다.

"엽망석, 유풍문은 진작에 멸망했어. 혼자 그 자리에 앉아 있으니 장문이라도 된 것 같아?"

엽망석은 영력을 회복하지 못하고 낑낑대는 노백금을 안고 홀로 제자리에 우뚝 섰다. 그녀는 성을 내지도 고함을 지르지도 않고, 사람들의 분노와 야유가 누그러질 때까지 차분하게 기다렸다가 말했다.

"유풍문 암성 총령이 이렇게 멀쩡하게 살아 있으니, 멸망인지 아닌지는 당신이 정할 게 아닙니다."

"네가 감히……."

엽망석은 그들과 더 말을 섞지 않고 목연리를 바라보며 말했다.

"각주, 밝혀 주시죠."

"영핵을 새로 만들 방법이 아예 없는 것은 아닙니다. 영핵은 부서졌지만 조각은 가슴에 남아 있습니다. 반드시 온전한 영핵일 필요는 없습니다."

설몽이 얼굴이 백지장이 되어 물었다.

"그래서 어쩌자는 겁니까?"

"법술로 영핵 조각을 모조리 도려내면 됩니다."

목연리가 말했다.

"목숨은 앗아 가지 않을 겁니다."

말을 마치기도 전에 설정옹이 벌떡 일어나 음울한 표정으로 말했다.

"영핵 조각을 모조리 도려낸단 말이오?"

"그렇습니다."

"몇 번을 도려내겠단 말이오?"

설정옹이 눈을 부릅뜨고 노려보며 말했다. 그는 어느덧 머리가 희끗희끗한 노인의 모습을 하고 있었다.

"다섯 번? 열 번? 영핵을 도려내면 심장을 다치게 할 것이오. 한 번도 견디기 힘들단 말이오. 몇 해 전에 천음각에서 죄인의 영핵을 도려낸 일이 있었소. 그때 그 사람은 버티지 못하고 감옥으로 돌아가자마자 숨을 거뒀소."

목연리가 쌀쌀하게 말했다.

"그 사람이 몸이 허약해서 죽은 것이지 천음각 탓은 아니었습니다."

"그럴 거면 차라리 죽이는 게 낫소!"

설정옹이 소리를 버럭 질렀다.

"목연리, 영핵 조각이라니! 어떻게 그런 말을……. 영핵이 두 조각 났으면 두 번 도려내고, 세 조각 났으면 세 번 도려내고…… 백 조각, 천 조각 났으면? 능지처참이라도 할 셈이오? 그게 능지처참이 아니면 뭐요!"

"정말 그렇게 산산조각 났다면, 그것도 모두 묵연의 운명입니다."

설정옹은 망연자실하고 말았다.

운명?

뭐가 운명이란 말인가.

황당하기 그지없었다.

운명이란 게 대체 무엇이길래?

운명 때문에 저 아이를 친조카인 줄 알고 키웠다.

저 아이에게 가족과 사존을 만들어 주고, 거처를 마련해 줬다. 그런데 저 아이의 원래 운명은 어땠는가?

버림받은 사생아. 어려서부터 배를 곯으며 어머니를 따라 기예를 팔아 구걸하며 살았다.

어머니가 죽은 뒤에, 그 깡마른 아이는 혼자 힘으로 썩어 가는 시체를 공동묘지까지 끌고 가 어린 시절 유일한 따뜻함을 자기 두 손으로 직접 묻었다.

수없이 매를 맞고 욕지거리를 들었다. 개 우리에 갇히고, 누명을 쓰고, 옥살이를 했다.

모두가 공평한 세상을 원하지만 태어나는 순간부터 운명은 공평하지 않다.

왜 누구는 명문가의 귀공자로 태어나 화려한 수레와 훌륭한 말을 끌고, 천금을 주고 미인의 미소를 사고,

누구는 곤궁한 백성으로 태어나 떠돌이 생활을 하며 지렁이를 먹이 삼아, 하늘을 지붕 삼아 하루하루 연명해야 하는가?

왜 누구는 어머니의 따뜻한 품에서 마음껏 응석을 부리고,

누구는 어머니의 시체를 들고 대갓집에 찾아갔다가 '타고난 팔자가 그러니 애써 봐야 소용없다'라는 소리를 들어야 하는가?

왜 누구는 비천하게 땅속에 묻히고,

누구는 부귀하게 태어나는가?

이건 공평하지 않다.

운명이 불공평을 밑바닥 인생에 쏟아붓는 동안, 그들이 가격 조정령 때문에 가족의 목숨을 빼앗기는 동안, 공정은 어디에 있었는가?

피와 살이 있는 산 사람이지 않은가? 어찌 한을 품지 않고, 어찌 초연할 수 있단 말인가?

저 아이는 비록 잘못을 저질렀지만, 비록 피붙이는 아니지만, 비록 운명의 장난으로 이 지경이 됐지만…… 그가 겪은 일들을 생각하면 마음이 아팠다.

설정옹은 눈을 질끈 감았다.

"너무 잔인하오. 신무 저울은 영핵이 조각난 경우는 고려하

지 않은 것 같소……. 수백 번이라니. 목연리.”

그는 눈꺼풀을 들어 올리고 떨리는 목소리로 말을 이었다.

“정녕 칼로 저 아이의 심장을 수백 번 후벼 파겠단 말이오?”

“…….”

유난히 화창한 날씨, 천음각은 엄밀하고 공정하고 빈틈이 없었다.

설정옹은 고개를 들어 둥둥 떠가는 구름을 바라보며 말했다.

“그래, 이제 벌을 받게 됐으니 저 아이가 세상에 빚진 건 다 갚겠구나.”

바람이 일었다,

설정옹이 흐느껴 울며 한탄했다.

“그럼 세상이 묵연에게 빚진 건…… 누가 갚는단 말인가……. 누가 갚는단 말인가…….”

270장 천음각, 뼈 없는 혀가 뼈를 부순다

공개 심판은 끝났다.

적극적으로 목소리를 냈음에도 불구하고 결과를 바꾸지 못했다.

천음각 신무 저울의 판결에 따르는 게 천 년 동안 이어진 수진계의 제도였다. 아무도 예외는 없었다. 묵미우도 당연히 화를 면하지 못했다.

구경꾼들이 뿔뿔이 흩어지고, 묵연은 천음각 밖의 참죄대로 끌려갔다.

법기에 단단히 묶인 채 결계 안에 갇혀 천음각 제자들로 이루어진 경비대의 감시를 받았다. 영핵을 도려내는 날까지 삼 일 밤낮을 이곳에 꿇어앉아, 오고 가는 행인들의 조롱과 모진 욕지거리를 들어야 했다.

"아버지, 어머니, 묵연을 보러 가고 싶어요."

천음각 손님방, 설몽은 도저히 앉아 있을 수가 없어 벌떡 일어났다. 왕 부인이 그를 잡아끌며 말렸다.

"가지 마라."

평소와는 다른 단호한 모습이었다.

"참죄대로 가지 마. 보러 가지 마."

"왜요? 저는 그저…… 저는 그저……."

왕 부인이 고개를 설레설레 저으며 타일렀다.

"지금은 사생지전도 보전하기 어렵다. 오늘 사람들이 문파를 해체하라고 소리치는 거 못 들었니? 아버지나 너나 침착해야 한다. 더는 나서서는 안 돼. 사생지전이 잘못되는 날에는 옥형이나 연이나 마지막 퇴로마저 끊기는 거다."

"그런데 정말 사람들이 둘러싸고 욕할까요? 진롱기국이 대체 어떻게 된 일인지, 왜 묵연이 해제할 수 있었는지는 모르겠지만…… 아무리 그래도……."

설몽은 얼굴을 손에 파묻고 울먹였다.

"그날 우리를 구해 준 게 묵연이었잖아요……. 왜 사람들은 그 자리에 있지도 않았으면서, 그날 상황을 보지도 못했으면서, 한쪽 말만 듣고 묵연에게 이렇게 모질게 구는 거죠?"

도대체 왜?

순진한 설몽은 이해가 가지 않았다.

그러나 왕 부인과 설정옹은 잘 알고 있었다.

천음각은 수진계에서 가장 공정하다고 추앙받는 곳이다. 어떤 일은 일단 정해지면, 특히 오랜 세월 동안 굳건하게 지켜지는 일이라면, 사람들은 그것이 정말 공정한지, 잘못되지는 않았는지 전혀 의심하지 않는다. 이런 경우에는 반발의 목소리도 맥없이 묻혀 버리고 만다.

묵미우는 죄인이다.

죄인이기 때문에 아무나 모욕하고 욕해도 된다.

욕하고 때리는 상대가 죄인이기 때문에 침도 주먹도 폭력이 아니다. 화풀이도 아니고 맹목적으로 따라 하는 것도 아니며 질투해서 울분을 푸는 것도 아니다. 깊은 산에서 허허벌판으로 밀려난 호랑이가 곤경에 빠진 것을 보고 통쾌해하는 것도 아니다.

오히려 권선징악이다.

손뼉을 치고 통쾌해해야 마땅하다. 누가 감히 나서서 인정에 호소하면 곧장 한패로 여겨 심판대에 올리고, 얼굴에 죄인을 뜻하는 칠을 하고 머리카락을 자른다. 퉤, 도덕성이 마비되고 시비도 못 가리는 놈은 똑같이 당해야지.

설몽은 참죄대로 가서는 안 된다.

그 광경을 보면 미쳐 버릴지도 모른다.

저녁이 되자 비가 추적추적 내리기 시작했다.

참죄대는 가림막이 없어 묵연은 는개[#6] 속에 꿇은 채 있었다. 빗방울이 얼굴을 타고 줄줄 흘렀다. 눈을 감았다. 구경꾼들이 우글우글 모여들었다. 빗물도 그들의 열정을 식히지 못했다.

수사들은 모두 돌아가고, 사리에 어두운 보통 백성들만 남았다. 상수진계 주민들은 수련하는 사람들도 아니고 전에 일어났던 일련의 재난에 대해서도 잘 몰랐다. 그런데도 대단히 궁금해하며 종이우산을 들고는 묶여 있는 남자를 찬찬히 살펴봤다.

#6 는개 안개비보다는 조금 굵고 이슬비보다는 가는 비

낮에는 멀리 떨어져 있어서 생김새를 제대로 보지 못했다.

그러나 참죄대는 백성들도 가까이 다가와서 볼 수 있었다.

어떤 낭자가 깜짝 놀라며 소곤거렸다.

"아침에 저 사람이 저지른 짓거리를 듣고 당연히 흉악하게 생긴 추남일 줄 알았는데, 꽤 반반하게 생겼네요."

옆에 있던 건장한 사내가 다정하게 외투를 여며 주며 말했다.

"이렇게 순진하다니까. 얼굴은 멀쩡한데 속이 시커먼 사람이 얼마나 많다고. 저런 놈의 겉모습에 미혹되지 않게 조심해."

일부러 아이를 데려온 부모도 있었다.

아버지란 사람은 상수진계 모 서당의 훈장이었는데 무척이나 점잔을 빼는 사람이었다. 그는 아들이 무릎 꿇고 있는 묵연의 얼굴을 똑똑히 볼 수 있게 번쩍 안아 올리고는 말했다.

"똑똑히 봐 두거라. 반드시 올바른 사람이 되어야 한다. 절대 저 짐승만도 못한 놈을 따라 배워서는 안 돼."

대여섯 살쯤 돼 보이는 아이는 아직 세상 물정을 잘 모르는 듯했다.

"아버지, 저 사람이 뭘 잘못했어요? 왜 무릎을 꿇고 있는 거예요?"

"저놈이 저지른 악행은 너무 많아서 다 기록하기 어려울 정도란다."

훈장이 씁쓸하게 말했다.

"천음각의 심판 결과에 따르면 저놈은 사람을 죽이고 불을 질렀다. 금지 술법을 수련하고 신분을 속이기도 했지. 저렇게 수치를 모르는 이는 사람도 아니야. 냉정하고 음흉하고, 짐승만도 못해. 너는 나중에 절대 저놈처럼 되면 안 된다. 알겠느냐?"

"알겠어요."

아버지란 사람이 막 한숨을 돌리는데 아이가 불쑥 물었다.

"그런데 아버지, 아는 사람이에요?"

훈장이 얼떨떨해하더니 말했다.

"나? ……당연히 모르는 사람이지. 이 아버지는 상수진계 청풍 서당에서 제일 바른 훈장이란다. 평생 떳떳하게 살고, 식견이 있는 사람과 정인군자들만 벗으로 뒀다. 그런 내가 어찌 저런 악마 같은 놈과 친분을 맺겠느냐?"

그는 잠시 멈추더니 더 강조해야겠다 싶었는지 간곡하게 타일렀다.

"우리 집안은 대대로 선비 집안이라 어려서부터 가장 올바른 도덕 교육을 받는다. 저놈 같은 사람과는 말을 섞는 것도 수치스럽고 불결하게 느껴야 마땅해. 알겠느냐?"

아이는 이번에는 알겠다고 하지 않았다.

아이가 의아해하며 되물었다.

"그런데 아버지, 모르는 사람인데 어떻게 저 사람이…… 저 사람이…… 음……."

아이는 애써 아버지가 했던 말을 떠올렸다.

"냉정하고 음흉하고, 짐승만도 못한 사람인지 알아요? 우리 오늘 처음 저 사람을 봤잖아요……. 어떤 사람을 잘 알기까지 엄청나게 오래 걸리잖아요? 저와 옆집……."

"네가 몰라서 그래. 그렇지 않다. 저놈은 유죄 판결을 받은 사람이야."

아이는 눈을 동그랗게 뜨고 묵연을 한참이나 바라보더니 말했다.

“그런데 저 형아 너무 불쌍해요……. 나쁜 사람 같지는 않은데, 천음각인지 뭔지 하는 데서 잘못 심판한 게 아닐까요?”

“네가 너무 어려서 잘 모르는 거란다.”

본디 고리타분한 훈장은 아들의 의심을 강력하게 부인했다.

“크면 알게 될 게다. 수천 년 동안 천음각은 줄곧 이 세상에서 제일 공평하고 공정한 곳이었다. 천신이 남긴 전당이니 절대 틀리지 않아.”

아이는 손가락을 입에 물고 알 듯 말 듯 한 표정으로 묵연을 빤히 쳐다볼 뿐, 더는 묵연 편을 들지 않았다.

밤이 깊어지니 사람들이 하나둘 돌아갔다.

한밤중에는 빗줄기가 거세져서 아무도 남지 않았다.

동이 틀 무렵, 아침 장사를 나가는 장사꾼이 짐수레를 끌고 천천히 지나갔다.

비가 세차게 쏟아지고 바람이 휘몰아쳤다. 장사꾼은 등을 구부리고 허름한 짐수레를 힘겹게 끌고 갔다. 비몽사몽간에 수레바퀴가 덜그럭덜그럭 굴러가는 소리와 장사꾼이 힘에 겨워 헐떡이는 소리가 들려왔다.

묵연은 정신이 몽롱하여 기억이 잠시 세상을 두루 돌아보던 때로 돌아갔다.

눈을 살짝 뜨고 초점 없는 눈동자로 앞을 바라봤다.

초만녕을 잃은 후의 하루하루처럼 묵연은 본능적으로 거들어주고 싶었다. 지친 장사꾼을 도와 수레를 나무 아래까지 밀어 주고 싶었다. 힘이 닿는 데까지 도와주고 싶었다.

그런데 일어설 수 없었다.

한참 만에야 그는 그 속죄의 시간이 다시는 돌아오지 않는다는 걸 깨달았다.

지금의 그는 천음각의 죄인이다.

갑자기 거센 바람이 불고, 짐수레의 비를 막아 주는 방수포가 말려 올라갔다. 장사꾼이 애써 눌러서 평평하게 펼쳐 봤지만 소용없었다.

방수포가 바람에 훅 날려 가고, 수레에 실은 물건들이 비를 쫄딱 맞았다. 생계를 위해 헤매던 불쌍한 남자는 헐레벌떡 방수포를 쫓아갔다.

묵연은 그 모습을 멍하니 지켜봤다.

어머니가 동전 1닢 벌겠다고 칼날을 밟고 서서 춤을 추던 모습이 떠올라 마음이 괴로웠다.

이 세상에는 남들이 베개를 높이 하고 걱정 없이 단잠에 빠져 있는 동안, 입에 풀칠이라도 해 보겠다고 비바람을 무릅쓰고 열심히 뛰어다니는 사람들이 많았다.

묵연은 그를 도와주고 싶었다.

비 내리는 적막한 밤, 마음은 더없이 차분했다. 지난 일들이 주마등처럼 지나갔다. 해죽해죽 웃으며 어머니에게 했던 말이 떠올랐다.

– 장차 출세하면 집을 많이 많이 지어서 사람들에게 나눠 주고 싶어요. 아무도 춥지도, 배고프지도 않게요.

옆에서 감시하고 있는 천음각 제자들 중, 왜 아무도 그 장사꾼을 도와주지 않는지 묵연은 이해가 가지 않았다.

분명 사소한 수고일 뿐인데.

그런데 그들은 소나무처럼 꼿꼿하게 서서 손가락 하나 까딱하지 않았다. 천음각의 장엄하고 엄숙한 분위기를 유지하는 데만 신경 쓸 뿐, 바위처럼 꿈쩍도 하지 않았다. 심장을 바위로 만들었나 보다.

장사꾼은 숨이 차서 헐떡거리며 방수포를 쫓아다녔다. 방수포는 돌돌 말린 채 묵연 앞까지 날아왔다.

나무껍질처럼 바싹 마른 손이 마침내 방수포를 덥석 잡았다.

그제야 묵연은 마음이 놓여 안도의 한숨을 내쉬었다.

그런데 장사꾼은 비에 흠뻑 젖었을 물건들이 걱정되어 기분이 나빠질 대로 나빠졌다. 화풀이할 데도 없어 방수포를 움켜잡고 마음 아파하던 그때, 문득 묵연이 자기를 쳐다보는 게 느껴졌다.

그는 고개를 번쩍 들고 묵연을 노려봤다.

그러더니 갑자기 이를 부득부득 갈면서 걸쭉한 가래침을 끌어 올려 묵연의 얼굴에 탁 뱉었다.

"뭘 꼬나봐! 구경났냐! 너 같은 쌍놈도 내가 우스워? 빌어먹을 자식, 어떻게 죽나 보자!"

장사꾼은 분이 풀리지 않아 씩씩거리면서도 감히 가까이 다가가지는 못하고, 돌멩이 몇 개를 주어 묵연에게 마구 던졌다.

천음각의 어린 제자들은 흔히 있는 일이라는 듯이 대수롭지 않게 여겼다.

그들은 늘 뒤에서 히죽거리며 쑥덕대곤 했다.

"시비가 밝은 사람들은 저런 중죄인을 증오하기 마련이지. 한두 대 패는 거야 뭐."

그들은 백성의 마음을 무척이나 잘 이해했다.

그래서 말리지 않고 내버려 두기 일쑤였다.

돌멩이 몇 개 맞는 건 별로 아프지 않았다.

그런데 묵연은 몸을 바르르 떨고 있었다.

덜덜 떨며 고통스러워하는 묵연을 보니 장사꾼은 오늘의 불운과 처량함은 별거 아니라는 생각이 들었다. 분이 어느 정도 풀리자, 장사꾼은 형편없을 정도로 쇠약한 몸을 이끌고 수레로 돌아가 방수포를 씌우고 떠났다.

밤안개가 자욱하고, 굵은 빗줄기가 장사꾼이 뱉은 가래침을 씻어 내고 온갖 얼룩을 지워 버렸다.

비가 점점 더 세차게 퍼붓고, 세상은 비로소 깨끗해졌다.

어느덧 날이 밝았다.

천음각의 수사들이 하나둘 성문을 나섰다. 묵연의 곁을 지나가며 어떤 이는 보고도 못 본 체하고, 어떤 이는 경멸의 눈빛을 보냈다.

그때, 검은색 신발 한 쌍이 불쑥 나타났다.

우산 하나가 부슬부슬 내리는 비를 막아 줬다.

묵연은 자고 있어서 알아채지 못했다.

문득 누군가 언쟁을 벌이는 소리가 들려왔다.

온화하고 차분한 목소리가 고집스레 말했다.

"비를 막아 주는 결계라도 내려 주십시오."

"각주의 명령 없이는 절대 참죄대를 건드릴 수 없습니다."

"고작 결계일 뿐입니다."

"도와주고 싶어도 도와줄 수가 없네요."

묵연이 눈을 떠 보니, 우뚝 서 있는 한 남자가 어렴풋이 보였다. 아니, 남자가 아니라 엽망석이었다. 엽망석이 단호하게 말했다.

"아직 형 집행일이 아닙니다. 이렇게 막 대할 수는 없는 법입니다."

"우리가 어떻게 대했는데요?"

누군가 미간을 확 찌푸리며 말했다.

"엽 낭자, 말씀 함부로 하지 마시지요. 천음각은 규정에 따라 일을 처리했을 뿐입니다. 하늘이 노해서 비를 뿌리는 거잖아요. 우리가 벌주고 있는 게 아니란 말입니다."

엽망석의 눈에 분노가 스쳤다.

"이게 벌이 아니면 뭡니까? 밤새! 밤새 비를 맞게 내버려 두지 않았습니까? 오늘 제가 봤으니 망정이지……."

그때, 벽담장의 견종명이 제자 한 무리를 거느리고 지나갔다. 소란을 들은 견종명은 눈을 흘기며 비아냥거렸다.

"아아, 우리 유풍문 암성 총령이 또 오지랖을 부리고 계셨네요?"

그가 비웃음을 날리며 말했다.

"죄인에게 우산을 씌워 주다니, 하하."

사람들이 몰려들어 귓속말을 주고받았다. 여수사들은 엽망석을 흘겨보며 다 들리게 속닥거렸다.

"듣자니, 그때 유풍문에서 엽망석 편을 들었던 흑의인이 묵연이었대."

"뭐라고? 몰랐네……. 저 악귀 놈이 도와준 거였어?"

"키워 준 양어머니까지 무참하게 살해한 놈이, 엽망석은 왜 그렇게 끔찍이 아끼지?"

잠시 침묵이 흐르고, 갑자기 누군가 눈이 휘둥그레져서는 손수건으로 입을 가리고 감탄했다.

"어머나, 설마 둘이……."

둘이 뭐?

아무도 까놓고 말하지는 않았지만 하나같이 역겨워하면서도 설레는 표정을 지었다. 무책임한 추측들이 그들을 흥분시켰다. 마치 오랫동안 지속되는 격렬한 절정처럼, 사람들에게 번져 나가고 뼛속으로 퍼져 나갔다.

그들은 참죄대 위의 두 사람을 쳐다봤다.

남자와 여자.

왜 저 여자가 비참한 상황에 빠진 저 의기소침한 남자를 도와주려는 걸까? 둘이 잤을까? 잤겠지, 침상에서 서로 살을 부빌 때 느낌이 너무 좋았나 보지.

더러워.

묵연은 눈동자를 들어 올려 엽망석을 한번 봤다. 무슨 말이라도 하고 싶었지만 아무 말도 나오지 않았다.

결국 침을 한번 꼴깍 삼키고 잠긴 목소리로 불렀다.

"엽 낭자……."

"깼네요."

엽망석이 내려다보며 말했다. 여전히 온화하고 단정한 모습이었다.

"……가세요……. 여기에 있으면 당신까지 피해를 볼 겁니다."

엽망석은 떠나지 않았다. 따뜻한 물 한 주전자를 들고 있었다. 우산을 겨드랑이에 끼고 주전자 뚜껑을 열었다. 우산이 비스듬히 기울고 빗방울이 그녀의 몸에 떨어졌다.

"물 좀 마셔요."

곧바로 천음각 사람들이 달려와 제지했다.

"엽 낭자, 죄수에게 음식을 주면 안 됩니다."

"그럼 죄수는 구경꾼들에게 돌을 맞아도 되는 겁니까?"

어젯밤의 상황을 보지는 못했지만 묵연 주변에 흩뿌려져 있는 크고 작은 돌멩이와 얼굴의 멍을 보면 알 수 있었다.

엽망석은 그들을 매섭게 노려봤다. 눈빛이 얼핏 남궁사 같았다.

그녀에게서 점점 그 사람의 모습이 보였다.

"천음각은 늘 공평하게 일을 처리한다면서요? 이게 당신들이 말하는 공평입니까?"

무리는 스스로 이치가 통하지 않자 더 말하지 않았다. 선두에 선 제자가 난감한 표정으로 헛기침을 한번 하더니 말했다.

"물은 그렇다 쳐도, 음식은 안 됩니다."

엽망석은 묵연에게 따뜻한 물을 먹여 줬다.

묵연이 낮은 소리로 말했다.

"이럴 필요가……."

"사를 도와주지 않았습니까."

엽망석은 눈을 들지 않고 말했다.

"나도 도와줬고요."

"……그때 교산에서 제가 죽었더라면 남궁사는……."

엽망석의 손이 가볍게 떨렸다.

"누구나 살고 싶어 하는 법이지요. 당신이 살고 싶어 한다고 책망하지 않습니다."

"……."

"마셔요."

엽망석이 말했다.

"부모님이 말리셨으니 설몽은 오지 못할 겁니다. 세상 사람들의 비난을 무릅쓰고 나와 사를 도와줬지요. 그러니 아무도 당신 편을 들지 않는다고 해도 내가 도와줄 겁니다."

엽망석은 여전히 담백한 표정이었지만 단호했다.

"내가 여기에 있겠습니다."

그녀는 말한 건 무조건 실천하는 사람이었다. 그녀는 묵묵히 묵연 곁을 지켰다. 천음각에서 결계를 내리지 못하게 하니, 우산을 비스듬히 펼쳐 들고 묵연이 비를 맞지 않게 막아 줬다.

엽망석이 있으니 돌을 던지는 사람은 없었다. 그런데 수군대는 말은 갈수록 듣기 거북해졌다.

남자도 여자도 아닌 요물. 겉만 말쑥한 짐승 새끼.

옳고 그름도 구분할 줄 모르는 여자. 양심이라곤 털끝만치도 없는 살인자.

죄를 씌우려고만 한다면 어찌 구실이 없음을 걱정하랴? 더군다나 무릎 꿇고 있는 남자는 다시는 빛 볼 날이 없고, 옆에 서 있는 여자는 문파가 몰락하여 오갈 데 없다는 걸 모두가 알고 있었다.

그러니 아무리 신랄하게 욕한다고 해도 누가 그들 대신 따져주랴?

묵연은 그제야 세상에 '용사'들이 얼마나 많은지 깨달았다. 한 무더기, 한 무더기씩 감정이 격앙되어 우후죽순처럼 우르르 나타났다.

저토록 정직하고 불의에 분노하며 나쁜 사람을 원수처럼 증오하는데, 전에는 다들 어디에 숨어 있었는지.

천음각의 심문은 아주 보기 드문 일이라, 십 년이 지나도 이런 영광을 누리는 사람이 한 명 있을까 말까 했다.

구경꾼들은 한 무리가 가면 또 한 무리가 몰려왔다. 밀물과 썰물처럼 우르르 왔다가 와르르 흩어졌다.

"저 묵연이라는 사람, 예전에 좋은 일도 꽤 했던데 대체 무슨 꿍꿍이인지. 전에 우리 마을에 머문 적도 있다니까요. 살인을 밥 먹듯이 저지르는 악마 같으니라고. 지금 생각하니 소름 돋아요."

"듣자니 저 사람 어머니가 그 단의한이라면서요? 알고 있었어요?"

"단의한이라면, 한 곡 청해 듣기가 하늘의 별 따기만큼 어렵다는 그 악선?"

누군가 깜짝 놀라며 끼어들었다.

"그 여자는 착하잖아요? 재능과 학식도 출중하고, 부드럽고 고결하고, 마음씨도 곱다고 들었는데……."

누군가 비꼬듯이 되받아쳤다.

"하여간 남자들이란. 단의한은 창기잖아요? 요즘에는 창기도 고결하다는 칭찬을 받나 보죠? 세상이 어떻게 되려고 이러는지 원. 어쩜 다들 윤리 기준이 하나도 없는지."

말대꾸를 당한 남자가 불쾌한 기색을 드러내며 말했다.

"단의한은 악사지 창기가 아니에요. 악방에서 그렇게 오랫동안 일하면서 단 한 번도 몸을 팔지 않았다고요."

"당신이 거지니까 그렇죠. 돈만 넉넉하게 줘 봐요, 그런 여자는 옳다구나 하며 순결 따윈 개나 줘 버려, 할걸요."

그때 누군가 분개해서 호통쳤다.

"악사나 창기나 무슨 차이가 있소? 모두 자중자애[#7]를 모르는 파렴치한 사람들일 뿐. 창녀 편을 들어 궤변을 늘어놓는 사람이 다 있다니, 기백이 넘치는 상수진계의 도덕 수준이 이 정도로 바닥일 줄은 몰랐군."

다른 사람이 아니라 어제 아들을 안고 왔던 훈장이었다.

오늘은 아들 대신 서책을 한 아름 끌어안고 서당의 학동들을 한 무리 거느리고 나타났다. 훈장은 턱을 살짝 치켜들고 온갖 고상한 척을 다 했다.

누군가 알아보고 공손하게 인사를 건넸다.

"훈장님, 오늘은 수업이 일찍 끝나셨나 보네요."

"학문은 절대 책만으로 완성되지 않으며 실천과 결합해야 하는 법이지요."

훈장이 말했다.

"아이들이 직접 보고 가르침을 얻을 수 있게 수업을 일찍 끝

#7 자중자애 말이나 행동, 몸가짐 따위를 삼가 신중하게 하다

내고 데리고 나왔습니다."

그러고는 단의한을 두둔한 남자를 한번 흘겨보고는 코웃음 치며 말했다.

"그런데 이렇게 놀라운 궤변을 듣게 될 줄이야. 저 마 아무개, 정말 덕분에 견문을 넓혔군요. 상수진계의 풍조가 심히 염려스럽소."

"맞습니다, 마 훈장님. 지당한 말씀입니다. 훈장님은 정말 도덕 모범이시네요."

"훈장님, 훌륭한 본보기가 되어 주셔서 감사합니다."

용감하게 나서서 단의한 편을 들었던 남자는 주변 사람들의 비웃음에 부끄럽기도 하고 화가 나기도 해서, 얼굴이 갈색으로 달아올라서는 더 뭐라 하지 못하고 씩씩거리며 돌아갔다.

한쪽에서 그들이 떠들어 대는 소리를 다 들은 묵연은, 처음에는 화가 끓어올랐지만 나중에는 화낼 기운조차 사라졌다.

그는 아무것도 할 수 없었다. 그저 불쌍하게, 돌아가신 어머니가 사람들의 입에서 더럽혀지는 걸 듣고만 있어야 했다.

숨을 거두기 직전까지 '복수할 생각 하지 말고 은혜를 갚으라'고 당부했던 여자가 사람들의 입에 가루가 되도록 씹혀 창기로, 음탕한 여자로, 비천한 태생으로 전락하는 걸 듣고만 있어야 했다.

사람들의 입을 막을 방법이 없었다.

한참을 꾹 참고 있던 엽망석이 결국 참지 못하고 사람들과 언쟁을 벌이려고 나섰다.

그런데 묵연이 나지막이 불러 세웠다.

"하지 마세요."

"……."

"소용없습니다."

엽망석은 다시 묵연 곁으로 돌아왔다. 빗방울은 서서히 작아졌지만 그녀는 우산을 거둬들이지 않았다. 얇디얇은 그 종이우산이 뭐라도 막아 줄 수 있다는 듯이.

묵연은 눈을 들어 한참을 바라보다 쉰 목소리로 말했다.

"여기에 있지 마세요, 엽 낭자. 저를 믿는다면…… 천음각으로 돌아가세요. 설몽을 찾아가서, 사생지전 사람들을 찾아가서…… 그들에게 말해 주세요……."

그는 잠시 말을 멈췄다.

말할 힘조차 남아 있지 않았다.

"그들에게…… 무슨 수를 써서라도…… 화벽남을 찾으라고…… 사존을 찾으라고요……."

초만녕을 떠올리니 또 가슴이 칼로 후비는 듯이 아팠다.

초만녕은 어디에 있을까?

사매가 그를 해칠 것 같지는 않았다. 그런데 어디로 끌려가서 무슨 고초를 당할지?

더 생각하기도 싫었다.

"제1 금지 술법이 해제는 됐지만, 미리 대비해야 합니다."

묵연은 속눈썹을 파르르 떨며 말했다.

"……이번에는 막아 냈지만 두 번은 힘듭니다……. 그런데 틀림없이 두 번째 공격이 있을 겁니다……. 제발 저를 믿어 주세요……. 다른 속셈 같은 건 없습니다. 단지 이 모든 것이 멈추길 바랄 뿐입니다."

이대로 흘러가게 내버려 둘 수는 없다.

더는 앞서 저질렀던 잘못된 길을 밟고 싶지 않고, 초만녕이 회사를 소환하는 모습을 보고 싶지 않다.

더 이상 초만녕이 혈혈단신으로 목숨을 바쳐 하늘을 메우게 하고 싶지 않다.

271장 천음각, 서로 다른 길

교산 정전, 등불 하나가 외로이 타고 있었다.

옥좌 옆에는 남궁류가 잔뜩 웅크린 채 쿨쿨 자고 있었는데, 손에는 아직 다 먹지 않은 귤이 들려 있었다.

그때, 구석에서 기다란 형상 하나가 나타나 남궁류 위로 그림자를 드리우며 서서히 다가왔다. 발걸음은 매우 느렸고 지팡이를 짚었는데, 부드러운 콧날 위에 있는 백색 천이 그의 눈을 완전히 가리고 있었다.

"어……."

지팡이로 바닥을 치는 소리에 얕은 잠에서 깬 남궁류는 눈을 비비며 몽롱하게 말했다.

"아, 친구 형아…… 눈이 왜 그래요?"

정전 안에 나타난 사람은 바로 여태껏 신출귀몰하며 최대한 사람들 앞에 모습을 드러내지 않으려 애썼던 눈먼 사매였다.

남궁류는 어리둥절한 표정이었다.
"천음각에 간 거 아니었어요?"
사매가 고개를 저었다.
"말하자면 너무 길어. 자세한 얘긴 못 해."
그러더니 곧 다시 말했다.
"류야, 내가 분명 탁자 위에 진룡 병보[#8]를 놓아둔 것 같은데, 좀 찾아 줄 수 있겠니?"
"당연하죠."
남궁류는 얼른 일어나 탁자 위를 뒤적거렸다. 비단으로 만들어진 병보가 금방 눈에 띄었다.
"여기요."
"고마워."
사매의 길고 가녀린 손가락이 비단 위를 더듬었다. 눈이 멀어 글자는 볼 수 없었지만, 이런 병보는 문자만 적힌 게 아니라 만일의 사태를 대비해 영력으로 읽어 낼 수 있도록 만들어졌다. 그는 조용하고 쓸쓸한 정전에 서서 조금씩 내용을 해독해 나갔다. 거기에는 화벽남이 이전에 묵연 스스로 영핵을 파괴하게 하려고 동원했던 진룡기국의 모든 병력이 기록되어 있었다.
전생의 임령서 주민, 4만 6천.
무비사 주민, 1만 3천.
…….
등등.
전생의 사생지전 제자, 전원.

#8 **병보** 兵譜. 병력의 운용을 기록해 놓은 책

사매는 부드럽고 얇은 비단을 움켜쥐었다. 처음엔 아직 감각이 마비된 듯 머릿속에서 단순한 생각만 떠올랐다. 전생의 내가 말했던 필요한 희생이라는 게 이런 시체 산과 피바다였나?

사생지전 제자, 전원.

전원이 진롱 바둑돌이 되어 답선제군에게 조종당하고, 설몽 외에는 살아남은 자가 없다는 것인가?

그러나 그는 화벽남이 다정하게 했던 말을 똑똑히 기억했다.

– 너도 알겠지만, 나도 사람 죽는 거 보는 데에 이골이 난 사람이야. 고통으로 가득한 인간 세상에 살지만, 악을 행하지 않는 게 유일한 소원이라고. 이 여정에서 목숨을 잃는 사람이 최소한이었으면 좋겠어. 그렇지 않으면 나도 마음이 편치 못할 거야.

이는 화벽남이 시공의 틈을 넘어 사매 앞에 나타났을 때 그에게 했던 말이었다.

……고통으로 가득한 인간 세상에 살지만, 악은 행하지 말아야 한다. 어쩔 수 없다면 요절하는 수밖에.

이건 자신의 생각과 큰 차이가 없었다. 마음이 독하고 하는 짓이 악랄했지만, 원한 게 아니라 어쩔 수 없는 행동이었다.

"마음이 편치 않다……."

그에게 진지하게 말했던 화벽남은 이미 다른 세상에서 천하의 수많은 사람을 죽이고 온 사람이었다.

그걸 지금에서야 깨달았다.

"친구 형아, 왜, 왜 그래요?"

두개골이 피로 가득 찬 듯 울렸다. 남궁류의 초조한 목소리가 희미하게 들렸다.

"얼굴도 안 좋고 부들부들 떨어요. 형아…… 형아, 아파요? 추워요?"

아이 같은 종알거림이 들리더니, 순간 뭔가가 그를 따스하게 감쌌다. 남궁류가 자기 장포를 벗어 황급히 그의 몸에 둘러 주고 있었다.

"자, 전 안 추우니까 제 옷 입어요."

겉으론 살가운 척하며 속으로 온갖 흉악한 궁리를 다 하던 이 사람은, 기억을 잃은 후 이렇게 단순한 아이가 되어 버렸다.

누구에게나 이렇게 초조하고 걱정되며, 어리고 진지했던 적이 있지 않은가? 세월의 조각 속에 심장도 얼굴처럼 주름살이 생기는 것뿐이다.

그렇게 예전의 자신과는 완전히 다른 사람이 되어 버린다.

사매는 남궁류의 옷을 끌어당겨 여몄다. 추웠다. 뼛속까지 시렸다.

머리가 어지러웠고, 흰 천 아래로 피눈물이 배어 나왔다……. 그는 의자에 무너지듯 앉아 몸을 한껏 웅크렸다.

"그 사람은 내가 아니야……."

사매는 끊임없이 되뇌었다.

"그 사람은 내가 아니야……."

옆에서 듣던 남궁류는 어리둥절했다.

"뭐라고요?"

사매는 얼굴을 팔에 묻었다. 희미했던 떨림은 손가락에서 온몸으로 퍼져 나갔다. 심지어 병보 비단을 건드리기도 싫어졌다.

"난 사람을 구하고 싶은 거야. 희생이 불가피하다는 건 알고 있어. 음모가 도처에 있을 거라는 것도, 많은 진심을 헛되게 할 거라는 것도 알고 있다고. 난 영원히 돌아오지 않을 준비가 되어 있어. 그가 내게 두 눈을 바칠 각오를 하라고 말했을 때도 나는 주저하지 않았어. 하지만 난……."

"친구 형아……."

남궁류는 사매의 머리에 손을 얹고는 아이들이 서로를 위로하듯, 서툴게 그를 위로했다.

사매가 갑자기 흐느끼기 시작했다.

"하지만 난 그 사람이 이렇게 많은 사람을 죽였을 줄은 상상도 하지 못했어……."

비단이 바닥에 떨어졌다. 그 위에 빽빽하게 적힌 건 다른 세상의 거의 모든 수사와 평민이었다.

모두 백골이 되어 버렸다.

한참이 지났다. 남궁류가 옆에 와서 앉긴 했지만 어떻게 해야 할지를 몰라 멍하니 있을 때, 사매가 차가운 탁자를 느릿느릿 짚고 일어났다.

남궁류가 황급히 물었다.

"어디 가려고요?"

사매는 말없이 우두커니 서 있었다. 그는 자신이 어디로 가야 하는지 정말 모르겠다는 듯, 남궁류가 세 번이나 묻고 나서야 정신을 차렸다. 그가 입술을 깨물고 말했다.

"밀실."

더는 지체해선 안 되었다. 사존을 구하러 가야 했다.

밀실의 문에 손이 닿자마자, 그는 화벽남이 석문에 풀기 어려운 주문을 걸어 놓은 걸 알아챘다.

"……."

사매는 잠시 멈칫했지만, 이내 쓴웃음을 지었다.

비단 병보부터 석문의 주문까지. 자신이 너무 우습다는 생각이 들었다.

화벽남은 사매를 경계했다. 석문의 주문도 원래대로라면 사매가 한 번도 수련해 본 적이 없는 법술이었다. 다시 말해, 화벽남은 그를 절대 믿지 않았다.

"내가 널 실망시켰네."

사매가 조용히 말했다. 짙은 남색 빛이 반짝이는 손이 주문의 중심에 닿았다.

"과거의 넌, 내 나이 때 이 주문을 아직 배우지 않았겠지. 하지만 난 할 줄 알아. 네가 모르고 있을 뿐."

밀실의 석문이 우르릉 소리를 내며 열렸다.

다시 살아나도 인생의 길이 완전히 똑같을 수 있을까?

같은 사람이라도 봄날 비를 피한 한 번의 순간으로, 여름날 나무 그늘에서의 달콤한 낮잠 한 번으로 인생이 바뀔 수도 있다.

사매는 밀실 문 앞에서 한참을 머뭇거리다 마침내 조용히 안으로 들어갔다.

구룡이 물고 있는 장명등의 빛이 밀실을 밝히고 있었지만, 밀실 안에 있는 두 사람에겐 아무 의미가 없었다.

한 사람은 의식이 없었고, 한 사람은 앞이 보이지 않았다.

눈에 흰 천을 감고 있는 사매가 초만녕의 침상 옆에 앉았다. 그러고는 가늘고 흰 손가락으로 초만녕의 얼굴을 어루만졌다.

그가 조용히 입을 열었다.

"사존……."

초만녕은 깨어나지도, 입을 열지도 않았지만 얼굴은 여전히 뜨거웠다.

영혼이 분열되었다가 다시 합쳐졌다.

그는 묵연의 부서진 기억을 견뎌 내며 꿈속에서 고통스러워하고 있었다.

사매의 손가락 끝에서 피어난 영롱한 광채가 그의 목에 닿자, 물처럼 부드러운 영력이 흘러나와 온몸으로 퍼져 나갔다.

"좀 괜찮으세요?"

여전히 아무 대답이 없었다.

사매는 속눈썹을 내리깔았다. 그는 초만녕이 깊은 잠에 빠져 있다는 걸 알고 있었다. 그렇지 않았다면 석실에 들어와 초만녕의 곁에 앉을 용기를 낼 수 없었을 것이다.

그는 한참을 멍하니 앉아 있었다. 깊은 생각에 잠긴 것 같기도 했고, 또 아무 생각이 없는 것 같기도 했다.

입문하기 전, 아주 어렸을 때 사매에겐 평생의 소원이 하나 있었다. 그 소원을 위해서라면 그 어떤 희생도 가치 있다고 생각했다.

그는 자신의 숙명이 무엇인지 잘 알았고, 그래서 자신이 잘

못했다는 생각은 해 본 적이 없었다.

그러던 어느 날, 시공이 뒤틀리더니 다른 세상에서 온갖 풍파를 겪은 자신이 눈앞에 나타났다.

그는 십여 년 후의 자신과 마주했다.

경악과 두려움은 말할 것도 없고, 소년이었던 그가 처음 화벽남을 보았을 때 가장 크게 느꼈던 것은 위화감이었다. 그는 과연 무엇이 자신을 저렇게 만들었는지 알 수 없었다. 음침하고, 교활하고, 우울하고, 목적을 위해서라면 모든 것을 걸었다.

그러나 두 사람의 공통된 염원을 위해 그는 결국 화벽남의 요구를 받아들였고, 행동에 신중을 기울여 마침내 여기까지 오게 된 것이다.

몇 년 동안, 두 세계의 사매는 각자 소임을 다했다. 늘 묵연의 곁을 지켰던 건 그였지만, 뒤에서 그를 조종하는 건 시공의 틈을 넘어온 또 하나의 사명정이었다.

답선군과 묵 종사가 전혀 닮지 않았듯, 그와 전생의 사명정도 닮은 구석이라곤 하나도 없었다. 각자 겪어 온 삶이 너무 달랐던 탓에 전생의 사명정은 이해타산에 능한 한린성수에 훨씬 가까웠다. 그러나 사매 역시 세월의 흐름 속에 결국 성수의 바둑판 위에 있는 바둑돌이 되어 버렸다.

지금 와서 돌이켜 보면, 화벽남이 시공생사문을 깨고 나타나기 전까지는 그 역시도 속이 악랄하고 독기 어린 젊은이였다. 그러나 화벽남과 손을 잡은 후, 화벽남은 늘 그에게 자신을 드러내서는 안 되며 감추는 걸 배워야 한다고 말했다.

소년이었던 그는 이 문제로 화벽남과 크게 다투었다.

"더는 못 하겠어. 언제까지 이렇게 해야 하는 거야? 어딜 가든 자상하고 착하게, 뭘 하든 성질을 죽이고 참고 있잖아. 너하고 짜고 이렇게 많은 거짓말을 만들어 낸다고 누가 기억이나 하는 줄 알아?"

그가 묵연 일행과 금성호에서 돌아왔을 때, 화벽남은 그가 적심류 앞에서 했던 행동에 대해 불만을 품고 그를 질책했다. 그러나 생각지도 못한 사매의 격한 반응에 화벽남은 자기도 모르게 멍해졌다.

"난 그저 신중히 행동하라고 충고한 것뿐이야. 들켜선 안 된다고."

"말은 쉽지."

사매가 입술을 깨물었다.

"나더러 몇 번이나 묵연의 마음을 확인해 보라고 할 때마다 내가 안 한 적 있어? 좋아하지도 않는 사람한테 알랑거리는 게 얼마나 역겨운지 알기나 해?"

화벽남은 순간 어떻게 답을 해야 할지 모르겠다는 듯 가만있다, 한참이 지나서야 입을 열었다.

"네가 겪은 일들은 나도 다 겪어 봤어. 넌 나더러 모른다고 말할 자격 없어."

"하지만 네가 겪은 일을 난 안 겪었다고!"

"……."

"넌 이번 생에 와서 나한테 어떻게 하는 게 맞고, 어떻게 하는 게 틀린 건지 말했지. 그래, 넌 과거에서 온 사람이니까. 그 목적을 위해서라면 난 네 말에 기꺼이 복종할 거야. 모든 걸 다

걸 수도 있어. 하지만 화벽남."

사매의 목소리가 점점 떨렸고, 숨은 거칠어졌고, 눈시울이 붉어졌다.

"네가 날 비난할 수 없다는 건, 너 자신이 제일 잘 알겠지."

시공을 넘어온 이후, 소년인 자신과 이렇게 언쟁을 벌인 건 처음이었다. 화벽남은 잿빛이 된 얼굴로 입을 꾹 다물고 아무 말도 하지 않았다.

사매가 말했다.

"넌 네가 살던 세상에서 실패했어. 그러니까 초만녕이 남겨 둔 시공생사문의 틈으로 이곳에 왔겠지. 처음부터 바로잡고 싶어서 말이야. 하지만 이거 하나만은 잊지 마. 난 네 바둑돌이 아니야."

"……."

"난 우리의 같은 목적을 위해 너와 손잡은 거지."

화벽남이 눈을 감았다.

"쓸데없는 생각 하지 마. 누가 널 바둑돌로 여겼다고 그래."

사매는 여전히 흥분 상태였다.

"됐어. 묵연이 환생했다는 걸 네가 알게 된 후부터, 내가 네 말대로 안 한 게 뭐가 있어? 묵연의 몸속에 잠들어 있는 팔고장한화를 계속 지켜본 건 나라고! 나!"

"……."

"그가 무상진에 처음 나타났을 때부터 넌 '우연인 척' 그에게 다가가라고 날 재촉하더니, 나중엔 간식을 들고 가서 의중을 떠보라고 하질 않나, 초만녕과 그의 사이에서 이간질하라고까지 했지.”

사매는 복숭아꽃 같은 눈으로 점점 흙빛이 되어 가는 화벽남의 얼굴을 노려보았다.

“이런 연기도 이제 정말 역겨워!”

“그 일들은 내가 시키지 않았더라도 너 스스로 했을 거야.”

화벽남이 이를 악물고 말했다.

“내 강요 때문이라고 생각하지 마. 전생의 나도 한 치의 오차도 없이 똑같이 했던 것들이야. 묵연은 팔고장한화의 숙주야. 그의 마음을 끊임없이 확인해야만 그 몸속에 있는 고화의 상태를 알 수 있어. 네가 당한 억울함을, 나는 안 당했을 거라고 생각하는 거야?”

사매가 곧장 반박하지 않자 화벽남이 말을 이었다.

“전생에서 내가 했던 일은 네가 한 것과 거의 똑같아. 나도 귀계의 천열이 있기 전까지 늘 위장하고 다녔어. 난 죽음으로 그의 마음속에 있는 증오심을 키웠지. 그런 후에야 화벽남의 모습으로 다시 살아날 수 있었어.”

“…….”

“난 그렇게 긴 시간을 견뎠는데, 넌 어째서 고작 일 년 반도 버티질 못하는 거지?”

사매가 고개를 홱 들었다.

“몰라서 물어? 넌 너 자신을 위해 싸우는 거고, 난 아니야.”

화벽남이 말했다.

“……뭐가 다르지?”

“달라. 할 수만 있다면, 난 통제받고 싶지 않다고.”

사매가 그를 노려보다가 잠시 후 말을 이었다.

"다른 세상에서 온 나라도 말이야."

그러나 자신의 뜻대로 하기란 쉽지 않았다. 아무리 마음속 울분이 차올라 고집을 부리며 폭발했다 해도, 사매는 결국 운명에 고개 숙일 수밖에 없었다.

너무 어려서 아직 겪어 본 일이 많지 않다고는 해도, 그는 자신이 가장 마지막에 바라는 게 무엇인지 정확히 알고 있었다. 그래서 전생의 자신과 한배를 탔다.

지난 몇 년간, 그는 다른 세상에서 온 자신의 말에 휘둘리며 진롱 바둑돌보다 더 꼭두각시 같은 삶을 살았다. 지겹지 않다고 말한다면 그건 거짓이다. 그러나 울분이 극한까지 차오를 때마다 끊임없이 자신을 타일렀다. 큰일을 도모하려면 이 정도 고통은 아무것도 아니야.

"이 연극은 언제 끝나는 거야?"

이 질문은 그가 화벽남에게 가장 자주 하는 말이 되었다.

"천열은 언제 일어나는 거야?"

화벽남의 대답은 언제나 당나귀 앞에 무를 흔들며 꾀는 꼴이었다.

"곧. 전생에서보다 빠를 거야."

사매는 그렇게 하루하루를 견뎠다. 기다리는 게 귀찮지는 않았다.

마침내 귀계의 문이 열리고, 그는 자신이 전생에서처럼 죽은 체하며 벗어날 수 있을 거라 여겼다. 이 전투에서 엉뚱하게 초만녕이 죽을 거라곤 예상하지 못했다.

그날 밤, 그와 화벽남은 그 어떤 날보다 심하게 다퉜다. 굳게 닫힌, 제자가 머무는 숙사 방문 안쪽에서 사매는 눈앞에 보이는 모든 청자 그릇을 다 깨부쉈다. 가슴이 격하게 오르락내리락했다.

"어떻게 태연한 척을 하라는 거야? 사존이 돌아가셨어. 네가 생각해 낸 게 고작 이거야?"

화벽남도 안색이 어둡긴 마찬가지였다.

"어째서 날 탓하는 거지? 탓을 하려면 묵연에게 가서 해야지. 그놈이 경솔하게 행동한 거잖아."

그는 탁자를 짚고 있던 손가락을 구부리며 주먹을 쥐었다. 목소리는 주먹에 빨려 들어간 듯 갑자기 사나워졌다.

"그놈이 초만녕을 죽인 거야."

"……맞아, 묵연이야."

사매의 눈시울이 붉어졌다. 그러나 눈물을 흘리지 않으려 안간힘을 썼다. 그는 어릴 때부터 무슨 일이 있어도 울어선 안 된다는 어머니의 훈계를 들으며 자랐다.

화벽남도 마찬가지였다.

"묵연이 사존을 죽였어. 그러니까 날 막지 마. 지금 당장 가서 죽여 버릴 테니까!"

화벽남이 고개를 홱 들었다.

"미쳤어?"

"허!"

사매는 거친 숨을 내쉬며 고개를 끄덕였다. 눈에는 도발이 가득했다.

"누가 누구한테 할 소릴?"

화벽남이 이를 악물고 말했다.

"……묵연을 지켜야 해. 그를 단련하고, 제어해야 한다고. 이게 우리가 하는 일의 핵심이야. 다른 건 네가 생각할 거 없어."

"봐, 결국 이렇다니까."

사매는 이마를 짚으며 냉소를 지었다. 눈에선 흥분의 광채가 반짝였다.

"넌 한린성수니까, 고월야의 다른 수사들과 함께 먼발치에서 초 종사의 제사를 지내겠지. 묵연에게 마음껏 욕도 퍼붓겠지……. 그럼 나는? 도대체 무슨 말도 안 되는 소리야?"

"……."

사매가 의자에 털썩 주저앉았다. 그의 표정은 거의 경멸에 가까웠다.

"네가 이번 생에 와서 나에게 시킨 첫 번째 일은 묵연의 몸속에 있는 팔고장한화가 효력을 완전히 잃었는지, 다시 구해 낼 수 있는지 최대한 빨리 확인하는 거였어."

그는 중얼거리며 눈을 살짝 들었다. 시선이 화벽남의 흰 얼굴에 고정되었다.

그가 빈정거리며 말했다.

"그런데 이번엔 묵연에게 고백을 하라는 거야? 절대 네 맘속에 있는 내 자리를 초만녕에게 뺏길 수 없다고?"

글자 하나하나가 가시가 되어 화벽남을 찌르고, 자신을 찔렀다.

사매는 비웃었다.

"우리 둘 중에 진짜 미친 게 도대체 누군데 그래."

화벽남이 눈을 감았다. 얇은 눈꺼풀 아래에서 눈동자가 움직였다. 그가 말했다.

"나도 다른 방법이 없어. 초만녕이 전생에서 희생된 건 묵연의 몸속에 있는 팔고장한화가 너무 위협적이었기 때문이야. 팔고장한화가 완전히 파괴되고 나서 묵연을 다시 통제하려면 그거야말로 엎친 데 덮친 격이라고."

"그래서 사람이 할 짓이 못 되는 건 전부 나더러 하라는 뜻이야?"

더는 참기 힘들었던 사매가 탁자를 치며 일어났다.

"사존이 가신 지 얼마 되지도 않았는데…… 내 감정을 생각해 보긴 한 거야?"

"……."

"네가 그를 좋아하는데, 나라고 그를 안 좋아하겠어?"

사매가 이 말을 마칠 때쯤, 목소리는 걷잡을 수 없이 떨려 왔다.

방 안은 쥐 죽은 듯 조용했다.

그는 다시 앉으며 손으로 이마를 짚었다. 가늘고 긴 속눈썹이 손바닥 아래에서 파르르 떨렸다. 한동안 아무도 입을 열지 않았고, 창밖에선 폭우가 쏟아졌다. 마치 천둥 번개가 치는 가운데, 태곳적 발생했던 균열이 생기는 것 같았다.

한참이 지나고, 화벽남의 가벼운 탄식이 들렸다.

"……남아, 미안하다."

그의 말에 사매가 뻣뻣하고 차갑게 대답했다.

"날 그렇게 부르지 마."

"……."

"난 너랑 달라. 나를 사매, 아니면 사명정이라고 불러."

272장 천음각, 일촉즉발

모든 사람은 변한다. 한 사람의 인생도 그렇다. 처음의 모양이 같다 해도 서로 다른 인연을 마주치고 변수를 만나면서 십 년, 이십 년이 흐르면 사람의 성향과 처지가 달라진다.

맨 처음 묵연에게 저주를 심을 때만 해도, 사매는 찔러도 피 한 방울 나지 않을 것 같은 단호한 사람이었다.

자신의 복수와 목적 외에는 그 무엇도 용납할 수 없었다.

그러다 다른 세계에서 온 자신의 행동을 보며, 가슴에 손을 얹고 자문했다. 문득, 그는 화벽남의 마음속에 아주 조금의 불편함 혹은 자조적 냉소가 있던 적이 없었는지 알고 싶어졌다.

결국, 그는 화벽남의 지시에 따라 행동했다. 지금까지 희생했는데 이제 와서 그만둘 수도 없었다.

사사로운 정이 큰일을 그르칠 수도 있다는 걸 그는 잘 알고 있었다. 묵연의 마음을 안정시키고 자신을 지켜 내는 것보다 더 중요한 일은 없었다.

연극을 너무 오래 했다. 가면을 너무 오래 썼다. 혐오감은 뼛속 깊이 스며들다 못해 무감각해졌다. 적당한 연기도, 표리부동한 태도도, 심지어 초만녕의 죽음으로도, 바꿀 수 있는 건 아무것도 없었다.

회죄대사가 준 초혼등을 들고 내하교 옆에 선 채 아무 데도 가지 않았다. 심지어 사랑하는 사람을 위해 물불 가리지 않고 결연히 뛰어들 수 없을 때, 그는 자기도 모르게 부러움이 솟아났다.

설몽이나 묵연처럼 자기 인생의 주인이 될 수 있다면, 아니면 그렇게 말이라도 할 수 있다면, 그거면 족하다고 생각했다.

그러나 운명은 그의 뜻대로 되지 않았다. 연극에서 젊은 남자 역을 맡은 배우처럼, 한편으론 내키지 않으면서도 묵묵하게 자신만이 해낼 수 있는 연극의 절정을 준비하고 있었다.

처음엔 묵연을 유혹했다.

묵연이 자신을 보면서 웃었다.

– 사매, 난 사매가 정말 좋아.

나중에는 서상림을 이용했다.

서상림은 못마땅하다는 듯 귤을 내던지며 눈을 흘겼다.

– 난 실패한 인생이었는데, 당신 같은 벗을 만나게 될 줄은 생각도 못 했군. 나에게 환생술을 알려 준 거 정말 고맙게 생각해.

라풍화 그 멍청이가 살아나면 꼭 당신에게 탕원을 해 주라고 말하겠어……. 당신은 모르겠지만, 탕원은 그 사람이 만든 게 가장 맛있거든. 당신은 중요한 사람이니 내가 맛을 보여 주지.

마침내 그들의 계획이 실현되었다.

그가 화벽남과 얘기했던 최악의 계획대로, 그는 자신을 희생해 사존과 벗의 마음을 어지럽힌 다음 일촉즉발의 위급한 상황에서 시공의 문을 아주 순조롭게 열어젖힌 것이다.

그는 원래 바둑돌을 움켜쥐고 있던 사람이었다.

그러나 십 년 후의 자신이 나타나자 그는 자신의 바둑돌이 되었다.

통제당하는 기분은 썩 좋지 않았다. 그 역시 혐오스럽지 않은 건 아니었지만, 그러기엔 집착과 염원이 너무 간절했다. 그는 쉽게 포기하고 싶지 않았다.

그러나.

다른 세상에서 온 자신이 말하는 '조금의 희생'이라는 것이 수십만 명의 목숨과 한 세상의 몰락인지는 정말, 미처 알지 못했다.

그는 시공생사문을 열어젖힌 후에야 잔혹한 진실을 마주하게 되었다.

이 사명정은 어쨌든 그 사명정이 아니었다. 그는 아직 앞으로의 십 년을 겪어 보지 않았고, 하루하루 무너져 가는 세상을 경험하지 않았다.

정말 십 년 후의 자신을 더는 이해할 수 없었다.

그렇다고 되돌릴 수도 없었다.

그 역시 이제 버려진 말에 불과했다. 바둑판 위에서 들쭉날쭉 섞여 있는 흑백의 바둑돌처럼 무기도 잃어버린 채 더는 쓸모가 없었다.

"사존."

몽롱한 불빛이 그의 수려한 얼굴을 비췄다. 여전히 고요하고 부드러웠다.

"사실 이 일을 생각한 지는 꽤 오래되었어요……. 묵연이 환생한 후 처음부터 다시 시작하면서, 완전히 다른 사람이 되어 있을 수도 있겠네요. 그렇게 모든 걸 되돌릴 수 있다면, 제가 생각을 조금 달리 해서 완전히 다른 선택을 할 수도 있지 않았을까요."

고요한 밀실에서 그의 목소리만 울렸다.

"하지만 이미 늦었어요."

사매가 말했다.

"저도 알아요. 사존께서 절 몹시도 원망하고 있다는 걸. 묵연도 절 원망할 테고요. 소주님도 더는 절 친구로 생각하지 않겠죠……. 여기까지 오는 동안 갈등한 것과는 상관없이, 전 결국 그의 모습으로 변해 버렸어요."

사매의 손이 뜨거운 초만녕의 얼굴에 닿았다. 그리고 조용히 치유의 영력을 초만녕에게 불어 넣었다.

"죄송해요. 사존을 실망시켰어요."

그가 말했다.

"그나마 다행인 건, 제가 눈이 멀어 절 미워하는 사존의 모습을 보지 않아도 된다는 거예요."

잠시 후, 사매가 웃었다. 그의 웃음으로 밀실에 봄기운이 가득해졌다.

"제가 마지막으로 본 게 사존과 설몽, 묵연이 저 때문에 마음 아파하는 모습이니까, 전 그걸로 됐어요."

그는 초만녕의 손을 묶고 있는 곤선승을 풀어 주고 침상에 걸려 있는 주문도 풀었다. 석문에 걸려 있던 주술도 풀었다.

그러고는 천천히 벽을 짚으며 밀실을 나섰다.

그렇게 캄캄한 어둠 속으로 멀리 사라졌다.

같은 시각, 천음각 관할의 제지(齊地).

글을 가르치는 엉터리 스승 마 훈장이 서당에서 돌아왔다. 그는 쑤신 어깨를 두드리며 안으로 들어와서는 평소처럼 부엌으로 가서 팔보차 한 잔을 끓여 마시려 했다.

문을 열고 들어가자, 안이 칠흑같이 깜깜했다.

마 훈장은 무의식적으로 미간을 찌푸리고는 등잔을 더듬어 찾으며 소리쳤다.

"부인? 밤이 되었는데 어찌 촛불 하나 밝히지 않고 있는 것이오? 이게 무슨……."

'촤' 하는 소리와 함께 부싯돌이 부딪치며 빛이 났다.

깜짝 놀란 마 훈장은 입을 딱 벌린 채 집의 한가운데에 섰다……. 그의 집 종들이 목이 졸린 채 들보에 풍경처럼 대롱대롱 매달려 있었다. 그의 애첩은 배가 갈려 피떡이 진 창자가 바닥으로 줄줄 흘러내렸고, 눈과 입을 크게 벌린 채 문 쪽을 바라보고 있었다.

"아……."

마 훈장은 비명을 지르려 했으나 정작 입 밖으로 나온 건 모호하기 짝이 없는 무력한 신음뿐이었다. 한참 후에야 두피가 저릿할 정도로 비참한 비명을 질렀는데, 아래로는 똥오줌이 줄줄 흘렀다.

"아악!"

"쯧쯧, 왜 이렇게 시끄러워."

한 남자가 안에서 걸어 나왔다. 손에는 《상서(尙書)》를 들고 있었다. 그는 서책으로 간지러운 목을 긁으며 하품을 했다.

"죽은 사람 처음 봐?"

"너…… 너, 너, 너는! 묵, 묵……!"

남자는 손가락을 튕기며 느릿느릿 말했다.

"음소거 주술."

"무, 무슨 주술?"

"음소거 주술 말이야. 이것도 몰라?"

남자가 흰자위를 번득였다.

"본좌가 지금 훈장의 경전을 읽고 있는데, 야심한 밤에 시끄럽게 하면 이웃에 방해가 되지 않겠나? 자, 아무렇게나 소리 질러 봐. 누가 듣기라도 할까 걱정 안 해도 되니까, 마음껏 본좌를 원망하도록."

마 훈장은 귀신처럼 하얗게 질린 얼굴로 다리를 후들후들 떨었다. 항상 옛글만 쳐다보는 사람이 이렇게 피가 낭자한 광경을 봤을 턱이 없었다. 너무 놀라 오줌을 지린 지 오래였고, 온몸은 식은땀에 젖었다. 한참이 지나 그가 덜덜 떨리는 목소리로 말했다.

“묵…… 이 악…… 악마 같은 놈……. 넌…… 넌 천음각 사형장에 있어야 하잖아……. 너…… 너…….”

“천음각 사형장?”

남자는 자줏빛이 도는 까만 눈을 들고 웃었다.

“그래, 본좌도 거기 가 봤지. 그렇지 않았으면 어떻게 며칠 전 훈장의 고견을 들을 수 있었겠나?”

그는 책을 내던지고 몸을 꼿꼿이 편 채 천천히 마 훈장 쪽으로 걸어왔다.

촛불이 그의 준수한 얼굴을 비췄다. 그가 답선군이 아니고 누구겠는가?

답선군이 이를 드러내고 활짝 웃었다. 보조개가 깊게 팬 얼굴로 마 훈장에게 읍까지 했다.

“본좌는 책 읽는 사람을 가장 존경한다. 주제넘게 들이닥쳐 식솔들을 다 죽였으니, 훈장의 노여움을 사게 되었군. 인사 올립니다.”

애매하고 괴상한 말투에, 억울하게 목숨을 잃고 여기저기 매달린 죽은 시신들까지.

심장이 일고여덟 개가 있다 해도 부족했을 것이다. 마 훈장은 철퍼덕 바닥에 주저앉아 숨을 헐떡거렸다.

“무슨 짓을 하는 거야……. 뭘 하고 싶은 거냐!”

답선군은 웃기만 했다. 손을 휙 휘두르니 맥도 한 자루가 나타났다.

그는 고개를 살짝 돌리고 마 훈장을 쳐다봤다.

"맞혀 보시지?"

"죽이지 마!"

마 훈장이 비명을 지르며 뒷걸음질 쳤다.

"날 죽이지 마!"

뒤로 물러서다 뭔가에 부딪쳤다. 고개를 돌린 그가 마주한 것은 미처 눈도 감지 못하고 죽은 아내의 얼굴이었다. 그는 더욱 크게 울부짖었다.

"안 돼, 안 돼! 아냐, 아냐, 제발, 부탁이야……. 안 돼…… 아아악! 아아아아악!"

날아온 칼이 곧장 그의 허벅지를 관통해 바닥에 꽂혔다!

"아아아악!"

답선군이 눈을 가늘게 떴다. 미소가 부드럽고 달콤했다.

"감히 훈장님께 여쭈옵니다……. 악사와 창기는 뭐가 다르지요?"

"뭐, 뭐라고?"

마 훈장은 멈칫했다. 극심한 고통에 생각할 겨를도 없어 그저 울기만 했다.

"무슨……."

"당신이 직접 말했잖아."

답선군이 천천히 말했다.

"훈장이 천음각 앞에서 말했잖아. 악사나 창기나 모두 자중자애를 모르는 파렴치한 사람들일 뿐. 창기 편을 들어 궤변을 늘어놓는 사람이 다 있다니, 기백이 넘치는 상수진계의 도덕 수준이 이 정도로 바닥일 줄은 몰랐군."

그는 마 훈장의 말투를 흉내 냈다. 생동감 있고 여유가 넘쳤다.

말을 마치고 조용하던 그가 픽 웃으며 준수한 얼굴을 살짝 돌렸다.

"잘 외운 것 같나, 훈장?"

마 훈장은 고통과 놀람 사이에서 드디어 흐릿하게나마 이성을 찾았다. 이것이 자신이 묵미우의 어머니를 평가했던 말이라는 게 생각난 그는 눈물 콧물을 줄줄 흘리며 말했다.

"아니, 아니야. 잠시 이성을 잃었었어! 내가 멍청했어! 그게……."

그는 침을 꿀꺽 삼켰다. 얼굴은 온통 땀투성이였다.

"창기는 창기고, 악사는 악사지……. 다, 달라, 다르다고……."

"어떻게 다르지? 본좌는 훈장의 말에 일리가 있다고 생각하는데."

답선군이 거짓 미소를 지으며 다시 맥도를 들었다.

"그러니까 본좌는 머리를 잘 못 굴리는데, 곁에서 가르침을 줄 사람이 부족해. 이렇게 청산유수인 훈장의 혓바닥을 본좌에게 바치는 게 어때, 응?"

"안 돼…… 안 돼! 종사님, 살려 주세요! 도사 나리, 살려 주세요!"

횡설수설하는 마 훈장의 등에 땀이 맺혔다.

"제발, 큰 은덕과 너그러움을……."

답선군이 빙그레 웃었다.

"무슨 종사고 도사 나리야. 귀가 없어? ……폐하라고 불러야지."

"폐…… 폐하?"

마 훈장은 어리둥절했다. 그러나 무슨 상관이란 말인가. 목숨만 붙들 수 있다면 할아버지라고 부를 수도 있었다. 그는 곧장 불러 댔다.

"폐하, 폐하! 폐하, 살려 주십시오! 자비를 베풀어 주십시오!"

답선군이 쪼그려 앉아 그의 턱을 잡고 웃으며 말했다.

"에이, 도덕의 모범께 하나 묻겠습니다. 본좌가 파렴치한 겁니까, 아니면 훈장이 파렴치한 겁니까?"

"저, 저, 접니다! 저지요! 접니다…… 제가……."

그런데 목숨을 살려 준들 무슨 쓸모가 있을까.

답선군의 손에 힘이 들어갔다. 마 훈장의 사죄와 울음소리를 들으며, 그는 미소 짓는 얼굴로 마 훈장의 목을 완전히 비틀어 숨통을 끊어 버렸다.

검은 장포의 남자는 모든 일을 마친 후 집 안을 둘러보았다. 산 자가 아무도 없다는 걸 확인하고 나서야 만족스러운 표정으로 손에 묻은 피를 닦으며 일어서서는 문을 열고 밖으로 나갔다.

화벽남이 밖에서 그를 기다리고 있었다.

"화가 좀 풀렸어?"

"그럭저럭."

"천음각으로 돌아갈 준비는 되었겠지?"

답선군이 그를 한번 쳐다보았다.

"그래."

화벽남이 고개를 저었다.

"정말 못 말린다니까. 이런 작은 것까지 복수하려 들다니. 그냥 어머니에 대해 몇 마디 한 거 가지고 이렇게까지……."

"그럼 본좌가 네 어머니에 대해 몇 마디 해 볼까?"

"……."

화벽남의 표정이 희미하게 변하더니, 결국 고개를 돌리고 아무 말도 하지 않았다.

"간다. 내일 묵 종사의 영핵을 꺼내 본좌의 몸에 다시 넣겠다고 하지 않았나? 꾸물거릴 게 뭐가 있어. 본좌는 목이 빠질 지경이다."

답선군은 옷을 펄럭이며 천음각을 향해 성큼성큼 걸어갔다.

구름을 뚫고 금빛 햇살이 비치기 시작했다. 날이 밝고 있었다.

공포가 극에 달한 날카로운 비명과 함께, 마 훈장 일가족의 시체는 일찍 일어난 이웃에게 발견되었다. 이런 살인 사건은 평소대로라면 제지에서 큰 화제가 되었을 테지만, 아쉽게도 이번엔 그러지 않았다.

살인 사건보다 더욱 눈길을 끄는 판결이 진행되고 있었기 때문이었다.

삼 일 전 공개 심판대가 세워졌던 곳에 형대(刑臺)가 세워졌다. 형대에선 횃불이 활활 타오르고 있었다. 촛농에서 소나무의 상쾌한 향이 났다. 하늘하늘한 금사 장포를 걸친 천음각의 두 시녀가 다소곳하게 올라와 형대의 등잔에 불을 밝혔다.

천음각의 근위대는 신기하게도 하나같이 외모가 출중했다. 남자는 준수했고 여자는 아리따웠다. 천음각에서 수련하는 심법 때문인지, 아니면 목연리가 제자를 받을 때 외모를 중시하기 때문인지는 알 수 없었다.

"천지는 영명하니 선악에는 결국 응보가 따른다."

수성(獸性) 청동 등잔이 하나하나 불을 밝혔다. 선명한 붉은 비단 같은 불꽃이 너울거렸다.

사방이 사람으로 가득했다.

형대 위아래, 동서남북.

경계가 물샐 틈 없이 삼엄했다. 설몽은 사생지전 쪽 자리에 앉아 계속 몸을 떨고 있었다.

지난 삼 일 동안 설정옹은 백방으로 사정하며 돌아다녔지만, 아무 소용이 없었다. 수사들은 신무 저울의 공평함을 맹목적으로 믿었으며, 진롱기국을 섭렵한 묵미우를 두려워했다.

– 그는 우리를 구했어요.

사생지전의 사람들은 설득할 수 있는 사람은 모두 붙잡고 설명했다.

– 그날 그가 영핵을 파괴해 우리를 구했습니다. 그에게 음모가 있었다면 어떻게 그런 일을 할 수 있었겠습니까?

묵연이 풀어야 할 의혹은 너무 많았고, 그들의 편에 서려는 문파는 없었다. 고월야와 답설궁마저 중립을 지키며 아무 말이 없었다.

수천 년 전에 자취를 감췄던 제1 금지 술법이 갑자기 다시 나타난 것, 그리고 수천 년 동안 건재해 온 최고의 공개 재판 전당.

바보가 아니고서야 전자를 믿는 사람은 없을 터였다.

그러니 설정옹의 동분서주는 너무나 어리석어 보였고, 사생지전의 해명도 너무나 무력해 보였다.

설몽은 어렴풋하게나마 생각해 본 적이 있었다. 정 안 되면 감옥에서 빼내야지 뭐.

그러나 그 역시 불가능하다는 건 알고 있었다.

이곳은 천음각의 경비가 도처에 깔린 데다 다른 문파의 장문들과 제자들, 그리고 형대 아래를 빽빽하게 메운 백성들도 있었다.

수많은 눈이 예의주시하고 있으니, 도망치려야 칠 수도 없었다.

결국, 영핵을 도려내는 것이 묵연의 마지막일 터였다.

"천음각은 삼 일 동안 공시했고, 죄와 벌은 이미 정해졌습니다."

목연리가 아름답고 위엄 있는 표정으로 형대 아래에 인산인해를 이룬 사람들을 내려다보며 손에 든 편종을 울렸다.

"죄인 묵연을 데려오라."

묵연이 참죄대에서 형대로 호송되었다. 영핵이 파괴되었는데도 천음각의 최상급 제자 수십 명이 그를 예의 주시하고 있었다.

그들은 대머리독수리였다. 묵연이 사지로 가는 길은 고통의 길이었다. 영핵을 도려낸 후, 살아남은 사람은 거의 없었다. 피비린내를 맡은 대머리독수리들의 눈동자가 빛났다.

"중죄인 묵연은 금일 오시,[#9] 영핵을 도려내는 형에 처한다."

목연리의 목소리는 맑고 차가웠다.

"열 가지 죄상을 이곳에서 낭독하여 천지에 알리노라."

비는 그쳤지만 땅바닥은 아직 축축했다. 묵연은 물이 고인 웅덩이에 섰다. 하늘빛과 구름의 그림자가 그의 발아래에서 어

#9 오시 午時, 11시~13시

른거렸다. 눈을 든 그가 사람들 사이에서 엽망석을 발견했다.

그의 까만 눈동자는 질문하듯 그녀를 응시했다. 자신이 당부했던 대로 사생지전의 사람들에게 말했는지 물었다. 자신이 내려놓지 못한 뒷일에 대해 잘 전달했는지 확인하듯 물었다.

엽망석이 그를 보며 고개를 끄덕였다. 묵연의 입술 끝이 말려 올라가며 명랑하고도 부드러운 미소를 지어 보였다. 얼굴빛도 환해졌다.

날씨가 너무 좋았다.

비도 그쳤다.

"죄상 일, 백성을 도륙하고 사람의 목숨을 하찮게 여겼다."

목연리의 목소리가 천음각에 울려 퍼졌다. 장엄하고도 엄숙했다.

"죄상 이, 건물에 불을 질러 사사로운 원한을 갚으려 했다."

불상 앞의 향이 타기 시작하고, 온갖 천신이 구름 위에서 물었다. 화를 내기도 하고, 자애롭기도 하고, 털썩 주저앉아 팔짱을 낀 채 망망대해를 이룬 중생들을 내려다보았다. 요 몇 년 동안, 묵연은 하늘을 거의 올려다보지 않았다. 하늘 위에 정말 신이 있다면, 그의 눈 속에 숨겨진 죄업과 나쁜 생각을 들킬 것 같아서였다.

이제 그는 마침내 마음 놓고 고개를 들어 하늘을 보았다. 씻어 내리는 듯한 햇빛이 스며들어 보랏빛이 감도는 까만 눈을 투명한 연갈색으로 만들었다. 눈이 유리알처럼 깨끗해졌다.

그는 하늘을 올려다보았다. 하늘은 아득히 높았고, 구름은 옅었다.

목연리의 목소리는 먼 곳에서 들려오는 것 같았다. 그는 눈을 감았다.

사생지전을 보지 않았다. 이미 저세상 사람이 된 망자들의 얼굴도 이제 볼 일이 없었다.

"죄상 육, 금지 술법을 몰래 수련하여 큰 잘못을 저질렀다."

갑자기 뭔가 떠올랐는지 그의 얼굴에 약간의 한스러움과 아쉬움이 떠올랐다.

이번 생에선 정말 초만녕을 잘 챙겨 주고 싶었는데, 결국 그러지 못했다. 한결같이 바랐던 첫 관계도 엉망진창이 되고 말았다.

실패로 끝났다.

그는 절대 좋은 사람이 되지 못했다. 그는 재앙이었고, 역귀였고, 저열한 비웃음거리였다.

두 번의 생에서.

어머니를 지키고 싶었지만, 그러지 못했다.

사랑에 보답하고 싶었지만, 그러지 못했다.

어릴 때 영웅이 되고 싶었던 그는 진실을 왜곡하고 사람들을 속여 평생 설 장문의 조카로 살려 했다. 그러다 궁지에 몰리게 되자, 세상에서 가장 냉혹하고 무정한 답선제군이 되고자 했다.

그러나 모든 건 흐지부지되었다.

"답선군, 묵미우, 묵 종사……."

속눈썹이 떨렸고, 목울대가 오르락내리락했다. 그는 자신만이 들을 수 있을 정도로 작게 조소와 탄식을 내뱉었다.

"넌 정말 세상에서 가장 우스운 놈이다."

그는 이렇게 말하며 고개를 들어 높은 하늘을 올려다보았다. 이마로 내려온 머리칼이 바람에 흩날렸다. 그는 눈을 가늘게 뜨고 계속 생각했다. 초만녕은 지금 어디에 있을까?

이미 얻은 게 너무 많아서, 모든 인연을 다 써 버려서, 그래서 이번 생의 마지막엔 그의 모습을 볼 수 없는 걸지도 몰랐다.

아주 좋다. 그는 형대 위에서 반달눈을 뜨고 빙그레 웃었다.

최소한 만녕에게 자신의 이런 모습까지 보여 주진 않아도 되니까.

"시간이 다 되었다! 집행 준비!"

어느새 위엄 있는 목소리가 들리고, 호각 소리가 울려 퍼졌다.

악몽이 그림자를 드리우듯, '집행 준비'라는 말이 만 리를 뻗어 넘어갔다. 그리고 마치 고막을 때리듯, 초만녕의 귓속을 울렸다. 교산의 밀실 안에 있던 초만녕이 눈을 번쩍 뜨더니 의식의 혼돈 속에서 깨어나 벌떡 일어났다.

"묵연!"

촛불이 깜박였다. 그는 거친 숨을 내쉬었다. 식은땀에 옷이 다 젖었다.

그는 약하게 몸을 떨었다. 그러면서 거의 무의식적으로 입에서 튀어나온 말은, 두 번의 인생에서 계속 얽혀 온 그 사람의 이름이었다. 목울대가 위아래로 움직이고, 시선은 멍하니 한곳에 고정되었다.

조금 전, 그는 칼의 그림자를 본 것처럼 강렬한 전율이 일었다. 심장도 요동쳤다. 온몸에 소름 돋는 두려움이 느껴지는 이유를 알 수가 없었다.

"……."

침상에 앉아 힘껏 마른세수를 했다. 땀이 식으면서 정신도 차차 또렷해졌다.

눈앞에서 어떤 기억이 또렷하게 나타났다가 사라졌다. 그러나 그 기억들은 그의 것이 아니었다. 지혼의 반이 묵연의 몸속에 너무 오래 머무른 나머지, 다시 그에게 돌아온 영혼은 묵연의 기억 중 많은 부분을 가져왔다. 팔고장한화가 묵연을 삼킨 기억이라던가, 혹은 버려진 기억 같은 것들.

심지어 묵연 자신조차도 기억하지 못하는 중요한 일들까지도.

초만녕은 모두 보고 말았다…….

273장 천음각, 산산이 조각난 꿈

초만녕은 어린 묵연이 어머니를 보며 미소 짓는 걸 보았다. 단의한은 묵연의 머리를 쓰다듬으며 '은혜를 갚거라, 복수할 생각 하지 말고'라고 말했다.

설몽이 준 간식 한 상자를 안고 조심스럽게 깨물면서 부스러기 한 조각도 떨어뜨리지 않으려는 묵연도 보았다.

새로 입문하는 제자의 옷을 입은 묵연이 무상진의 술집 앞에서서 주머니 속 부스러기 은전을 주인에게 내미는 모습도 보았다. 그는 부끄러우면서도 기대하는 표정으로 웃으며 말했다.

"좋은 이화백주 한 주전자 주세요. 예쁜 주전자에 담아 주실 수 있나요? 제 사존께 드리려고요."

기억이 계속 이어졌다.

묵연의 마음속에서 가장 따뜻하고 가장 또렷한 아름다운 기억들이…… 이렇게 오색찬란한 빛을 내며 주마등처럼 지나갔다.

기억 속의 묵연은 시종일관 웃는 얼굴이었다. 추위와 배고픔에 시달리던 유년 시절부터 팔고장한화가 발작을 일으키기 전인 소년 시절까지. 그러나 이런 기억이 많지는 않았다. 이번 생에서 묵연의 순수했던 시절은 너무 짧았다. 마음껏 즐거워했던 날이 손에 꼽을 정도였다.

초만녕은 빠르게 스쳐 지나가는 일들을 바라보고 있었다.

그 후, 모든 게 안정되었다.

두 사람의 영혼이 너무 오랫동안 얽혀 있었기 때문에, 그는 팔고장한화가 심어지기 전 묵연이 자신을 좋아했던 절절한 마음을 분명히 느낄 수 있었다. 그를 공경했고, 의지했고, 사랑했다. 비록 그는 잘 웃지도 않고 법술을 가르칠 때도 혹독했지만 말이다.

그럼에도 좋아했다. 편하기도 했고 마음이 따뜻해지기도 했다.

묵연은 얼음처럼 차가운 사존이 사실은 너무 좋은 사람이라고 생각했던 것이다.

묵연은 그렇게 그를 좋아했다……. 그렇게 오래전부터 열렬하게, 그리고 순수한 마음으로 그를 좋아했다.

눈앞의 기억은 끝없이 이어졌다. 초만녕은 묵연의 기억을 따라 달이 떠 있고 상쾌한 바람이 불던 밤으로 날아갔다. 그날 밤, 외로운 등불 하나가 사생지전의 제자 방을 밝혔다. 묵연은 탁자에 앉아 펼쳐진 책을 마주한 채 흰 손수건에 조심스럽게 수를 놓고 있었다.

자수에 서툰 그는 몇 줄 수놓지도 못하고 금세 손가락을 찔러 버렸다. 떨어진 핏방울이 손수건을 물들였다.

묵연이 눈을 휘둥그레 떴다. 그러고는 낙담한 표정으로 한숨을 내쉬었다.

"너무 어렵네."

그는 손수건을 뭉쳐 한쪽에 던졌다.

그러고는 새 손수건을 꺼내 다시 수를 놓았다.

촛불은 밤새도록 꺼질 줄을 몰랐다. 버려진 손수건도 셀 수 없이 많았다. 마침내 손놀림이 조금씩 익숙해졌고, 서서히 연홍색 꽃잎이 나타나기 시작했다. 꽃잎 한 장, 두 장…… 다섯 장.

진심을 담아 섬세하게 수놓은 꽃잎이었다.

소년은 서툰 솜씨로 새하얀 손수건에 수를 놓았다. 한 땀 한 땀 영원히 시들지 않는 해당화가 피어났다.

손수건을 쳐다보는 그의 눈 속에 빛이 반짝였다.

수를 다 놓았다. 사실 결과물은 형편없었다. 삐뚤빼뚤한 부분이 많았고, 누가 봐도 초짜가 만든 티가 났다. 그런데도 묵연은 뿌듯해서 어쩔 줄을 몰랐다. 그는 흥분된 표정으로 손수건을 이리저리 보다가 휙 던졌다. 가볍고 부드러운 손수건이 허공에서 흩날리다 그의 얼굴 위에 떨어졌다.

그의 얼굴을 가렸다.

그는 손수건 밑에서 소리 내 웃다가 입으로 후 불었다. 해당화 손수건의 귀퉁이가 뜨면서 그의 따뜻한 눈이 보였다. 뿌듯한 빛이 어렸다.

"사존께 이걸 드리면 분명 좋아하실 거야."

그의 마음속에는 묵직한 따스함이 있었다. 나중에 심어질 고화가 절대 용인하지 못하고 집어삼킬 게 분명한 따스함이었다.

"손수건을 쓰실 때마다 내 생각이 나겠지."

묵연은 손수건을 품 안에 집어넣었다. 초만녕이 자신을 칭찬하며 즐거워하는 모습을 수십 번도 더 상상했다. 싱그러운 풀이 자라고 꾀꼬리가 날아다니는 춘삼월처럼 기쁨을 억누를 수가 없었다. 그날 밤, 그는 신나게 초만녕의 거처로 달려가 연못가에서 물고기를 보고 있는 남자에게로 갔다.

"사존!"

그는 들뜬 표정으로 달려갔다. 얼굴빛이 환했다.

고개를 돌린 초만녕이 놀란 얼굴로 말했다.

"네가 어쩐 일이냐?"

"제가, 에취……."

추운 날씨에 급히 나오느라 겉옷도 입지 않은 소년은 말을 하기도 전에 재채기부터 했다.

초만녕이 말했다.

"……무슨 일인데 옷 입는 것도 까먹을 정도로 급한 것이냐?"

묵연이 코를 비비며 씩 웃었다.

"기다릴 수가 없어서요. 이걸 사존께 드리지 않으면 잠이 안 올 것 같아서요."

"뭔데?"

"사존께 드릴 선물이요."

그는 잘 접은 손수건을 조심스럽게 품에서 꺼냈다. 막상 사존에게 건네려 하니 갑자기 민망해져서 그의 얼굴이 빨개졌다.

"사실…… 사실 비싼 건 아니에요. 그렇게, 그렇게 좋은 것도 아니고요."

그는 고민 끝에 아예 손수건을 뒤로 감추고는 발끝으로 초조하게 땅바닥만 찼다.

초만녕은 가만히 묵연을 보다, 천천히 입을 열어 물었다.

"……뭘 샀길래?"

소년의 귓불이 붉게 달아올랐다. 그가 쑥스러워하며 말했다.

"산 게 아니에요. 전 돈이 없어서……."

초만녕이 멈칫했다.

"그럼 네가 직접 만든 것이냐?"

고개를 숙인 묵연의 속눈썹이 짙은 안개처럼 내리깔렸다. 그가 작은 목소리로 말했다.

"네."

그러고는 초만녕의 대답을 기다리지도 않고 황급히 덧붙였다.

"그냥 안 드릴래요. 사실 너무, 너무 안 예쁘거든요!"

그는 여전히 부족하다는 생각이 들었는지, 또 한 번 용기를 내 초만녕을 바라보며 한마디를 보탰다.

"하나도 안 예뻐요."

초만녕은 지금도 그때 자신의 기분을 기억하고 있었다. 의아하기도 했지만 한편으론 기쁘기도 했다.

다른 사람이 직접 만든 선물을 받아 본 적은 한 번도 없었기 때문이다.

그러나 그걸 표현하기도 민망하고, 웃기도 겸연쩍었던 나머지 안 그래도 차가운 얼굴이 더욱 굳어졌다. 이제 막 들어온 어린 제자에게 자신이 흐뭇해하는 표정을 들킬까 봐 겁이 났다.

그가 헛기침하며 입을 열었다.

"그럼 이왕 만든 거, 예쁘지 않더라도 좀 보여 주지 않겠느냐?"

묵연이 손수건을 다시 앞으로 가져왔다. 두 손으로 받쳐 들려고 했지만 방금 자신이 야단법석을 떤 통에 다 구겨졌을까 걱정이 되어 황급히 손수건을 폈다.

얼굴이 불타오르고 있는데, 길고 가녀린 손이 불쑥 나오더니 그를 힘들게 했던 손수건을 가져갔다.

한차례 소란이 지나가고, 고요가 찾아왔다.

묵연은 멍청한 표정으로 자기도 모르게 '아' 하는 소리를 냈다.

"사존, 정말 너무 안 예쁜데……."

그때 초만녕은 묵연에 대한 감정이 전혀 없던 시기였다. 그래서 반짝반짝 빛나는 검은 눈동자만 기억이 났다. 꽃잎 위의 이슬처럼 촉촉하고 아름다운 눈이었다.

감정이란 때로는 전광석화처럼 신속했고, 때로는 바위를 깨뜨리려는 물방울처럼 느렸다.

초만녕은 후자였다. 소년의 물방울만큼 작은 마음씨가 그의 마음을 파고들었다. 처음엔 소년의 미소에 별 감흥이 없었지만, 나중엔 그 미소가 너무 좋았다.

어느 날 문득 자신의 마음을 깨달았을 때, 그는 이미 부드러운 마음씨를 가진 소년의 늪에 깊이 빠져 헤어 나올 수 없는 지경에 이르렀다.

"손수건이냐?"

"네…… 네네."

하얗고 네모진 손수건의 모서리에 천잠사로 수놓인 해당화. 바느질은 꼼꼼하고 야무졌지만 딱 귀여워 보일 만큼 서툴렀다.

스산한 골짜기 같던 초만녕의 마음에 물결이 일었다. 골짜기에 흐르는 샘이 생기고, 샘물 위로 꽃잎이 떨어졌다. 그는 손수건을 쳐다보며 한동안 무슨 말을 해야 할지 몰랐다.

이런 선물을 받은 건 처음이었다.

선물을 준 사람은 말 없는 그를 보며 마음에 들지 않는 줄 알고 더듬더듬 덧붙였다.

"저, 저는 그림책에 나와 있는 걸 보고 따라 한 거예요. 사실……어, 사실 이런 모양의 손수건은 마을에 가면 팔아요, 비싸지도 않고요. 바느질도…… 제 것보단 훨씬 잘했을 거예요."

급기야는 마음이 초조해져서 손수건을 도로 가져오려 했다. 그러나 초만녕이 한발 빨랐다. 그는 태연하게 손수건을 옷섶에 넣었다.

"말도 안 된다. 한번 준 선물을 어찌 다시 가져가려 한단 말이냐?"

쭈글쭈글해진 손수건에는 묵연의 온기가 남아 있었다. 확실히 안 예쁘긴 했다. 무상진에선 동전 열 개면 같은 모양의 손수건을 여덟 장은 살 수 있었다.

그러나 그는 이 손수건이 소중했고, 돌려주고 싶지 않았다.

그리하여 손수건은 묵연이 처음으로 초만녕에게 준 선물이 되었다. 고화의 주문에 걸린 후, 이때의 기억은 물론 손수건마저 묵미우의 기억에서 사라졌다.

초만녕은 숫기도 없고 말재주도 없는 사람이라 굳이 말을 꺼내진 않았으나, 사매에게 점점 마음을 쓰고 그 주위를 맴돌면서 온갖 선물을 갖다 바치는 묵연을 보며 차츰 말수가 적어졌다.

또한 묵연에게 그 손수건을 보여 주고 싶은 마음도 사라졌다.

묵연이 별생각 없이 준 물건을, 자신은 너무도 귀하게 여겼다.

기억이 떠올랐다…….

지혼이 결합되면서 과거의 기억도 함께 가져왔다. 이런 일들 하나하나가 서서히, 모두 기억나기 시작했다.

초만녕은 어느 때보다도 화나고, 초조하고, 슬프고, 고통스러운 기분을 느끼며 몸을 일으켰다…….

손이 떨렸다. 그는 마침내 모든 진실을 알게 되었고, 자초지종을 알게 되었다.

억울했던 어린 시절뿐이 아니었다.

사매에 현혹당했다는 것뿐만이 아니었다.

절대 이게 다가 아니었다.

그러나 이렇게 가장 중요한 기억들이 사매의 주문에 억눌린 채 이십 년, 두 번의 인생을 통틀어 이러한 사건을 제대로 아는 사람은 아무도 없었다.

지금까지 말이다.

진실, 진실…….

이것들이야말로 진실이었다!

교산엔 이제 장애물이 없었다. 초만녕은 다른 걸 생각할 겨를도 없이 미친 듯이 산 아래로 내달렸다. 그는 가장 가까운 마을로 가서 묵연의 거취를 물었다.

"그 묵 종사?"

초만녕의 신분을 모르는 마을 사람이 걸걸하게 말했다.

"종사 같은 소리 하고 있네. 겉과 속이 다른 짐승이지, 무슨."

겉과 속이 다른 짐승이라…….

죄인…….

폭군.

눈앞이 어지러웠다. 두 세계가 마구 겹쳤다. 그에게 잔인한 미소를 던지는 전생의 답선군과, 눈을 내리깐 채 미소 짓는 현생의 묵미우.

아니야.

진실은 이게 아니야.

초만녕이 창백한 얼굴로 물었다.

"그 사람은 어디 있습니까?"

"천음각이요."

마을 사람이 말했다.

"상수진계, 하수진계를 통틀어서 모르는 사람이 없어요. 아주 흉악한 죄를 지어서 오늘 영핵을 도려낸다는데, 마땅히 받을 벌을 받는 거 아니겠소!"

산이 무너지듯 머릿속이 윙윙거리며 울렸다.

"집행이 언젭니까?"

초만녕이 급히 물었다. 점점 강렬해지는 봉안의 광채에 마을 사람은 깜짝 놀랐다.

"자, 잘 기억이 안 나는데. 아마도…… 오시?"

오시…… 오시라……. 곡식을 널어 말리는 곳 옆에 있는 해시계를 본 그의 표정이 삽시간에 변했다!

승룡 부적이 허공을 가르며 날아왔다. 성난 파도와 광풍 속에서, 초만녕은 종이 용에게 바람을 타고 자신을 제지로 데려 갈 것을 명령했다. 종이 용은 주인과 이야기라도 좀 나눌 생각이었으나, 초만녕의 촉촉한 눈을 보고 깜짝 놀라고 말았다.

종이 용은 어리둥절했다.

"……무슨 일인가?"

"날 좀 도와줘."

한 번도 본 적 없는 초만녕의 표정에 종이 용은 어쩔 줄 몰라 하며 말했다.

"본좌가 언제 안 도와준 적이 있었는가. 아이고, 울지 말게."

초만녕은 어금니를 꽉 깨물었다. 단호함과 괴팍함은 온데간데없었다.

그 진실은 벌레처럼 그의 등을 물어뜯었다.

"안 운다. 날 천음각으로 데려가 다오. 지체할 시간이 없어!"

"가서 뭘 하려고?"

"사람을 구해야 해."

떨림이 멈추질 않았다. 분명 울고 싶은 게 아니었는데, 울 마음이 없었는데, 눈물이 흘러내렸다. 초만녕은 빨개진 눈을 문질러 닦았다.

"판결을 잘못 받은 사람을 구해야 한다."

"……."

"세상에 영핵을 도려내고 사람들의 뭇매를 맞아 마땅한 사람이 있다 해도, 그게 그 사람은 아니야."

초만녕이 쉰 목소리로 말했다.

"내가 대신 누명을 벗겨 줄 거다."

종이 용은 더 묻지 않았다. 그를 태운 종이 용은 무시무시한 머리 뿔이 달린 거대한 용으로 변하더니 포효하며 하늘로 날아올랐다. 바람에 작은 언덕들이 요동치고, 늙은이의 수염이 흩날렸다. 차가운 안개는 산산이 부서져 촉촉한 구름바다를 떠다녔다.

초만녕은 종이 용의 뿔 옆에 앉았다.

강한 기류가 그의 얼굴을 때렸다. 하늘 위는 너무 추워서 손끝의 피가 꽁꽁 얼어 버릴 것만 같았다. 그는 앞을 바라보았다. 겹겹이 이어지는 운무와 산, 끝없이 흐르는 강줄기. 사람들은 어제와 마찬가지로 아래에서 휙휙 지나갔다.

사실 다시 깨어났을 때부터 그는 미칠 것만 같았고, 무감각했고, 온몸이 끊어지는 기분이었다.

어느 정도 안정을 찾고 나자, 그는 지난 일들이 몰고 온 슬픔에 온전히 잠겼다. 그는 용의 등 위에 웅크렸다. 천천히 몸을 구부리고, 천천히 얼굴을 손에 묻었다.

강풍이 그의 귓가를 세차게 때렸다.

그들이 묵연을 심문하려 한다. 그들이 그의 심장을 열어 영핵을 파괴하려 한다…….

죄악이 너무 커 용서할 수 없다고 한다.

아니야.

세찬 바람의 소리는 모든 속인의 기쁨과 슬픔, 노여움을 덮기에 충분했다.

하늘은 넓고 구름은 광활했다. 초만녕은 결국 차디찬 바람을 맞으며 목 놓아 울었다. 두 번의 덧없는 인생…… 답선군이건,

묵 종사이건…….

원래는 모두 이래선 안 돼.

묵연의 말이 맞았다.

통천탑 아래에서의 인사부터, 처음부터 잘못된 거였다.

해가 점점 높이 떠오르고, 천음각 바깥의 구리 물시계가 움직였다. 시녀가 종을 한 번 치며 크게 말했다.

"오시요!"

뱁새들이 깜짝 놀라 날아갔다.

"집행!"

형틀이 올라왔다. 묵연을 쇠사슬로 묶은 후, 장포를 벗기고는 옷섶을 벌렸다.

목연리가 차가운 얼굴로 자신의 신무인 비수를 들고 묵연의 앞에 섰다.

"오늘 그대에게 형을 집행하노니, 잘못을 뉘우치길 바라오."

그러더니 입술이 붙었다 떨어지기를 반복하며 천음각의 오래된 시를 읊었다.

"천음은 장대하니, 사사로운 마음이 없어야 하네.

천음의 자식은 감정에 치우쳐선 안 되네.

천음은 넓고 아득하니, 신을 모독해선 안 되네.

천음은 측은지심으로 중생을 존중하리."

그녀가 눈을 내리깔고 묵연에게 예를 갖췄다. 송별의 의미였다.

그러고는 칼집에서 칼을 뽑았다. 사방에 불꽃이 튀고, 신무가 울부짖었다. 금빛 깃털이 흩날렸다. 비수의 광택이 비춘 그녀의 두 눈에는 그 어떤 감정도 들어 있지 않았다.

손으로 눈을 가린 사람, 목을 길게 빼고 기다리는 사람, 눈을 질끈 감고 탄식을 내뱉는 사람, 손뼉 치며 환호하는 사람.

형대 아래 사람들의 모습은 각양각색이었다.

“자, 영핵을 도려내는 천벌을 집행한다.”

손이 들림과 동시에 칼이 휘둘려지고, 핏방울이 사방에 흩뿌려졌다.

숨 막힐 듯한 정적.

순간, 누군가의 비명이 천지를 뒤흔들었다.

“형——!”

빨간, 새빨간 피가 흘러내렸다. 신무가 묵연의 가슴을 찔렀다. 묵연은 눈을 뜨고 있었다. 아무 감각이 느껴지지 않았다. 뻣뻣한 고개를 숙여 피와 살이 흉측하게 갈라진 심장을 내려다보았다.

그의 입술이 빼끔거리더니, 극심한 통증이 터지는 불꽃처럼 시작되었다. 눈앞이 번쩍번쩍 정신이 없었다.

“컥컥!”

입에서 뿜어져 나온 피가 바닥에 후두두 떨어졌다. 쇠의 비린 맛이 났다.

광활한 천지가 처량한 붉은 바다로 변했다.

틀렸다. 모든 게 틀렸다.

초만녕은 용을 타고 날았다. 점점 제지에 가까워지고 있었다.

묵연이 자신을 쌀쌀맞게 대하며 세상을 장난이라고 생각하는 줄 알았다. 하지만 그건 원한 때문이었다. 마음속에 자라난 원한.

처벌과 훈계를 할 때마다, 처음 두 사람의 따뜻한 마음이 묵연의 기억 속에서 점점 잊히는 줄 알았다.

그러나 그게 아니었다. 그 기억들은 묵연의 혼백 안에 고스란히 간직되어 있었다.

그는 그걸 보았다.

초만녕은 묵연의 가장 깊은 내면을 들여다보았다. 팔고장한 화가 억눌러 놓은 의식 속은 온통 지난날의 깊고 돈독한 정으로 가득했다.

그해, 묵연은 너무나 싱그럽고 맑았다. 따뜻하고 건강한 심장이 가슴 속에서 뛰고 있었다. 그해, 그는 자신이 모시게 된 사존이 옻칠을 한 창가에 서 있는 모습을 보았다. 사존은 그가 있는 쪽으로 고개를 돌리며 차가운 표정으로 말했다.

"묵연, 이리 오너라."

가까이 가자 그의 앞에는 종이와 먹, 붓, 벼루가 있었다.

"존주께서 네가 아직 네 자(字)도 못 쓴다고 하시더구나. 붓을 들어라. 내가 가르쳐 주마."

그는 묵연을 가르쳤다. 음색은 속세를 초월해 고요히 피어난 창밖의 살구꽃처럼 옅었다.

"존주께서 주신 자는 '미우'다. 네 이름과는 정반대의 뜻이지. 내가 먼저 써 볼 테니 잘 보거라."

한 획, 또 한 획. 사존의 필체에는 힘이 있었다. 옆에 선 어린 제자는 넋을 놓고 쳐다봤다.

"점 하나가 많다."

제자가 다시 썼지만, 사존은 또다시 지적했다.

"이번엔 점 하나가 부족해."

두 글자를 다섯 번이나 가르친 후에야 간신히 삐뚤빼뚤하게나마 제대로 쓰게 되었다. 그마저도 너무 엉망이라 봐 줄 수 없을 정도였다. 이렇게 머리가 안 돌아가는 제자는 처음이라, 초만녕은 자기도 모르게 한숨을 내쉬었다.

"……어려우냐?"

아니요.

그러나 그때의 묵연은 말할 수 없었다. 초만녕이 눈을 내리깔고 붓을 움직이는 모습이 너무 아름다워서, 계속 보고 싶은 마음에 일부러 점을 더 그리기도, 덜 그리기도 했다는 것을.

그를 속여 글씨를 또 보여 달라고 할 작정이었다.

"너무 어려워요."

초만녕이 묵연을 노려보았다.

"진지하게 보거라. 장난으로 생각하지 말고."

묵연은 입을 오므리고 웃으며 진심으로 고민하는 얼굴을 했다.

"그럼 사존께서 다시 한번 써 주세요."

그는 사존의 봉안이 비스듬하게 내려가며 고개를 숙이는 그 순간이 정말 좋았다.

초만녕이 글씨를 가르치기 위해 자신의 손을 잡으면, 창밖에서 해당화가 피어나는 소리가 들려왔다.

형대의 결계는 산처럼 높았고, 천음각의 판결은 그 누구도 저항할 수 없었다.

신무 비수는 쇠를 자를 만큼 예리했고 주인의 뜻을 헤아릴 수도 있었다. 목연리의 표정은 담담했다. 묵연의 거친 숨소리가 들리지 않는 것 같았고, 시체처럼 창백한 그의 얼굴도 보이지 않는 것 같았다. 묵연의 관자놀이에 튀어나온 핏줄과 입가에 흐르는 피는 더더욱 보지 못한 것 같았다.

그녀는 신무 저울이 내린 판결에 대해서만 집행을 했다.

영핵을 도려냈다.

비수는 심장을 파고들어 피와 살을 빠르게 헤집고 다니며 영핵 파편들을 찾아낸 후 기를 모아 밖으로 파냈다. 예리한 칼날에 베인 살점 또한 떨어져 나왔다.

그녀는 전혀 개의치 않고 시종이 들고 선 은쟁반 위에 살점과 영롱하게 빛나는 파편들을 던졌다.

치유를 담당하는 여수사가 곧바로 올라와 맹렬하게 뿜어져 나오는 피를 막고 경련을 일으키는 심장에 손을 갖다 대 그가 죽지 않도록 조처를 했다.

저울이 그에게 내린 판결은 영핵을 도려내는 것이었다. 따라서 천음각은 그가 무사하도록, 최소한 형대 위에서 죽지 않고 형을 집행하는 동안 심장이 멎지 않도록 그의 목숨을 붙들어 놔야 했다.

그들은 그가 의식을 잃지 않도록 했다. 고통으로 인해 의식이 흐려진 건지, 아니면 죽음이 다가온 건지, 정확히 파악하기 위해서였다. 그래서 묵연은 자신의 심장이 계속 베이고, 파편이 나오고, 다시 눌렸다가 붙는 과정을 지켜보게 되었다.

한 번, 또 한 번.

이성을 잃은 설몽은 목 놓아 울며 얼굴을 손에 묻었다. 눈물이 빗물처럼 흘러 내렸다.

"형……."

극심한 고통에 의식이 흐릿해지고, 힘줄이란 힘줄은 모두 툭 불거졌다.

한편으론 마침내 해방되었다는 생각도 들었다.

목연리의 칼이 그의 심장을 베고 파편들을 꺼낼 때마다, 전생의 죄업과 자신의 손에 묻은 피가 조금씩 옅어지는 기분이었다.

고통이 끝나면 용서받을 수 있을까?

파편을 다 도려내고 나면 처음으로 돌아갈 수 있을까?

그렇다면 처음은 또 어디일까?

통천탑 아래에서 입문하던 그날도, 그는 사생지전의 가짜 공자였다. 어머니는 이미 돌아가셨으니, 그 행복은 여전히 손에 잡히지 않는 환영이었다.

곳간에서의 유년 시절은 단의한과 서로 의지하며 살아가던 시간이었다. 하지만 일이 잘못되어 초만녕을 만나지 못할까 두려웠다. 초만녕을 만나지 못하면 그 행복도 한이 될 터였다.

지난날을 되돌아보았다. 두 번의 인생에서 편안한 마음으로 다시 시작하고 싶은 지점을 도저히 찾을 수가 없었다. 그는 아무 걱정 없이 배부르고 등 따뜻한 날을 찾지 못했다. 단 하루도.

두 번의 인생을 통틀어 사십여 년 동안 하루도 맘 편한 날이 없었다.

목연리의 비수는 여전히 묵연의 몸속 깊은 곳에서 하늘을 대신하여 정의를 행하고 있었다.

그는 자신의 영혼이 악랄하고 더러워서 용서받을 수 없는 죄가 많아 하늘이 다시 판결을 내리리라는 걸 알고 있었다.

그 순간, 문득 슬픔이 몰려왔다.

어머니를, 사존을, 동생을, 백부와 백모를 갖고 싶었다. 집이 갖고 싶었다.

그러나 그의 욕심이 너무 과했던 것일까.

결국 마지막까지 그에겐 아무것도 없었다.

결국, 그가 알고 있던 행복과 그가 받은 따뜻한 위로는 전부 거짓이었고 닿을 수 없는 신기루였다.

자신이 가진 모든 것을 동원해 신기루가 무너지는 걸 막으려 했지만, 결국 아무것도 얻지 못했다.

그는 작고 축축하게 젖은 바구니를 안고 인생의 긴 강을 따라 걷다가 쪼그려 앉았다. 바구니는 텅 비어 있었다. 그는 멍하니 세차게 흐르는 물줄기를 바라보았다. 한번 흘러가면 돌아오지 않는 강물.

사실 처음부터 그에겐 이 망가진 바구니 하나뿐이었다. 그는 바구니를 집어 들었다.

산산이 조각날 게 뻔한 꿈을 건지러.

274장 천음각, 내가 너와 함께 갈게

사형장은 엄숙했다. 묵연의 영핵 파편은 끝도 없이 나왔다.

하나, 또 하나.

그는 필사적으로 버텼다. 이를 악물었다. 죗값을 치르는 것과 나약한 모습을 보이는 것은 별개의 문제였다. 목연리 앞에서 고통을 호소하고 싶지 않았다. 그는 마치 바윗덩어리 같았다.

고통은 너무 깊었다. 고통의 파도에 쓸려 다니는 기분이었다.

그 순간, 갑자기 봄날의 우레처럼 그의 머리를 뒤흔드는 소리가 들렸다.

"묵연!"

그럴 리가 없어, 어떻게 그럴 리가?

그일 리가 없잖아…….

너무 고통스러워서 환청이 들린 걸 거야. 의식이 혼미해진 게 분명해.

"묵연!"

주변이 점점 소란스러워졌다. 누군가가 깜짝 놀라 소리를 지르기도 했다. 하늘에는 돌풍이 일었고, 묵연리의 손도 멈췄다.

묵연은 부들부들 떨면서 남아 있던 모든 힘을 짜내어 고개를 들었다…….

자신의 신이 용을 타고 높은 하늘에서 내려오고 있었다.

흰옷을 펄럭이는 모습은 마치 적선 같았다.

거리가 가까워지자, 용의 뿔 옆에 있는 얼굴이 또렷하게 보였다. 묵연은 심장이 조여 오는 느낌이었다. 칼로 들쑤실 때보다 더 고통스러웠다.

그는 자신의 신이 울고 있는 것을 보았다. 초만녕이…… 울고 있었다.

"사…… 존……."

가슴의 상처에서 피가 줄줄 흘렀다. 묵연은 발버둥 쳤고, 쇠고랑이 뎅그렁거렸다.

초만녕이 형대 결계 앞으로 뛰어내리는 순간, 종이 용은 눈부신 금빛으로 변해 부적 안으로 돌아갔다.

"옥형!"

"사존!"

"옥형 장로!"

형대 근처 단상에 있던 사생지전의 모든 사람들이 벌떡 일어났다. 다른 문파의 사람들도 놀라서 일어났고, 백성 중에도 경악하는 사람들이 있었다.

"소문으로만 듣던 북두선존 아니야?"

"묵연의 사존이잖아!"

"둘이 갈라선 거 아니었어?"

진즉부터 눈시울이 붉어져 있던 초만녕은 은쟁반 위의 핏자국과 영핵의 파편들을 보고 완전히 무너졌다.

말을 하고 싶었지만 목이 메었다. 입을 열지도 않았는데 흐느낌은 더욱 격해졌다.

"이럴 수는…… 그에게 이럴 수는 없다……."

사방에서 사람들이 웅성거렸다.

"지금 뭐라고 하는 거야?"

"제정신이야? 묵연은 미치광이 살인범이라고!"

그들의 한 마디 한 마디가 비수처럼 초만녕의 마음에 꽂혔고, 모든 질책이 송곳처럼 그의 마음을 후벼 팠다.

가슴이 미어졌다.

초만녕은 천음각의 결계 안에서 까맣고 촉촉한 눈으로 말없이 자신을 응시하는 남자를, 심장이 갈라지고 영핵이 파괴된 남자를 바라보았다.

짓지도 않은 죄를 덮어쓴 줄도 모른 채 온갖 비난을 받는 남자를.

그토록 미련하다니…….

입술을 달싹거리는 초만녕의 온몸이 덜덜 떨렸다.

그의 손이 천음각의 투명 결계에 닿았다. 그가 흐느꼈다.

"오판했다……. 그를 오판했다……."

그를 비수로 찌르지 마. 차라리 날 찔러라.

날 찔러…….

사람들은 답선군은 냉혈한이고, 묵미우는 되는대로 사는 사람이라고 말했다.

전생에서는 사람들이 그의 죄상을 폭로하고 비난하며 그가 죽기만을 손꼽아 기다렸다. 이번 생에서는 자기 스스로 밤낮으로 불안해하며 마음속 죄책감에서 벗어나지 못했다.

그러나 진실을 아는 사람은 아무도 없었다.

마음이 급해진 목연리는 놀란 표정을 감추고 곧장 다시 칼을 들었다. 칼끝에는 피가 점점이 맺혀 있었다.

묵연이 중얼거렸다.

"보지 마세요."

푹 소리와 함께 비수가 또 한 번 심장을 찔렀다. 피가 솟구쳤다.

초만녕의 동공이 순식간에 죄어들었다. 잠시 후, 완전히 쉬어 버린 목소리가 폭발하듯 구름을 뚫고 올라갔다.

"안 돼……!"

금빛 광채가 번쩍이고, 세찬 바람이 일었다.

천문이 소환되었다. 채찍질 한 번에 천음각의 결계를 유지하던 상급 제자 수십 명이 맥없이 나가떨어지며 피를 토했고, 순식간에 결계가 무너졌다. 눈부신 광채 속에서 초만녕은 불꽃을 사방에 튀기는 신무를 들고 곧장 형대 중앙으로 날아갔다.

"죄인을 빼내려 한다!"

"초만녕이 죄인을 빼가려 해!"

목연리가 재빨리 은쟁반 위에 있는 영핵의 파편들을 건곤낭에 집어넣고 고개를 돌려 큰 소리로 명령했다.

"저자를 막아!"

"예! 각주!"

천음각의 금빛 물결이 몰려와 초만녕의 영류와 격렬하게 충돌했다. 단상 위의 수사들은 너무 놀라 넋을 잃었다. 그들은 한 번도 초만녕의 이런 모습을 본 적이 없었다.

슬픔에 찬 광기 어린 모습.

이성을 완전히 잃어버린 모습.

점점 다가오는 초만녕을 보며 목연리는 속으로 욕을 퍼부었다. 눈에선 얼음처럼 차가운 빛이 반짝였다. 그녀는 마지막으로 영핵 파편 하나를 더 꺼내 건곤낭에 넣고 옷자락을 펄럭이며 초만녕과 맞서기 위해 몸을 돌렸다.

"초 종사, 정말 묵연을 구할 수 있을 거라 생각합니까? 잘 생각하세요. 한 발자국만 더 다가오면, 당신과 묵연 모두 천추의 오명을 안고 살아야 할 겁니다!"

검광이 목연리의 아름다운 눈에 비쳤다. 그녀가 그를 노려보았다.

천문이 목연리의 칼을 옭아매자 빛이 사방으로 튀었다.

초만녕은 한 자, 한 자 힘을 주어 말했다.

"그렇다면 나는 그와 함께하겠다!"

영웅호걸의 전설은 정사(正史)에 고스란히 담긴다고들 한다.

하지만 나는 그저 너와 함께 있고 싶다. 내가 폭군의 이야기 속에 나와도 좋고, 흉악한 귀신 순위에 거론되어도 상관없다.

나는 후세 사람들이 우리에 대해 이야기할 때, 나를 신으로 떠받들고 널 귀신이라 손가락질하는 것을 원치 않는다. 후세의 책에 이 단락이 기록될 때, 너와 내가 반목하여 사제가 원수가 되었다고 쓰이는 것을 원치 않는다.

내가 너의 억울함을 풀어 줄 수 없다면,

묵연, 묵미우, 답선군.

난 영원히 너의 곁에서 세상의 비난을 함께 감내하겠다.

지옥은 너무 춥다.

묵연, 내가 너와 함께 갈게.

희미한 안개구름이 짙어지는 가운데, 눈부신 광채가 사람들을 혼란스럽게 만들었다.

형대 위아래를 막론하고 모든 사람이 영문을 몰라 당황하며 아수라장이 되었다. 그때 갑자기 '챙! 챙!' 하는 소리가 들렸다. 천문이 묵연을 묶고 있던 쇠사슬을 잘라 버린 것이다.

묵연이 초만녕의 따뜻한 품 안으로 떨어졌다.

그의 흰옷은 순식간에 묵연의 피로 붉게 물들었다.

처음부터, 그리고 가슴을 갈라 영핵을 도려낼 때도 울지 않던 묵연이 결국 무너졌다. 그의 떨리는 손이 들렸다가 다시 떨어졌다.

그는 그토록 초만녕을 안고 싶었고, 그토록 초만녕을 밀어내고 싶었다. 죽어서도 초만녕과 함께하고 싶었지만, 또 한편으론 초만녕이 자신 때문에 더럽혀지는 일 없이 영원히 고결하고 순탄하게 살길 간절히 바랐다.

그래서 그는 지금 초만녕을 안아야 할지, 밀어내야 할지 알 수가 없었다.

덜덜 떨리던 두 손은 한참 만에 조심스럽게 초만녕의 등을 안았다.

묵연이 울었다.

"사존…… 왜 절 탓하지 않으세요……. 왜 절 구하러 오셨어요……."

초만녕은 찢어질 듯 아픈 마음으로 품 안의 그를 꽉 끌어안았다. 주변의 시선과 온갖 말들에 신경 쓸 여유도 없었다. 당장 무슨 말을 해야 할지도 떠오르지 않았다.

"전 너무 더러워서…… 당신도 더러워질 텐데……."

묵연이 작게 말했다. 말할 때마다 찐득한 피비린내가 났다. 울수록 더 슬퍼졌다. 다른 사람 앞에서 좀처럼 약한 모습을 보이지 않던 남자는 초만녕의 품 안에서 완전히 무장해제 되었다.

"하지만 저는 사존이 절 원하지 않을까 두려웠어요……. 사존마저 저를 원하지 않으시면, 저는 정말 어디로 가야 할지 모르겠어요……."

파괴된 건 분명 묵연의 영핵이었고, 찔린 것도 묵연의 심장이었다.

그런데 지금 초만녕은 마치 자신의 심장이 경련을 일으키며 갈기갈기 찢겨 나가는 기분이 들었다.

예전부터 그들의 피와 살은 그토록 긴밀하게 연결되어 있었던 것이다.

천음각 수사들이 그들을 겹겹이 에워쌌다. 포위망은 점점 좁혀졌다.

피로 물든 흰옷의 초만녕은 한 손에는 천문을 들고, 다른 한 손에는 묵연을 안았다.

세상에는 옳고 그름을 명확하게 나눌 수 없는 문제가 많다.

자기 말만 옳다고 여기는 정의가 너무 많다.
마음이 음흉하여 본심을 헤아리기 어려운 사람도 적지 않다.
그래서 나라를 걱정하며 멱라에 몸을 던진 굴원[#10]이 있고, 억울한 누명을 쓴 채 평생의 한을 남긴 악비[#11]가 있다.
그들은 나중에라도 결백을 인정받았지만, 일편단심을 품은 또 다른 이들은 누가 알아주겠는가? 모든 누명이 다 밝혀질 수도 없는 노릇이며, 평생 씻을 수 없는 죄를 떠안게 된 사람도 부지기수다.
초만녕은 묵연을 안고 조용히 말했다.
"두려워하지 마라, 내가 널 원하지 않을 일은 없다."
"사존……."
"끝까지 너와 함께할 거야. 살아서도 죽어서도, 내가 널 집으로 데려다줄 것이다."
치유 주술이 사라진 묵연은 의식이 점점 흐릿해졌고, 심장의 통증도 점점 심해졌다. 그러나 이 말을 듣는 순간, 그의 온몸에 전율이 일었다. 입술이 달싹거렸다. 눈물이 줄줄 흘렀지만 그는 웃고 있었다.
"당신이 저를 그렇게 아껴 주시면, 제 바구니가 가득 차요……. 너무 기뻐요……."
그는 잠시 말을 멈췄고, 목소리는 점점 작아졌다.
"사존, 너무 졸리고…… 추워요……."
초만녕의 몸이 알아차리기 힘들 정도로 살짝 떨렸다. 그는 묵연을 안은 손에 더욱 힘을 주면서 계속 영력을 흘려보냈지

#10 굴원 중국 전국시대의 정치가. 모함을 받은 이후, 멱라수(汨羅水)에 투신하여 죽는다.
#11 악비 중국 남송의 명장. 무능한 고종과 재상 진회에 의해 살해되었다.

만, 아무 소용이 없었다.

전생의 곤륜산 꼭대기에서 곧 숨이 끊어질 자신을 안고 어떻게든 살려 보려고 했던 답선군처럼.

아무 소용이 없었다.

다급해진 초만녕의 봉안이 붉어졌다. 눈물이 소리 없이 흘러내렸다. 그는 묵연의 머리칼을 쓰다듬으며 고개를 돌려 그의 축축한 관자놀이에 입을 맞췄다. 그러고는 쉰 목소리로 말했다.

"잠들면 안 돼. 내게 말해 봐라, 무슨 바구니 말이냐?"

그들을 포위한 사람들의 얼굴에는 경계, 경멸, 멸시, 증오, 혐오가 가득했다.

그래도 아무 상관 없었다.

그 무엇도 더는 중요치 않았다.

명성, 존엄, 목숨.

두 번의 인생을 사는 동안 그는 묵연이 심연의 나락으로 떨어지는 걸 보면서도 속수무책이었다. 그 사실은 초만녕을 고통스럽게 했고, 자신이 실패했다고 생각했다.

너무 늦게 왔다.

묵연은 조용히 의식을 잃어 가고 있었다. 피는 점점 많이 흘렀고, 몸은 차갑게 식어 갔다. 그가 작은 소리로 말했다.

"제가 가진 건 작은 바구니 하나뿐이에요……. 바구니에 구멍이 있어서…… 텅 비었어요……. 아무리 뭘 건져 올려도……."

그는 무의식적으로 몸을 웅크리려 했다.

새파랗게 질린 입술을 달싹거리며 울었다.

"사존…… 가슴이 너무 아파요……."

그가 희미한 목소리로 애원했다.

"저 좀 안아 주세요…… 제발."

심장을 조여 오는 듯한 아픔을 느끼며 초만녕은 계속 말했다.

"내가 안고 있으니 안 아플 것이다. 아프지 않아."

그러나 묵연은 듣지 못했다. 의식이 혼미했다.

모든 게 엉망이었다.

오래전 의지할 곳 없이 추위와 배고픔에 떨며 곳간에 살던 아이처럼. 공동묘지에서 어머니의 부패한 시신 옆에 앉아 목 놓아 울던 아이처럼.

다시는 과거로 돌아갈 수 없는 답선제군처럼.

통천탑 아래 외롭고 쓸쓸했던 모습처럼.

칼을 쥔 채 그의 혼이 돌아오길 혼자 기다린 묵 종사처럼.

폭우가 내리던 밤, 침상에 웅크리고 누워 베개를 적시던 남자처럼.

"너무 아파요…… 정말……."

묵연은 희미하게 웅얼거렸다.

"사존, 저 이제 모두 다 갚은 건가요? 죄가 깨끗이 씻긴 거겠죠……."

점점 흐릿해졌다.

"사존."

결국 그 어린아이, 소년, 악마, 폭군, 어린 제자의 흐느낌은 천천히 연기처럼 희미해졌다.

"날이 어두워졌어요. 무서워요…… 집에 가고 싶어요……."

초만녕은 계속 그가 하는 말을 듣고 있었지만, 울음 때문에 아무 말도 할 수가 없었다.

묵연, 묵연, 너는 왜 이렇게 바보 같은 것이냐.

갚긴 무엇을 갚고, 씻긴 무엇을 씻는단 말인가…….

다 내가 너에게 진 빚이다.

아무도 진실을 알지 못해. 너 자신의 기억마저 사라져 버렸지만…….

나는 결국 알게 되었다.

내 제자였던 시간은 고작 몇 달 뿐이었던 네가, 두 번의 인생을 다해 날 지켜 주었다는 것을.

모든 오명, 죄상, 오해, 모욕을 등에 업고.

미치광이로, 피로 더럽혀진 살인마로 살아가야만 했지.

네가 아니었다면 오늘 참죄대에 무릎 꿇은 사람은 나였을 거다. 영핵을 도려내는 벌을 받을 사람도…… 나였겠지.

답선제군은 자신의 혼을 바쳐 만야옥형을 지켰다.

그렇게 답선제군은 영원한 어둠으로 떨어졌고, 만야옥형은 오래도록 광명에 머물렀다.

모든 게 잘못되었다.

바로 이때, 표범처럼 한참을 맴돌던 천음각의 정예 부대가 마침내 그들을 향해 발톱을 드러냈다. 백여 명의 수사가 그들의 숨통을 끊기 위해 달려들었다!

천문의 금빛 광채가 눈이 부실 정도로 하얗게 번뜩였다.

"저들을 죽여라!"

"저들을 막아!"

초만녕이 눈을 감았다.

사방에서 울리는 전투 소리가 하늘을 뒤흔들었다.

주위에 있던 사람들도 모두 일어나 그들을 공격했다. 검의 그림자와 핏빛 속에서 초만녕이 눈을 번쩍 떴다! 그러고는 한 손을 아래로 축 늘어뜨리고 손가락을 쫙 폈다. 순식간에 세찬 바람이 일었다. 그가 큰 소리로 외쳤다.

"회사 소환!"

275장 천음각, 외로운 본좌

살기가 하늘을 찌를 듯한 칼이 금빛 광채를 발산하며 소환되었다!

사람들은 모두 사색이 되었다. 천음각의 상급 제자들도 놀라서 뒷걸음질 치다가 어쩔 수 없이 소리쳤다.

"물러서지 마라! 놓쳐선 안 된다!"

"화를 남겨 두어선 안 돼! 반드시 싹을 잘라 버려야 해!"

양측 모두 돌이킬 수 없는 상황이 되었다. 긴장된 분위기가 극에 달했다.

"쳐라!"

끓는 기름에 물 한 방울이 떨어진 듯, 순식간에 아수라장이 되었다. 주술과 칼날이 사방에서 형대 중앙으로 빗발쳤고, 초만녕의 회사는 금빛 광채를 발산하며 맞섰다. 혼자 힘으로 밀물처럼 몰려드는 수사들과 싸우는 그의 봉안에는 검기와 핏방울이 함께 반짝였고, 그의 표정은 아수라처럼 차분했다.

그는 검으로, 자신의 피와 살로, 한 가닥 목숨으로, 그리고 평생 지킬 수 있었던 명예로 묵연을 지켰다.

아무도 그의 말을 듣지 않았다. 아무도 궁지에 몰린 짐승 두 마리에게 빠져나갈 구멍을 주려 하지 않았다. 희망도, 구원도, 믿음도, 빛도 없었다.

그들에게 남은 건 결국 서로뿐이었다.

"묵연, 조금만 참아. 내가 널 데리고 가겠다."

순간, 강력한 주문이 초만녕의 팔에 명중했다. 피가 마구 뿜어져 나왔고, 상처는 뼈가 보일 정도로 깊었다. 그러나 초만녕은 아랫입술을 꽉 깨문 채 검을 휘둘렀다.

"빨리 피해!"

형대 위에 있던 수사가 소리쳤다.

"피하라고!"

회사의 기세는 엄청났다. 검 아래에서 우르릉하며 귀가 먹먹한 소리가 들리더니, 자갈과 모래가 하늘을 뒤덮고 검기가 사방을 에워쌌다. 바닥에 끝이 보이지 않는 깊은 틈이 생겼다.

목연리가 날카로운 목소리로 외쳤다.

"초만녕! 하늘이 무섭지도 않은 것인가?"

"……."

대답 없는 초만녕을 보며 목연리는 더욱 화가 나서 소리 질렀다.

"이제는 대놓고 천지신명에 맞서 하늘의 뜻을 거역할 셈이냔 말이오!"

군중 속에서 누군가가 소리쳤다.

"북두선존, 그만두시오. 수진계의 중죄인이 될 작정이오?"

살기등등한 회사의 기세에 가까이 다가갈 수 있는 사람은 아무도 없었다.

마침내 초만녕이 고개를 살짝 돌리고 천음각의 수사들을 한 번 보더니 말했다.

"……난 이미 중죄인이다."

그는 이를 악물고 숨만 겨우 붙어 있는 묵연을, 온몸이 만신창이가 된 남자를 어깨에 걸치고 쉰 목소리로 말했다.

"걱정하지 마. 다 끝났다. 가자, 집으로……. 내가 널 집으로 데려다줄게."

그가 앞을 바라보았다. 시체로 가득한 피의 길이었다. 그는 천음각의 수사들을 죽였다. 잘려 나간 팔다리와 몸통 너머에서는 벌건 눈으로 죽음을 각오한 수사들이 또 몰려오고 있었다.

과연 집은 어디란 말인가?

지옥에 몸을 던지는 것 말고는, 그들에겐 갈 곳이 없었다.

자신이 얼마나 많은 사람을 죽이고 나서야 그곳을 빠져나왔는지 알 수 없었다. 묵연을 데리고 어검 비행으로 하늘을 날 때 그는 온몸을 약하게 떨고 있었다. 그는 무고한 생명을 이렇게 많이 죽여 본 적이 없었다. 그의 몸은 묵연의 피, 자신의 피로 물들었다. 그러나 천음각 수사들의 피가 더 많았다.

더럽다.

뼛속까지 더러워져서 다시는 씻을 수 없게 되었다.

구름이 모였다가 흩어지고, 천지가 아득했다.

어디로 가야 하지?

교산은 절대 안 되고, 용혈산은 이제 안전하지 않았으며……. 사생지전은…… 사생지전을 끌어들일 염치도 없었다.

“사존…….”

귓가에 신음이 들리자, 초만녕이 고개를 홱 돌렸다. 묵연의 창백한 얼굴이 보였다.

“절…… 다시 데려다주세요.”

“무슨 소릴 하는 게냐!”

묵연은 고개를 저었다.

“사존은 절 찾아왔잖아요. 저를 버리지 않으셨어요.”

그의 눈은 초점이 풀려 갔지만, 그는 필사적으로 미소를 짜내며 말했다.

“그걸로 충분해요……. 전 집이 생긴 거나 마찬가지예요……. 그걸로 됐어요…….”

그가 속삭이듯 말했다.

“절 데려다주세요. 다시 데려다 놓으면…… 사존은 돌아갈 길이 있어요…….”

그의 목소리는 점점 작아졌고, 속눈썹도 점점 아래로 내려갔다. 그러면서도 여전히 초만녕의 옷소매를 잡고 계속 같은 말을 되풀이했다.

“사존은 돌아갈 길이 있어요…….”

“아니.”

초만녕은 가슴이 미어졌다. 그는 얼음처럼 차가운 묵연의 손을 잡고 그를 품에 안았다.

"그렇지 않아. 난 아무 데도 가지 않을 거다."

"……."

"네 곁을 지킬 거야."

예전 같았으면, 묵연은 초만녕의 이런 말을 듣고 분명 뛸 듯이 기뻐했을 것이다. 그러나 지금은 어찌할 바를 몰랐다. 그는 손을 올려 보았다. 남아 있는 모든 힘을 동원했지만, 손을 들어 올리는 게 다였다.

커다란 핏자국들이 장포를 적셨다. 묵연은 그렇게 의식을 잃고 초만녕의 품 안에 쓰러졌다.

초만녕은 점점 생명의 불빛이 꺼져 가는 그를 안았다. 더는 버틸 수 없었다. 그러나 뒤따라오는 추격병이 있는지, 따라잡히지 않을 여유는 있는지 아무것도 알 길이 없었다. 그는 근처의 산비탈로 묵연을 데리고 갔다. 손이 너무 떨려서 몇 번의 시도 끝에 겨우 묵연의 옷섶을 열어젖혔다.

……심장이 있는 곳에 피가 줄줄 흐르는 구멍이 뚫려 있었다.

머릿속이 울렸다. 묵연의 얼굴을 보는 것마저 겁이 났다.

문득, 전생에서 묵연이 자신의 시신을 이 년 동안 지켰던 게 떠올랐다.

이 년 동안 그는 날마다 어떤 마음이었을까?

"가지 마라, 묵연……."

포개어진 두 손을 묵연의 상처 위에 올려놓고, 계속 영력을 불어넣었다. 온몸에 피를 칠갑한 초만녕은 똑같이 피투성이인 묵연을 지켰다. 사냥꾼에게 살가죽이 벗겨졌음에도 죽지 않고 탈출한 야생동물 같았다.

마지막 날의 석양빛을 받으며 피는 피와 섞이고, 살은 살과 뒤엉켰다.

"죽으면 안 돼, 네 잘못이 아니란 말이다……. 넌 잘못한 게 아무것도 없는데……."

묵연, 묵연. 묵은 어둠, 연은 광명이었다. 그는 평생 광명을 구했지만, 밤의 어둠에서 벗어나지 못했다. 초만녕은 마침내 용기를 내 묵연의 얼굴을 쳐다보았다. 한번 보았을 뿐인데, 마음이 무너졌다.

산 사람의 기운이라곤 하나도 남아 있지 않았다. 소름 끼치도록 창백한 얼굴은 온통 피투성이였다. 눈썹 뼈가 있는 부분엔 흉터도 있었다. 누군가가 던진 돌멩이에 맞아 생긴 흉터였다.

그는 더 참지 못하고 묵연의 몸 위에 엎드려 목 놓아 울었다. 심장이 찢어질 듯 아팠다.

네가 정녕 통천탑 아래에서 싱그럽고 환하게 웃으며 내게 '선군, 선군, 저 좀 봐 주세요' 하던 소년이란 말이냐?

어째서…… 온통 피투성이가 된 거야……. 어째서…… 생기도 없고 미소도 짓지 않는 것이냐.

알아볼 수가 없잖아…… 알아볼 수가 없다고.

묵미우는 도대체 무엇을 잘못했길래 평생 이런 고난과 고통을 당해야만 했을까?

피붙이도, 기댈 곳도 없는 그를 운명마저 업신여긴 게 아닐까. 삶에 금이 가는 와중에도 열심히 지어 보이던 미소는 결국 세상이 혐오하는 얼굴이 되었다.

계단 앞의 빛바랜 흙먼지도 과거에는 4월의 화초였다는 걸 누가 알까.

"……초만녕."

익숙한 목소리가 가까운 곳에서 차갑게 울렸다.

"그를 구하기 위해 명예도 기꺼이 포기하시겠다?"

깜짝 놀란 초만녕이 고개를 홱 들었다. 커다란 그림자가 햇빛을 등진 채 그가 있는 곳으로 천천히 걸어왔다.

답선제군은 수풀 사이에 서서 눈을 가늘게 뜨고 그들을 응시했다.

"네가 이 세상에서 가장 중요하게 여기는 건 청렴결백인 줄 알았는데."

그가 느긋하게 말했다.

"마지막에 그를 위해 자신을 더럽힐 줄은 몰랐군."

그가 한 걸음씩 다가왔다. 용이 수놓아진 검은색 옷이 햇빛에 반짝거리고, 물결무늬가 새겨진 신발이 그들 앞에 섰다.

초만녕은 거의 본능적으로 벌떡 일어났다. 손에서 금빛이 번쩍이고, 천문이 소환되었다. 그는 묵연의 전생과 현생 사이에 섰다.

답선군의 눈이 움직였다. 그의 시선은 금빛 광채가 일렁이는 버드나무 채찍에 머무르다가 담담하게 다시 초만녕에게 고정되었다.

이 남자는 방금 피바다에서 건져 올려진 듯 옷에 피가 묻지 않은 부분이 없었고, 촉촉이 젖은 봉안은 복잡한 눈빛으로 자신의 시선에 응수하고 있었다.

답선군이 비웃었다.

"그가 당신한테 그렇게 중요해?"

"……."

말 없는 초만녕을 보며 답선군이 차갑게 말했다.

"비켜."

초만녕은 움직이지 않았다. 머릿속이 혼란스러웠지만, 그는 눈앞의 이 '묵연'이 껍데기만 있는 무기일 뿐이라는 걸 잘 알고 있었다.

껍데기의 입가에 걸린 차가운 미소가 더욱 잔혹해졌다.

"그렇게 버티고 있으면 본좌가 아무것도 못 할 줄 알아?"

"……그를 데리고 갈 것이다."

"어디로?"

이 한마디가 마음을 아프게 찔렀다.

답선제군의 얼굴에 조소가 스쳤다.

"초만녕, 가슴에 손을 얹고 잘 생각해 봐. 이 막연한 속세에서 당신을 거둬 줄 사람은 이 본좌뿐이라고. ……그를 데려간다고? 웃기지 마."

그는 전광석화처럼 빠르게 다가와 초만녕의 턱을 움켜쥐며 바짝 붙어 섰다.

"그의 몸에 남은 마지막 영핵은 본좌의 것이다. 너도 마찬가지야. 네 처지를 제대로 파악하는 게 좋을 거야."

말을 마치자마자 금빛 광채가 번쩍였다. 답선군이 얼른 초만녕에게서 손을 떼고 물러섰지만, 그새 뺨에 쓰라린 통증이 느껴졌다. 아무렇게나 쓱 닦아 내자, 귀밑머리 근처에 천문이 남긴 상처에서 검은 피가 흘러내리고 있었다.

"……."

한참 동안 말이 없던 답선군이 음흉하게 눈을 들었다. 표정은 광분인지 기쁨인지 알 수 없었고, 콧등에 주름이 나타났다. 감정과 표정 모두 비뚤어진 것만 같았다.

"좋아, 아주 좋아."

그는 측은하게 소리를 내며 웃었다. 소매를 휘젓자 검은 장포가 구름처럼 나부꼈다.

"이렇게 오랜 시간이 지나 본좌가 천문과 또 대결할 줄은 미처 몰랐네."

답선군은 길고 쭉 뻗은 손가락으로 뺨에 묻은 피를 닦아 낸 후, 어두운 눈빛으로 초만녕의 얼굴을 응시했다.

"본좌는, 너무 그리웠다."

뒤에 있는 묵연은 거의 숨이 멎기 직전이었다. 조금만 지체되어도 회생시킬 방법이 없었다. 초만녕은 아무리 혼란스러워도 더는 답선군과 말을 해선 안 된다는 걸 알고 있었다.

"천문…… 만인관!"

답선군이 속으로 욕을 내뱉었다. 발끝으로 스쳐 날자마자 바닥에는 천 길 낭떠러지가 생겼다. 억세고 굵은 버드나무 넝쿨들이 대지의 깊은 곳에서 솟아올라 답선군에게 달려들었다. 가늘고 부드러운 가지들은 의식이 없는 묵 종사를 꽁꽁 싸매 그를 보호했다.

답선군은 진법의 중앙에 서 있는 초만녕을 보며 어이가 없다는 듯 웃었다.

"이렇게 차별을 하시겠다?"

"천문, 풍."

"……."

자신의 질문에 더 맹렬한 공세를 퍼부으며 천지를 뒤덮는 칼 같은 광풍을 일으키니, 원망스럽지 않다면 거짓일 것이다.

만신창이가 되어 바닥에 누워 있는 남자를 보던 답선군은, 문득 아주 오랜만에 슬픔을 느꼈다. 찰나의 순간, 바람의 칼날이 그의 배로 날아들었다. 그는 순간적인 고통을 느끼며 상처에서 검은 피가 콸콸 흘러내리는 걸 내려다보았다.

또 자신을 다치게 했다…….

전생이든, 이번 생이든, 초만녕은 한 번도 자신을 마음에 담아 둔 적이 없었다.

목이 살짝 칼칼했다. 억지로 지어 보이던 여유로운 미소가 뒤틀렸다. 답선군은 손을 들어 소리쳤다.

"불귀 소환!"

푸른 들판과 붉은 다리는 우리가 이별하던 그해의 모습 그대로인데, 일 년이 지나도 그대는 돌아오지 않는구나……. 그러나 그대가 돌아온들 뭐가 달라지겠는가? 돌아와 봤자 그에게 칼끝을 겨누거나 이런저런 말도 안 되는 이유로 그의 피와 목숨을 앗아 가려 하니 말이다!

순간, 죽도록 증오심이 불타올랐다.

불귀와 천문이 부딪쳤다. 두 신무에서 우레와 같은 포효가 들렸다.

두 번의 인생.

두 신무가 만났던 생사의 대결 이후 두 번의 생이 지났다. 불귀의 칼자루에 새겨진 글자는 이미 닳을 대로 닳았다. 답선군과 북두선존의 지난날처럼, 완전히 흐릿해져 버렸다.

금빛 광채와 검푸른 빛이 서로를 물어뜯었다. 뼈에 사무치도록 미워서, 혹은 뼛속까지 사랑한 듯이. 끊임없이 빛났다 사그라지는 빛무리 안에서 답선군은 눈앞에 있는 얼굴을 응시했다.

얼룩덜룩 핏자국이 묻은 복잡한 표정의 얼굴.

산 자의 얼굴.

마음에 분노가 일었고, 타들어 가는 고통이 느껴졌다.

그는 이를 악물고 분에 못 이겨 질문했다.

"분명히 둘 다 나인데…… 어째서 저자를 구하기 위해 본좌와 또 싸우려 드는 거지?"

"……."

초만녕은 뭐라고 해야 할지 알 수가 없었다. 빈 껍데기만 남은 그에게는 어떤 말도 소용이 없었다.

그런데 불빛이 너무 눈부셔서 착각한 건진 몰라도, 초만녕은 순간적으로 답선군의 눈빛이 고통스럽고 고독해 보인다는 생각이 들었다.

심지어 촉촉해 보였다.

"그가 저 지경이 되니 괴로워하는군. 그럼 본좌는 어떻겠어."

답선군이 쉰 목소리로 말했다. 악랄해 보이려고 애를 썼으나, 분한 마음은 숨길 수가 없었다. 그는 이런 감정을 불살라 버리고 싶었다. 막상 불을 지르고 나니 감정은 오히려 활활 타올라 그의 눈시울을 붉히고 말았다.

"초만녕, 본좌가 환생한 후 홍련수사에 갔더니 네 시신이 온데간데없었을 때…… 어떤 기분이었는지 알아?"

초만녕이 멈칫했다. 참지 못하고 결국 이 말을 내뱉은 답선군은 눈을 감았다. 얼굴의 근육이 딱딱하게 굳었다. 분노와 모욕, 고통과 집착은 그를 거의 광인으로 만들었다. 그가 갑자기 모든 영력을 불귀에 흘려 넣었다.

'펑' 하고 귀가 멀 것 같은 굉음이 들렸다!

산과 바위가 갈라지고, 지축이 흔들렸다. 주위의 초목은 폭발적인 영류에 의해 순식간에 가루로 변했다. 버드나무 넝쿨마저 불귀의 무시무시한 힘을 견디지 못하고 재가 되고 말았다.

"십 년 동안!"

흩날리는 재 가루 속에서 또렷한 것은 답선군의 광기 어린 새빨간 눈뿐이었다.

"십 년이라고, 초만녕. 그가 과거로 환생하면서 본좌는 사생지전의 무산전에서 깨어나게 되었지. 십 년 동안 본좌는 네놈들의 온갖 즐거움을 전해 들었어. 저놈의 위대하신 공적도 말이야. 그럼 난? 그럼 난!"

칼이 바닥을 쾅, 내리쳤다. 세찬 바람이 일더니 땅바닥이 갈라지며 끝이 보이지 않는 틈이 벌어졌다.

"난 언제나 혼자였어! 그는 처음부터 다시 시작했지만, 나에겐 한 줌의 뼛가루도 남지 않았다고!"

맥도의 공격이 들어오자, 초만녕은 천문을 집어넣고 회사로 응수했다.

이 살기등등한 칼은 답선군을 더욱 난폭하게 만들었다. 그는 지옥에서 온 악귀처럼 원한이 극에 달한 상태였다.

그의 눈빛에 초만녕마저 놀랐다.

……그저 시체일 뿐인데, 어째서 이렇게 강한 감정이 있는 거지.

"왜 나한테만 이러는 거야."

화염이 초목을 불태웠다. 사방에 흩날리는 나뭇잎이 불빛에 물들었고, 가장자리는 까맣게 그을렸다. 불꽃이 확 타올랐다, 사그라들었다 했다. 검은 옷의 답선군은 순간적으로 힘을 풀고 뒤로 날아갔다. 그러고는 적막한 나뭇잎들 사이에, 피고 지는 초목들 사이에 섰다.

초만녕은 그가 왜 갑자기 물러서는지 알 수가 없었다. 그가 눈을 감자 짙고 풍성한 속눈썹이 창백한 얼굴에 내려앉는 게 보였다. 답선군이 중얼거렸다.

"왜 나한테만 이러는 거냐고."

그의 말이 끝나자마자 땅이 약하게 흔들렸다.

얼굴이 사색이 된 초만녕이 곧장 고개를 돌렸다.

"묵연!"

의식을 잃은 묵연을 막아서려 했으나, 이미 뼛속까지 소름 돋는 말이 귓가에 울린 후였다.

답선군이 말했다.

"견귀, 만인관."

천지가 찢어지는 굉음이 들렸다!

초만녕은 피로 뒤덮인 몸이 싸늘하게 식는 것 같았다. 버드나무 가지…… 버드나무 가지……. 답선군과 묵미우는 어쨌거나 한 사람이었다. 묵미우가 불귀를 소환할 수 있다면, 답선군도 견귀를 소환할 수 있었다!

굵고 억센 버드나무 넝쿨이 바닥을 뚫고 올라와 초만녕의 몸과 손발을 거칠게 옭아맸다. 또 다른 버드나무 가지는 이미 망가진 천문을 찢어발겼고, 천문의 버드나무 잎 속 깊숙이 보호받고 있는 묵연을 꺼내려 했다.

이를 본 초만녕의 가슴이 바싹 타들어 갔다.

"멈춰!"

그의 말을 들어주는 사람은 없었다. 답선군은 묵연이 있는 곳으로 날아가 차가운 눈으로 자신과 꼭 닮은 얼굴을 쳐다보았다.

아래로 향하던 시선은 피떡이 진 가슴팍에서 멈췄다.

초만녕이 크게 외쳤다.

"천문!"

천문은 견귀와 급이 같은 신무였다. 답선군이 고개도 들지 않고 손을 뻗자, 다시 떠오른 금빛 버드나무 가지가 붉은빛 견귀와 서로를 끝내기 위해 뒤엉켰다. 한동안은 절대 승부가 나지 않을 대결이었다.

초만녕은 입술이 새파래졌고, 손등의 핏줄이 툭 불거졌다. 그는 필사적으로 견귀의 속박에서 벗어나기 위해 발버둥 쳤다.

"……."

답선군이 마침내 고개를 돌려 복잡한 감정이 담긴 눈으로 그를 바라보았다. 얇은 입술이 벌어지고, 낮은 탄식이 새어 나왔다.

"정말 그를 아끼는군."

그는 말을 마치자마자 손을 높이 들더니 곧장 묵연의 가슴을 찔렀다!

영핵의 파편을 조금만 더 모으면 그는 완전히 회복할 수 있었다. 그가 바로 진정한 답선제군이며, 진정한 묵미우이고, 십 년의 고독을 견뎌 내고 소원을 이룰 자격이 있는 사람이었다.

살아나야 할 사람은 바로 그였다.

휙!

그러나 순식간에 나타난 금빛 광선이 답선군의 손바닥을 관통했다.

검은 피가 뚝뚝 떨어졌다.

답선군은 천문이 뚫고 지나간 손바닥을 응시했다. 그런데 얼굴에는 아무 표정이 없었다.

통증?

실망?

분노?

평생 이골이 날 정도로 겪어서 이미 적응이 되었다.

그가 마지막으로 한 일은 천천히 고개를 돌린 다음, 견귀에 꽁꽁 묶여 거친 숨을 내쉬면서도 고집스러운 눈빛을 잃지 않은 그 남자를 무감각하게 바라보는 것이었다.

답선군은 피가 쏟아지는 손바닥을 내버려 둔 채 어둡고도 심오한 표정으로 그를 잠시 바라보았다. 그러더니 갑자기 웃었다.

“초만녕.”

“…….”

“아예 내 심장을 꺼내는 방법도 있을 텐데.”

초만녕의 몸이 떨렸다. 견귀에서 조그만 가시들이 돋아난 것처럼 그의 온몸을 찔렀다. 그는 미간을 잔뜩 찌푸렸다. 봉안은 고통으로 가득했다.

답선군은 그를 바라보며 손바닥에 영력을 불어넣어 버드나무 넝쿨을 끊었다.

그러고는 매우 느긋하게 묵연의 심장에서 살점과 피 범벅이 된 영핵을 꺼내 초만녕에게 다가갔다.

그의 앞에 서서 피가 흘러내리는 손으로 초만녕의 창백한 얼굴을 쓰다듬었다.

"묻고 있잖아."

그는 무심한 것 같으면서도 증오가 뼈에 사무친 듯 말했다.

"그렇게 내가 싫은데, 왜 본좌의 심장을 꺼내지 않냐고."

"……."

"네게 본좌는 도대체 뭐냔 말이야……."

답선군은 가볍게 탄식하며 눈을 감았다.

초만녕은 당연히 대답하지 않았다. 말을 더 이으려던 답선군은 초만녕을 옭아매고 있는 버드나무 가지의 눈부신 붉은빛을 바라보았다. 그는 갑자기 멈칫하더니 뭔가 생각난 듯이 중얼거렸다.

"심문해 볼까?"

견귀는 천문과 같았으니, 천문에 심문 기능이 있다면 견귀에도 당연히 있을 터였다.

자줏빛이 도는 답선군의 검은 눈동자가 반짝거렸다. 그는 견귀를 이용해 초만녕의 진심을 알고 싶었다. 입술이 달싹거렸지만, 질문을 생각해 내지 못한 듯 다시 다물렸다. 한참이 지나서야 시험 삼아 질문했다.

"크흠…… 만약……."

그가 머뭇머뭇 말을 이었다.

"본좌는 만약이라고 했다."

질문이 좀 창피한 것 같기도 했다. 그러나 하늘이 주신 기회에 묻지 않는다면 평생을 후회할 것 같았다.

그 후에도 한참을 주저하던 그는, 마침내 차가운 얼굴로 초만녕을 쳐다보지도 않고 천천히 말했다.

"만약 전생에서…… 본좌가 일찍, 너보다 먼저 죽었다면."

견귀의 광채가 점점 강해지면서 옭아매고 있는 사람을 압박했다. 언제든지 진실을 실토하게 하려고 준비하는 것이었다.

답선군이 고개를 들었다.

"너는…… 본좌를 기억할까?"

답을 듣고 싶은 남자의 마음이 너무 간절한 나머지, 초만녕은 수천수만 개의 바늘에 몸이 찔리는 듯한 고통을 느꼈다. 모든 바늘이 그의 진심을 끄집어내려 하고 있었다. 그는 덜덜 떨었다. 오한이 들었고, 얼굴은 사색이 되었다.

답선군은 눈도 깜박이지 않고 초만녕을 응시했다. 얇은 입술이 움직였다. 그는 간절했다.

"기억할까?"

"난……."

오장육부가 갈가리 찢기는 고통이었다. 절체절명의 순간까지 내몰린 초만녕은 눈을 들어 흐릿한 시선으로 답선군을 올려다보았다.

촉촉한 눈으로 바라본 잘생긴 얼굴은 너무나도 익숙했다. 간절한 그의 표정에는, 심지어 희미하게 깊은 정이 스며 있는 것 같기도 했다.

아주 오래전, 그날 밤과 같은 표정이었다. 비화도의 바다 위에서 묵연은 그와 검을 타고 날고 있었다. 그가 초만녕의 손을 잡고 말했다.

— 전 사존을 좋아해요. 당신은요?

순간, 눈시울이 촉촉하게 젖었다.

초만녕은 거의 초점이 풀린 눈으로 중얼거렸다.

"……또다시……."

그의 목소리가 너무 작아서인지, 아니면 다른 이유 때문인지는 몰라도, 답선군은 땀으로 축축하고 핏기가 사라진 초만녕의 얼굴에 바짝 다가섰다.

"뭐가 또다시야?"

"또다시……."

속눈썹이 아래로 내리깔리고, 온기가 점점 사라져 갔다.

"또다시 그럴 수는 없다…… 너를 먼저 보낼 수는 없어……."

"……."

"미안하다."

쉰 목소리는 망가진 훈처럼 갈라졌다.

"내가 널 지키지 못했어."

순간, 답선군은 멍해졌다.

안 그래도 핏기가 없는 그의 얼굴이 더욱 창백해졌다.

귓가에 천둥 번개가 울리는 것 같았다. 그 사람이 천산 천지에서 자신의 품에 쓰러지던 날이 불현듯 떠올라, 피 묻은 손으로 이마를 가볍게 두드렸다.

그가 말했다. 내 잘못이다, 내가 네게 야박했다, 살아서도 죽어서도 결코 널 원망하지 않겠다.

갑자기 심장에 극심한 통증이 느껴졌다. 뭔가가 안에서 갈라지고 있는 것만 같았다.

"……만녕……."

그는 나무나 흙으로 빚은 인형처럼 뻣뻣하게 그 자리에 서 있었다.

그가 다시 손을 뻗었다. 이번엔 움켜쥐려는 게 아니었다. 무슨 이유에선지 그는 이렇게 손을 뻗어 전생과 똑같은 그 얼굴을 어루만지고 싶었다.

차갑고, 피 묻은 얼굴을.

그때, 날카로운 휘파람 소리가 귀를 때렸다.

초만녕의 얼굴에 닿기 직전이었던 답선군의 손가락이 그대로 멈췄다.

시체라고 하기엔 너무 많은 감정을 담고 있던 눈빛도 순식간에 공허해졌다. 팔을 축 늘어뜨린 답선군은 날카로운 휘파람 소리가 들린 후 자의식이 사라진 것처럼 천천히 뒤로 물러났다. 그러고는 손을 휘둘러 모든 무기를 없앴다.

전생의 불귀도, 이번 생의 견귀도, 모두 사라졌다.

초만녕은 진흙탕에 떨어졌다. 눈을 들어 보니, 저 멀리 새하얀 옷을 입은 남자가 서 있었다. 가면을 쓴 남자는 한 손에 옥

피리를, 다른 한 손으론 지팡이를 짚고 있었다.

숲의 끝, 떨어지는 대나무 잎 사이에 선 남자의 형상은 연꽃처럼 희었다. 그는 조용히 서서 답선군이 자기 쪽으로 오도록 유도했다.

"당신은……."

"묵 종사를 데리고 가세요."

남자는 가볍게 탄식했다. 환음술로 바꾼 목소리가 분명했다.

"전 오래 버티지 못합니다. 답선군은 금방 의식을 회복할 거예요."

"……."

"얼른 가세요."

남자가 말했다.

"천음각과 화벽남이 곧 따라붙을 거예요. 그들에게 잡히면 아무것도 바꿀 수 없어요."

초만녕은 이를 악물고 일어나 묵연을 업고 승룡 부적으로 용을 불렀다.

용이 날아오르기 전, 그는 대나무 숲 깊은 곳에 서 있는 남자를 돌아보았다. 그러다 그 남자가 지팡이로 바닥을 짚으면서 더듬더듬 앞으로 나아가고 있다는 걸 알아차렸다.

그의 머릿속에서 얼핏 관련이 있는 지난 일이 떠오르는 것도 같았지만, 그 이유가 뭔지는 생각나지 않았다.

"……감사합니다."

남자는 고개를 저으며 재촉했다.

"어서 가세요."

초만녕의 마음을 읽은 종이 용이 입을 열었다.

"마음씨 착한 형제여, 나의 주인이 형제의 이름을 알고자 하는군. 후에 인연이 닿으면 보답할 수 있도록 말이야."

남자는 잠시 침묵하다 말했다.

"……저 말입니까?"

나무들이 파르르 떨었다. 만물의 소리 가운데, 그의 목소리는 공허하고 쓸쓸했다.

"저는 마침내 자유를 얻은 한 사람일 뿐입니다."

종이 용은 더 묻고 싶었지만, 초만녕은 그가 자기 신분을 드러내려 하지 않는다는 걸 알아채고는 그에게 인사를 하고 용을 두드리며 말했다.

"가자."

그의 말에, 우선순위를 아는 종이 용도 더는 묻지 않고 곧장 하늘로 날아올랐다. 구름을 뚫고 계속 위로 날아오른 용은 순식간에 시야에서 사라졌다.

대지 위에 바람이 불었다. 가면을 쓴 흰옷의 남자는 조용히 서서 고개를 들었다. 바람이 잠잠해지고 다시 적막이 찾아오자, 그제야 다시는 볼 수 없는 하늘을, 다시는 볼 수 없는 그의 뒷모습을 바라보며 조용히 말했다.

"제자 사매, 사존께 인사 올립니다."

햇빛이 그의 깨끗한 옷을 비췄다.

"사존, 강호는 넓으니 부디 몸조심하십시오."

276장 사생지전, 지금껏 임을 저버린 적이 없다

며칠 동안 상수진계, 하수진계 할 것 없이 너도나도 입에 올리는 사건이 하나 있었다. 수천 년의 역사를 가진 천음각 형대에서 처음으로 죄인이 납치되는 사건이 발생한 것이다. 게다가 납치범은 천하제일 대종사 초만녕이었다. 그는 천음각의 정예부대 열한 명을 죽이고, 수많은 사람을 다치게 한 후 중죄인 묵미우를 데리고 도망갔다.

누군가는 초만녕이 미쳤다고 했고, 또 누군가는 초만녕이건 묵미우건 똑같이 사람의 탈을 쓴 짐승이라고 했다. 형대에 가까이 있어서 그 둘을 자세히 봤던 사람들은 더 분노하며 말했다. 초만녕과 묵연의 관계가 영 께름칙해. 뭔가 있어, 더러운 뭔가가.

그러나 세간에 떠도는 이야기가 어떻든지 간에, 초만녕과 묵미우는 그 후 강호에 나타나지 않았고, 그들이 어디로 갔는지 아는 사람은 아무도 없었다.

천하의 가장 청렴결백하고 올바른 종사가 천하의 가장 위험한 악귀를 데려갔다.

그리고 소리 없이 종적을 감췄다.

나무 창문이 반쯤 열렸다. 작은 눈송이들이 천천히 흩날렸다. 창틀 바깥의 이끼 자국이 다시 파래지고, 눈꽃이 몇 송이 떨어졌다.

천음각 사건이 있은 지 나흘이 지났다. 이 사건으로 세상은 소란스러워졌고, 온갖 얘기가 나돌고 있었다. 오로지 텅 빈 이 산만 고요했다.

그때, 적막한 숲 깊은 곳에서 누군가가 걸어 나오더니 창틀 너머 채묵화[#12] 같은 풍경 속으로 들어섰다. 그는 한 손에 커다란 종이우산을, 다른 한 손에는 장작더미를 안은 채 문을 열고 들어왔다. 집 안은 매우 추웠다. 그는 불 옆에 장작을 쌓은 다음 불구덩이에 장작 몇 개를 더 넣었다. 맥없이 흔들리던 불길이 다시 활활 타올랐다.

아무도 살지 않고 오랫동안 방치된 곳이었다. 대충 치우고 정리도 했지만 공기 중을 떠다니는 곰팡내는 여전했다. 그래서 그는 이슬 맞은 백매(白梅)나무를 가져다 침상 머리맡에 놓았다.

초만녕은 앉아서 좁은 침상에 누운 남자를 바라보았다.

나흘째 의식이 없었다.

답선군의 손아귀에서 벗어난 후, 그는 전생에서 수련했던 법

#12 채묵화 수묵화에 채색을 입힌 그림

술에다 이번 생의 남아 있는 영력을 더해 겨우 묵연의 목숨을 붙들어 놓았다. 그러나 한참이 지나도 묵연은 겨우 숨만 붙어 있는 상태였고, 영핵은 회복되지 못했다.

"이 집은 내 사존이 처음 유랑할 때 만든 곳이다. 너무 오랫동안 비어 있던 터라 냄새는 없어지질 않는구나."

초만녕이 그의 얼굴을 응시했다.

"네가 훈향은 싫어해도, 꽃을 싫어하는 건 아니니까. 납매(臘梅)를 좀 꺾어 왔다. 꽤 오래 피어 있을 거야."

누운 묵연의 속눈썹이 아래로 내리깔려 있었다.

그의 자는 모습은 고요하고 평화로웠다. 일생에 몇 번 없던 평온함이었다.

요 며칠 묵연은 계속 이렇게 조용히 깊은 잠을 잤다. 초만녕은 할 일을 다 마치고 나면 언제나 그의 곁을 지키며 그에게 이야기했다.

예전에 그들이 함께 지낼 때는 언제나 묵연 혼자 한참을 종알거렸고, 초만녕은 옆에서 듣기만 했었다.

말하는 사람과 듣는 사람이 완전히 뒤바뀌는 날이 오리라곤 상상도 하지 못했다.

"바깥의 결계를 더 견고하게 해 놓았다. 금제 주술도 걸어 놓았고. 아무도 여길 찾지 못할 거야."

초만녕이 말했다.

"장작과 음식도 다 준비해 놓았으니 한동안은 별일이 없을 거다."

그는 잠시 뜸을 들이다 탄식했다.

"너는 언제 일어나려고 그러느냐?"

그가 손을 뻗어 묵연의 머리칼을 쓰다듬었다.

불길이 너울거렸다. 그는 또 침상 옆에 앉아 오래도록 기다렸다. 바닥에 있던 그림자가 햇빛을 따라 움직이는 내내 기다렸지만, 그는 눈을 뜨지 않았다.

초만녕은 눈꺼풀을 내리깔며 가볍게 한숨을 내쉬었다.

"자고 싶으면 계속 자거라……. 어제 해 주다 만 이야기를 마저 해 줄 테니 들어 보렴."

그러고는 변명하듯 말했다.

"미안하다. 잠들기 전에 이야기 듣는 걸 좋아한다고 했는데, 난 할 줄 아는 얘기가 없다……. 그러니 어쩔 수 없이 우리가 겪었던 일들을 얘기해 주마."

그는 눈을 내리깔고 말없이 있다가 부드럽게 말했다.

"음…… 어제 어디까지 얘기했었지? ……가만있어 보자. 아, 전생에 네가 고화의 저주에 걸린 걸 알고 계속 그걸 풀려고 했던 것까지 했었지."

초만녕이 말했다.

"하지만 팔고장한화는 뿌리가 너무 깊어서 아무 소용이 없었다. 이번 생에선 결국 풀리긴 했지만, 이렇게 될 줄은 정말 몰랐어."

그는 얼음처럼 차가운 묵연의 손등을 어루만졌다.

아직도 너무나 차가웠다.

그는 이렇게 묵연의 손을 잡고 조용히 그와 이런저런 이야기를 나누었다.

그들은 누군가의 음모 혹은 그들의 성격 때문에 마음을 터놓고 솔직하게 이야기를 나눠 본 적이 없었다. 그래서 결국 서로가 엇갈리며 각자의 길을 걷게 되고 말았다.

초만녕은 후회스러웠다.

조금만 솔직했다면 어떻게 되었을까? 모든 게 변했을까. 묵연이 고화의 독에 중독되었다는 걸 조금 더 일찍 발견할 수 있었을까.

모든 걸 되돌릴 수 있었을까.

"너는 환생한 후로 언제나 속죄하고 싶어 했지."

초만녕은 눈을 감고 탄식했다. 나중에는 목소리가 쉬어 거의 말을 하기가 힘들었다.

"그런데 네가 어떻게 팔고장한화에 중독되었는지 기억나느냐? 한번 생각해 봐…… 묵연, 생각해 보거라……."

넌 나에게 빚을 진 적이 없어.

처음부터, 내가 너에게 빚을 진 거야.

제발, 눈 좀 떠 봐.

네가 깨어나면, 네가 잃어버린 기억을 떠올릴 수 있다면 알게 될 거다……. 모든 진실은 칠 년 전, 내가 폐관했던 비 오는 밤부터 시작되었다는 것을.

칠 년 전 그날은, 그와 묵연의 운명이 뒤바뀐 날이었다. 그 전엔 초만녕의 인생에서 그리 특별하지 않은 날이기도 했다. 그날, 홍련수사에는 비바람이 불었다. 기와지붕에서 빗물이 줄줄 흐르고 천둥 번개가 요란했지만, 그는 전혀 듣지 못했다.

영핵이 약한 초만녕에게 마침 회복이 필요한 시점이 찾아왔기 때문이다.

자신의 곁을 지키는 제자들이 편하게 있도록, 그는 폐관 전 스스로에게 음소거 주술을 걸었다. 그러고는 정자에 조용히 책상다리를 하고 앉았다. 그의 의식이 공허하고 적막한 경지에 도달했다.

그래서 그는 눈앞에서 벌어지는 일촉즉발의 형세를 보지 못했다.

그날, 폭풍우가 몰아치는 홍련수사 안, 그의 눈앞에서 묵연과 사매가 서로를 노려보고 있었다. 창백한 얼굴의 묵연과, 음험한 표정의 사매.

초만녕이 전혀 모르고 있던 진실이 비 내리는 밤을 타고 천천히 드러났다.

폐관 전, 입문한 지 얼마 안 된 묵연은 '꽃을 딴' 사건으로 기분이 상해 있던 터라 사존을 잘 모시지도 않을 것이며 홍련수사에 와서 보살피고 싶지도 않다고 말했었다.

그래도 소년이 홧김에 내뱉은 말에 진심이 어디 있겠는가?

이틀 밤을 뒤척인 끝에 묵연은 그래도 복수보단 은혜를 갚기로 했다. 마음속의 고뇌는 잠시 미뤄 놓고 사매와 교대하기 위해 홀로 홍련수사로 갔다.

이 선택으로 자신의 일생을 바꿀 음모와 맞닥뜨리게 될 줄은 상상도 하지 못했다…….

사매가 초만녕에게 고화를 심으려 하고 있었다.

막연함, 경악, 공포, 분노, 실망. 오장육부가 순식간에 불타오르는 것 같았다.

묵연은 쏜살같이 달려가 사매의 손에 들려 있는 칼을 빼앗으며 야수처럼 으르렁거렸다.

"지금 뭐 하는 거야?"

사명정은 잠시 놀라는 듯했으나 금세 자상하고 아름다운 눈을 가늘게 떴다.

그가 미소 지었다.

"난 또 누구라고. 지금 홍련수사는 겹겹이 결계가 쳐져 있어서 우리 셋만 들어올 수 있지. 사생지전의 장문인 존주나 소주님이 오시면 일이 복잡해지는데, 다행히 너였구나."

너무 빨리 달려온 묵연은 가쁜 숨을 내쉬며 가녀린 몸으로 초만녕을 막아섰다. 밤바람이 그의 옷자락과 머리칼을 날렸다.

그는 사매의 얼굴을 응시했다.

"사존이 폐관한 틈을 타서 뭘 하려던 거야? 사매…… 사매……."

그때의 묵연은 부드러운 목소리로 나긋나긋하게 이야기하던 명정 사형에게 마귀처럼 흉악한 얼굴도 있다는 걸 전혀 믿지 못했다.

"사매는 도대체 누구야?"

사매가 소리 내어 웃었다.

"연이는 참 귀여워. 난 당연히 너의 명정 사형이지. 그럼 내가 또 누구겠니?"

그는 묵연이 초만녕의 앞을 막고 선 모습을 바라보았다.

이제 막 입문해 자기 분수도 모르는 조그만 제자.

정말 가소로웠다.

"사존이 싫다고, 다시는 보고 싶지 않다고 하지 않았어?"

머릿속에 모든 계산이 되어 있었던 사매는 느긋하게 그를 조롱하고 비웃었다.

"내가 너한테 물만두를 들고 갔을 때, 사존처럼 악랄한 사람은 죽도록 싫다고 했잖아. 어떻게 된 게 이틀도 안 돼서 마음이 바뀌어 사존을 찾아왔네."

"내가 오지 않았으면 사매가 오늘 무슨 짓을 했을지 누가 알았겠어!"

묵연은 화가 나면서도 슬프기도 했다.

"사명정, 당신이 좋은 사람이라고 생각한 내가 어리석었어. 그때 믿는 게 아니었어!"

"아, 이렇게 다루기 쉬운 사람이 누군데, 지금 누가 누굴 탓하는 거야?"

사매가 빙그레 웃었다.

"물만두 한 그릇과 따뜻한 말 몇 마디면 죽을 때까지 뭐든 해 줄 기세던데. 사실 너야말로 아무도 원하지 않는 거지. 넌 누가 뼈다귀만 줘도 좋다고 그 사람을 따를 테니."

"……."

"그렇게 날 노려볼 필요 없어. 어때, 물만두는 맛있었니?"

묵연은 이를 갈았다. 그의 까만 눈은 밤의 장막 속에서 차갑고 축축해 보였다. 한참 후, 목울대가 떨렸다.

"사명정…… 속이 그렇게 새카맸다니."

사매는 여전히 미소 짓고 있었다.

"새카만 건 팔고장한화에 중독된 심장이고, 병든 심장이야.

내 심장은 아프지도, 병들지도 않았어. 지금 너와 사존의 심장처럼 붉지."

그는 잠시 뜸을 들이더니 길고 하얀 손가락을 돌렸다. 손끝에 아름다운 꽃 한 송이가 나타났다. 꽃봉오리가 터지기 직전인 그 꽃은 꽃잎이 검은색이었고, 테두리를 따라 은빛이 반짝였다.

사매는 꽃을 코끝에 갖다 대고 가볍게 향기를 맡았다.

아름다운 꽃과 미인은 고혹적이지만, 언제나 위험이 도사리는 법이다.

소름 끼치는 두려움이었다.

묵연이 중얼거렸다.

"도대체 뭘 하려는 거야……."

사매가 눈꺼풀을 들어 올렸다. 가늘고 긴 속눈썹, 요염한 눈매. 미소를 머금은 그의 얼굴은 기분이 매우 좋아 보였다.

"사실 너한테 설명한다 해도 아무 소용이 없어. 내가 주문만 하나 걸면 넌 오늘 밤의 일을 까맣게 잊어버리고 아무것도 기억하지 못할 테니까."

검은 꽃은 큰고랭이같이 가늘게 쭉 뻗은 그의 손가락 사이에 조용히 꽂혀 있었다.

"하지만 동문으로서 말 못 할 것도 없지."

사매가 말했다.

"내 어머니께서 만든 씨앗을 내가 온갖 고생을 다 하면서 키운 팔고장한화야. 좋아해 주는 사람이 없으면 금방 사라져 버려. 그런데 그렇게 되면 아주 시시할 것 같거든."

"팔고…… 장한?"

"사제. 살아서는 팔고(八苦)가 있고, 죽어서는 장한(長恨)이 있어. 마족 중 한 종족이 세상에 이 꽃을 남겨 두었는데, 속인은 키우기가 대단히 어려워서 팔고장한화라고 부르지."

사매의 목소리는 부드럽고 우아했다.

"이 꽃은 어릴 때는 사람의 피를 마셔야 하고 피기 시작할 때에는 사람의 심장에 심어야 해. 마음속의 선함과 온정은 빨아들이고, 사악함과 원한을 퍼뜨리지."

그는 친숙하게 검은 꽃잎을 어루만졌다.

"세상의 아무리 착한 사람이라도, 마음속에 한 가닥의 불만만 있으면 팔고장한화로 인해 천천히…… 사람을 죽여도 눈 하나 깜짝 안 하는 악마로 변하게 돼."

그의 눈에서 뱀 비늘 같은 어두운 빛이 반짝였다.

요염한 눈이 속세를 초월해 좌선하고 있는 초만녕에게 고정되었다.

묵연이 깜짝 놀랐다.

"팔고장한화를 사존의 심장에 심으려는 거야?"

"뭘 그렇게 놀라."

사매가 미소 지었다.

"사존은 천하제일 대종사잖아. 생각을 해 봐. 사존이 악마가 되면 힘이 얼마나 강력하겠어?"

"미쳤어? 어떻게…… 어떻게 그렇게 잔인하게……."

"사존은 냉혈한인 데다 몰인정하기 그지없다고…… 네가 그랬잖아?"

사매가 담담하게 말했다.

“난 그를 네가 가장 싫어하는 모습으로 바꿀 거야. 사제, 앞으로 그를 당당하게 싫어해도 돼. 그럼 서로에게 좋은 일이잖아.”

묵연은 머리털이 곤두서고 등골이 오싹해지는 기분이었다.

“말도 안 돼…… 그건 잠깐 욱해서 한 말이라고. 나, 난 사존을 싫어하지 않아. 빨리 내려놔. 이런 식으로 그를 괴롭히지 마.”

사매가 흥미롭다는 듯 물었다.

“왜?”

왜냐고?

그는 너무 좋은 사람이었다. 홍련수사의 탁자 위는 온통 그가 그린 도안으로 가득했다. 기갑과 무기 역시 모두 자기를 위한 게 아니라 다른 사람의 안전을 위해 만든 것이었다.

그는 초겨울에 흩날리는 첫눈처럼 깨끗하고 순수했다.

그는 엄격하고 가끔 매몰차기도 했지만, 묵연의 손을 잡고 차근차근 글을 가르쳐 주었다.

묵연과 함께 날이 저물어 깜깜한 밤이 될 때까지 무술 연습을 했다.

그가 기꺼이 자신을 제자로 받아 주기로 한 그날부터 묵미우는 더 이상 피가 섞이지 않은 가짜 가족과 가짜 행복만 있는 외로운 아이가 아니었다.

그때부터 진짜 신분이 생긴 것이다.

……초만녕의 제자.

“사존을 해치지 마…….”

묵연은 마음이 조급해졌다. 사존을 불러 깨우고 싶었지만,

방법을 몰랐다. 그는 끈질기게 초만녕 앞에 서서 말했다.

"사존이 악마가 되어선 안 돼. 이렇게 좋으신 분에게 사람을 죽이라고 하면…… 사존은 괴로워하실 거야."

마음속에서 울리는 강렬한 슬픔은 말로 표현할 길이 없었다. 가장 간단하고 단순한 말로 횡설수설하면서도 간절히 사매를 타일렀다.

마치 아무 법술도 제대로 터득하지 못해서 저항할 수 있는 건 오로지 나약한 몸뿐인 것만 같았다.

선한 사람에게 살인을 하라는 건 너무나 고통스러운 일이었다.

취옥루에 큰불이 난 날, 그는 뼛속까지 깨달았다.

사매는 그를 훑어보며 이 상황이 말도 안 되게 우습다고 느꼈다.

"괴로워? 사존이 악마가 되면 괴롭지 않을 거야. 연아, 그렇게 걱정할 필요 없어."

"대체 왜 이렇게 하는 거야? 왜 사존을 괴롭히는 건데!"

사매는 곧바로 대답하지 않았다. 그는 속눈썹을 내리깔고 뜸을 들이다 담담하게 입을 열었다.

"나도 꼭 해야만 하는 일이 있으니까."

"……."

"난 날 위해 쓸 수 있는 가장 강력한 힘이 필요해."

사매가 입술을 오므렸다.

"넌 이해하지 못할 거야."

소년 묵연은 자신의 미약하기 그지없는 힘을 끌어모아 눈앞에 서 있는, 도무지 속을 알 수 없는 사형을 필사적으로 설득하려 했다.

"사존이 어떤 사람인지는 사매도 잘 알잖아. 비록…… 비록 사매가 사존의 선한 마음을 다 없애고 사존을 살인에 미친 악마로 만든다 해도, 사존은 사매의 말에만 순종하며 원하는 대로 움직이진 않을 거야……. 사매는…… 사매는 사존을 맘대로 다루지 못할 거라고."

"왜 그렇게 생각하지?"

사매가 코웃음 쳤다.

"아, 이 말을 해 줬어야 하는데. 이 팔고장한화 속에는 내 혼백의 반이 녹아들어 있어. 그래서 심장에서 꽃이 피기만 하면 점점 날 사랑하게 되지. 평생 벗어나지 못해."

묵연은 머리카락이 곤두섰다.

"정말 미쳤어!"

사매가 득의양양한 표정으로 그들에게 다가갔다. 밤의 장막은 번갯불에 번쩍였고, 천둥소리에 흔들렸다. 경국지색이라 불릴 만한 사매의 얼굴도 번갯불에 반사되어 밝게 빛났다.

"네 말대로, 사존은 저렇게 좋은 분인데 내 필요에 의해서 내 사람이 되는 게 왜 안 되는 일이지? 악마가 되면 좀 어때서. 그때가 되면 완전히 나에게 빠져서 내 말만 들을 텐데, 얼마나 좋은 일이야."

그는 초만녕이 절대 깨어나지 않을 거라는 것도, 둘의 대화를 듣지 못한다는 것도 알고 있었다. 그래서 전혀 두려운 기색 없이 서두르지 않고 말했다.

"사제, 옆으로 비켜서. 이제 막 영핵을 수련한 네가 날 막을 수 있을 거라고 생각해?"

묵연은 이를 악물었다.

"그렇게는 안 돼."

사매는 웃기만 했다. 그러더니 눈 깜짝할 사이에 귀신처럼 묵연의 뒤로 날아갔다. 손은 이미 초만녕의 머리 장식 위에서 금방이라도 피어날 검은색 꽃을 들고 있었다.

"연아, 이 팔고장한화 한 송이를 위해 내가 얼마나 피땀 흘렸는지 아니? 심혈을 기울이고 정성을 다하면서 사존이 폐관할 날만을 기다렸단다."

그가 몸을 굽혔다. 볼이 초만녕의 옆얼굴에 닿을 지경이었다.

"사존은 곧 나의 칼이 되고, 나의 꼭두각시가 되고, 나의 사람이 될 거야. 네가 무얼 막을 수 있을 것 같아?"

꽃이 떨어지면,

운명이 바뀌게 될 것이다.

갑자기 소년이 소리를 지르며 혼자 힘으로 맞섰다.

"건드리지 마!"

"정말 우습구나."

사매는 점점 인내심을 잃었다.

"넌 정말……."

"나로 바꿔 줘."

다음 말은 입술에서만 맴돌았다. 천둥소리가 하늘을 쪼개고, 번갯불이 밤의 장막을 찢었다.

사매가 눈을 가늘게 떴다.

"뭐라고?"

묵연은 온몸을 덜덜 떨었다.

그는 이제 막 입문한 제자였다. 배운 법술도 너무 적었다. 사매를 막는 건 불가능했고, 초만녕을 깨울 방법도 알지 못했다.

무기도 없었고, 잘하는 것은 더더욱 없었다.

남은 건 몸뚱이뿐이었다.

그래서 그는 이렇게 말할 수밖에 없었다.

"나로 바꿔 달라고."

사매는 잠시 침묵하다 코웃음을 쳤다.

"지금 네가 무슨 말을 하는지 알기나 하니?"

"알아."

"팔고장한화는 내 어머니가 심혈을 기울여 만드신 거고, 내 영혼을 갈아 넣어서 키운 거야."

사매가 몸을 똑바로 일으키며 묵연의 얼굴을 쳐다보았다.

"네가 뭔데 자격이나 된다고 생각해?"

"난……."

그는 주먹을 꽉 쥐고 한참 만에 고개를 홱 들었다.

"내가 자격이 없긴 하겠지만, 그래도 사존보단 훨씬 나을 거야."

사매의 눈에서 점점이 빛이 반짝였다.

"……어째서지?"

"이 꽃이 원한을 키운다며. 그런데 만약 그 사람의 마음이 너무 깨끗해서 일말의 원한도 없다면?"

사매는 잠시 침묵하다 웃었다.

"그럴 수는 없어. 사람은 누구나 원한을 품고 살아. 북두선존이라도 예외일 순 없지."

그러나 팔고장한화를 쓰다듬는 그의 손에선 초조함이 묻어나기 시작했다.

묵연의 말도 일리는 있었다. 사실 그 역시 요 몇 년 동안 초만녕이 과연 팔고장한화의 숙주가 될 수 있을지 고심하던 중이었다. 만약 이 사람의 마음에 일말의 원한도 없다면 어떻게 하지?

또 한 송이를 키우기 위해 드는 시간과 노력은 말할 것도 없고, 영혼을 쪼개는 것 역시 너무나 고통스러웠다. 두 번 할 짓은 못 되었다.

묵연은 머뭇거리는 그를 보며 한 발짝 앞으로 나왔다.

"지금까지 사존이 누구를 미워하는 걸 본 적 있어?"

"……."

"팔고장한화는 마음속 선함과 따뜻함을 집어삼킨다면서……. 보통 사람의 마음속엔 이것 말고도 다른 게 있겠지만, 나보다 사존을 더 잘 알잖아."

비는 점점 거세게 내렸고, 만물이 파르르 떨었다.

"사명정, 사존이 점점 모든 기억을 잃고 좋았던 걸 아무것도 기억하지 못하게 되어서 다른 사람들이 수상한 낌새를 알아차리는 것도 두렵지 않은 거야?"

사매가 갑자기 눈을 가늘게 떴다.

깊은 눈동자 속에는 마치 뱀이 혀를 날름거리고 있는 것 같았다.

묵연은 한 발, 또 한 발 그에게 다가갔다. 쿵쾅거리는 심장은 내리는 비보다 빠르게 뛰었다.

"뭘 하려는지는 모르겠지만 꼭 한 명을 제물로 써야 한다면,

나를 써."

"너……."

"난 마음속에 원한이 있으니 더 커지게 할 수도 있어. 나에겐 좋은 기억이 많이 없으니 점점 잊는다 해도 사람들이 알아채지 못할 거야."

묵연은 살인마가 칼날을 자신의 목에 갖다 대도록 필사적으로 그를 설득했다.

"지금은 아무것도 못 하지만, 사존과 백부님께선 내게 천부적인 재능이 있다고 하셨어. 영력도 충분하고……. 나도 할 수 있어."

그는 약하게 떨었다. 손톱이 손바닥을 파고들었지만, 여전히 결연하게 말을 이어 갔다.

"내가 사존 대신 당신이 원하는 칼과 무기가 될 수 있어."

그가 단호하게 한 번 더 말했다.

"내가 사존 대신 당신이 원하는 살인마가 될 수 있어."

그는 마지막으로 사명정 앞에 섰다.

"사매."

번갯불이 번쩍이고, 돌풍이 휘몰아치며 비바람이 불었다. 정자 안으로도 비가 들이쳤다.

점점 추위가 느껴졌다.

"나로 바꿔."

그가 정곡을 찔러서였는지, 아니면 애초에 사매가 초만녕이 팔고장한화의 효과를 낼 수 있을지 확신하지 못해서였는지, 그것도 아니면 그때 묵연이 보여 준 영력이 엄청나서였는지도 몰랐다. 그가 영핵을 만들어 내는 데 걸린 시간은 하늘의 총아인 설몽보다 훨씬 빨랐다. 질투심을 불러일으킬 정도였다.

어쨌든, 사매는 몇 번의 고민 끝에 결국 피어나기 직전인 검은 꽃봉오리를 묵연의 심장에 심었다.

모든 걸 끝낸 사매는 돌로 만든 탁자 옆에 앉아 턱을 괴고 있었다. 눈빛은 점점 초점을 잃어 갔다.

그는 이유를 알 수 없었다.

묵연은 왜 초만녕을 대신해 화를 자처했을까? 생명과 영혼과 미래와 존엄을 바쳐서.

스승과 제자가 된 지 일 년도 안 된 사이인데.

이해가 안 가네.

사매는 검은 꽃봉오리가 묵연의 가슴에 녹아 들어가는 걸 지켜보았다. 부드러운 꽃잎은 마치 바늘처럼 살 깊은 곳을 찌르고 관통했다.

묵연은 내내 소리도 내지 않고 참았다. 그러다 꽃술이 기괴한 촉수를 가진 벌레처럼 순간적으로 그의 심장에 파고들자, 결국 흐느끼며 바닥에 쓰러졌다.

소년이 앞에서 떨고 있는데도, 사매는 팔짱을 끼고 고고한 자태로 앉아서 그가 경련을 일으키며 피를 토하는 모습을 내려다보기만 했다.

"아프니?"

"크흡……."

사매는 흥미로워 보였다. 눈빛은 여전히 따스했다.

"얼마나 아파? 다른 사람에게 이런 주술을 걸어 본 적이 없어서 너무 궁금하거든……. 착한 사제, 팔고장한화가 심장을 관통할 때 어떤 기분이야?"

그의 눈빛은 봄날의 시내처럼 바닥에 엎드린 묵연의 몸 위로 흘러 떨어지다, 마지막에는 묵연의 창백한 손가락 관절에서 멈췄다.

묵연의 손가락은 자기도 모르게 바닥을 긁고 있었다. 손가락 끝이 다 망가져 바닥에 피가 묻었다.

"심장을 도려내는 것보다 더 아파?"

묵연은 답이 없었다.

아픈 건 사실이야. 그런데…… 임기성 바깥의 공동묘지에서 느꼈던 고통보단 훨씬 나아.

어머니가 죽어 가는 걸 지켜볼 수밖에 없었던 그때보단 훨씬 나아.

직접 흙을 파내고 어머니의 시신을 묻었던 그때보단 훨씬 나아.

"그땐…… 어머니를 지키지 못했지만, 지금은 마침내…… 마침내 사존을 지켜 낼 수 있게 됐어."

초점을 잃은 눈으로 그는 이렇게 중얼거렸다.

가장 좋았던 기억들이 조금씩 흐릿해졌다. 때 묻지 않은 지난날이 조금씩 사라졌다. 그의 눈앞에서 안타까울 만큼 미미한 아름다운 기억들이 깜박거렸다…….

어느 날, 누군가 그와 어머니에게 뜨거운 탕 한 그릇을 주었다.

눈이 오는 밤, 늙은 농부가 그들에게 집으로 들어와 몸을 녹이고 불을 쬐며 쉬라고 했다.

자기와 마찬가지로 밥을 빌어먹는 아이가 주워 온 고기 전병

반 개를 나눠 주며 먹으라 했다.

어머니의 손에 이끌려 잠자리가 춤추며 날아다니는 가을날의 긴 제방을 걸었다…….

미움도, 처량한 고통도, 불만도, 불안도, 악한 마음도 없었다.

모든 게 평화로웠다.

가장 순수한 아름다움이었다.

그는 등불 아래서 손수건에 해당화를 수놓고 있는 자신을 보았다. 턱을 괴고 돌 탁자 앞에 앉아서 사존이 월병을 먹는 모습을 웃으며 지켜보는 자신을 보았다. 달빛 아래 처음으로 사존에게 이화백주를 따르는 자신을 보았다.

이런 기억들이, 앞으로 점점 흐릿해질 터였다.

다시는 떠오르지 않을 터였다…….

앞으로는 원한만 자라날 것이고, 기억 속의 따뜻했던 지난날들은 모습을 바꾸게 될 것이다.

앞으로는 그의 마음속 열정은 소멸하고, 다시는 타오르지 않을 것이다. 그의 눈 속에 든 봄날의 시냇물은 꽁꽁 얼어붙어 겨울의 얼음이 될 것이다.

앞으로 그는 어머니의 유언과 반대로 살아가게 될 것이다.

단의한은 말했다.

– 은혜를 갚거라, 복수할 생각 하지 말고.

다시는 그렇게 살 수 없을 터였다.

어디서 그런 힘이 나왔는지는 몰라도, 그는 오장육부가 갈가리 찢어지는 고통을 이를 악물고 참으며 비틀비틀 일어나려 애썼다. 그러나 서 있지 못하고 털썩 주저앉아 바닥에 엎드렸다. 마지막엔 극심한 고통에 혼령까지 떨릴 지경이었다. 그런데도 그는 초만녕의 앞까지 기어갔다.

"사존……."

그는 부들부들 떨면서 우스꽝스럽게 발버둥 치고 꿈틀거렸다.

사매는 그가 뭐라도 하려는 줄 알았다. 그런데 소년이 하려던 건 그저 남은 힘을 짜내 마지막으로 스승의 은혜에 감사 인사를 올리는 것이었음을 알아차렸다.

묵연의 눈에 눈물이 맺혔다.

"사존, 곧…… 저한테 실망하실 거예요……."

밤비가 흩날렸다.

"저는 곧, 사존의 호의를 기억하지 못할 거예요. 전 다시는…… 다시는 얌전히 법술을 배우지 못할 거예요……. 사존은 절 싫어하고 증오하게 될 거예요……."

그는 울었다. 선한 마음이 사라지기 전 마지막으로 남기는 작별 인사였다.

그러나 초만녕은 듣지 못했다.

눈앞에 있으면서도, 아무것도 듣지 못했다.

"죄송해요. 그날 꽃을 꺾은 건 사존께 드리고 싶어서였어요. 사존, 제가 오늘 온 것도…… 사존께서 깨어나시면 죄송하다고 말씀드리려고 했던 거예요. 마음속에 생각했던 것들을 다…… 다 말하려고요."

목구멍에서 도려내어진 살점이 같이 나오는 듯, 목소리가 잔뜩 쉬었다.

"사존, 절 버리지 않고 받아 주셔서 감사해요……."

그가 힘겹게 말을 이었다.

"전 정말, 정말."

심장이 확 조여 오고, 얼굴은 핏빛으로 변했다. 팔고장한화가 뿌리를 내릴 때 나타나는 현상이자, 종정계가 효력을 발휘하기 시작했다는 표시였다.

묵연은 이마를 끊임없이 땅에 박고 바닥을 굴렀다.

그가 소리 없이 울었다.

"전 정말, 사존을 좋아해요."

사매는 가볍게 탄식했다. 흥미로운 것 같으면서도 안타까워하는 표정이었다.

그의 연민과 호기심은 전부 옅은 것들이라, 무엇도 그의 마음 깊은 곳을 건드리진 못했다.

사매는 묵연에게 다가가 그의 얼굴을 비틀어 쥐고는 점점 혼탁해지는 그의 눈을 바라보며 조용히 물었다.

"자, 사제, 말해 봐. 지금 원하는 게 뭐지?"

"원하는 거……."

원하는 게 뭐지?

임기의 가을, 통천탑 아래.

단의한이 웃고 있고, 초만녕은 아래를 내려다보고 있다.

악방의 순풍약 누이가 뾰족한 덧니 두 개를 드러내며 간절하고도 흥분된 눈빛으로 그에게 말했다.

– 연아, 돈을 충분히 벌면 몸값을 치르고 풀려날 수 있어. 그러면 우리 함께 이곳을 떠나서 잘 살아 보자.

묵연은 몽롱한 의식 속에서 부들처럼 흩어지고 있는 기억을 붙잡으려 애썼다.

그가 중얼거렸다.

"원하는 건…… 은혜를 갚고…… 복수할 생각을…… 하지 않는 것."

사매는 고개를 저으며 잠시 기다렸다.

그리고 다시 물었다.

"원하는 게 뭐야?"

묵연이 쉰 목소리로 고집스럽게 말했다.

"제가 원하는 건…… 언젠가 사존의 손에 죽는 거예요."

사매는 의아했지만, 이내 미소 지었다.

"사존의 손에 죽는 거라고?"

"전 악마가 되지 않을 거예요……. 전 지옥에 가지 않아요……."

그는 횡설수설하며 똑같은 말을 되풀이했다.

"저는 미움만을 기억하진 않을 거예요, 사존……."

급기야 그는 사매의 손을 뿌리치고 초만녕 앞에 엎드려 통곡하기 시작했다. 그의 두 눈은 이미 새빨간 핏빛으로 가득 찼고 의식은 점점 뒤엉키고 있었다.

"절 죽여 주세요."

결국 유일하게 되풀이하는 말은 이 한 가지 소원뿐이었다.

"제가 악행을 저지르는 첫날…… 제발, 제발…… 절 죽여 주세요."

세찬 폭우가 아득한 밤을 집어삼켰다. 소년은 궁지에 몰린 짐승처럼 슬피 울었다. 천둥 번개가 요란하게 울리고, 대나무 숲은 파르르 떨었다. 홍련수사의 모든 연꽃은 하룻밤 사이에 연못으로 떨어졌다.

살아서는 팔고가 있고, 죽어서는 장한이 있어.

의식이 사라지기 전, 묵연은 떨리는 손을 내밀어 초만녕의 옷자락을 움켜잡았다. 그러고는 고개를 들고 중얼거렸다.

"사존…… 저를 좀 봐 주세요……. 저 좀 봐 주세요…… 제발……."

저를 좀 봐 주세요.

이 세상의 얼마나 많은 괴로움과 한이 세찬 비바람에 가려졌을까?

두 번의 인생이 지나고 이제야 진실을 알게 된 초만녕은 지난날을 회상했다. 다음 날의 기억은 흐릿했다. 그가 명상에서 깨어났다.

금빛 광채가 정자 안으로 들어오고, 홍련수사 안의 해당화와 홍련은 모두 떨어져 버렸다. 가지 끝에 피었던 꽃들은 곧 흙으로 돌아갈 터였다.

비가 그쳤다. 초만녕은 눈을 깜박거렸다. 사매가 돌 탁자 옆에서 차를 끓이고 있었다. 김이 모락모락 피어났다. 부드럽고 아름다운 표정의 사매가 깨어난 초만녕을 보고 미소 지었다.

"사존."

"어째서 가서 쉬지 않고 여기 있는 게냐? 벌써 사흘째가 아니냐. 가서 묵연보고 오라고 해라."

찻잔에 가득 따른 호박색 찻물은 가슴 가득 쌓인 근심 같았다.

사매가 찻잔을 내밀며 미소 지었다.

"오늘도 제가 모실게요. 연이 그 녀석은 아직 어려서 사존께 혼난 후로 여태 기분이 안 풀렸어요."

초만녕은 어리둥절했다.

"묵연이 안 온다고?"

사매는 속눈썹을 내리깔았다. 새카맣고 부드러운 속눈썹은 이른 봄 가지 끝에 달린 두 송이의 꽃봉오리 같았다. 그는 '네' 하고 대답하며 말했다.

"안 와요. 장서각에서 존주를 도와 책 정리를 하고 있어요."

초만녕은 순간 멍해지더니 허전한 기분이 들었다.

원래는 단둘만 있을 기회를 빌려서 묵연과 꽃을 꺾은 날의 일을 잘 이야기해 볼 생각이었는데. 그날 내가 아무래도 좀 심했던 것 같다고…….

그의 제자 중 계율을 범하는 제자는 아무도 없었다. 그래도 지나고 나서 생각해 보니 아무래도 벌을 너무 심하게 준 것 같았다.

그런데 묵연은 자신을 보려고 하지도 않을뿐더러, 폐관한 자신을 보살피러 오지도 않겠다니.

초만녕은 눈을 감았다.

"사존, 차 드세요."

한참 후, 그는 사매의 길고 흰 손에서 차가 가득 담긴 찻잔을 받았다. 그러고는 피어나는 수증기를 후후 불면서 한 모금 마셨다.

차를 너무 가득 따른 나머지 찻잔을 받을 때 몇 방울이 장포에 떨어졌다.

세심한 사매가 이를 보고 웃었다.

"저 손수건 있어요."

"괜찮다."

초만녕은 해당화가 수놓인 손수건을 꺼내 아직 마르지 않은 찻물을 닦았다.

"손수건이 정말 예쁘네요. 마을에서 파는 것 중 가장 좋아 보이는 손수건 같은데요."

사매가 다정하게 말했다.

"직접 가서 사신 거예요?"

순간, 초만녕은 말하고 싶었다. 아니, 묵연이 주었다.

묵연이 직접 수를 놓았어.

사존께 바치는 선물이라면서.

그러나 기분이 좋지 않으니 말하기도 싫었다. 게다가 자기 입으로 이렇게 말하기도 뭔가 수치스러웠다.

그래서 한참을 말이 없다가, 그저 조용히 '음' 하고 대답하며 손수건을 잘 접어 옷섶에 도로 넣었다.

그는 손수건을 집어넣고 조용히 한숨을 내쉬었다.

그날은 햇살이 눈부셨다. 간밤의 폭우는 홍련 꽃잎에 떨어진 이슬로만 남았다.

"간밤에 비가 많이 왔느냐?"

찻잔을 정리하던 사매는 이 말을 듣자마자 손가락이 멈추고 눈빛이 어두워졌다.

"네?"

초만녕은 꽃잎이 가득한 연못으로 시선을 던지며 담담하게 말했다.

"꽃이 다 떨어져 있길래."

사매는 다시 미소를 지으며 찻잔을 꼼꼼히 정리했다. 그러고는 대수롭지 않은 듯 말했다.

"어젯밤에 천둥 번개가 치고 요란하게 비가 내리더니 금방 그쳤어요. 오늘은 날씨가 좋을 것 같아요. 좀 이따 바닥이 마르면 제가 뜰에 떨어진 꽃잎들을 치울게요."

초만녕은 더는 말이 없었다.

눈부신 아침놀은 비단처럼 아름다웠다. 멀리 바라보니 광활한 하늘은 씻은 듯이 깨끗했고, 아침 해가 떠오를 때는 금색 깃털이 흩날리는 것 같았다.

그랬다.

유난히 밝고 화창한 봄날이었다.

277장 사생지전, 여생을 눈 내리는 밤으로 보내다

남병산 깊은 골짜기.

어두운 밤, 초가집 밖에는 눈이 나풀나풀 내렸다.

요 며칠 묵연의 상처는 더욱 심해졌다. 초만녕이 화혼헌제술로 상처를 치료해 주었지만 효과는 미미했다.

오후가 되자 몽롱한 눈을 뜨긴 했으나 의식은 여전히 흐릿했다. 그는 눈을 가늘게 떴다. 그러고는 초만녕을 보자마자 울면서 미안하다고 했다. 가지 말라고 했다. 같은 말을 몇 번이나 반복하다가 결국 소리 없이 울었다.

그는 계속 꿈을 꾸었다. 자신의 불안했던 세월 속에서 끊임없이 방황했다.

이제 막 설정옹이 자신을 데려왔던 시기일 때도 있었고, 초만녕을 가슴 아프게 잃었던 오 년의 시간 속에 있기도 했다.

유일하게 꿈에 나오지 않은 건 팔고장한화에 빼앗긴 기억이었다. 그가 바친 모든 대가와 보호와 순수함은 꿈에 나오지 않았다.

"묵연……."

초만녕이 방금 끓인 죽을 들고 그의 침상 옆으로 다가왔다.

죽은 억지로 먹을 수 있는 수준의 맛으로, 그 솜씨는 전생과 다르지 않았다.

그는 침상 옆에 앉아 묵연의 이마를 짚어 보았다.

놀랄 만큼 뜨거웠다.

아무리 불러도 묵연은 깨어나지 않았다. 깨어나길 기다리다 보니 죽은 차츰 식었고, 차갑게 굳었다. 그는 도저히 안 되겠다 싶어 죽을 다시 데웠다.

묵연이 언제 일어날지는 알 수 없었지만, 일어난다면 뭐라도 곧바로 먹이고 싶었다.

"닭고기 육수로 끓였다. 네가 가장 좋아하는 거다."

초만녕이 조용히 말했다. 묵연의 심장 박동을 유지해 주는 영력의 법술은 끊긴 적이 없지만, 묵연은 여전히 깨어날 줄을 몰랐다.

깨어나지 않는다는 건, 결국 영력이 한 번 끊어지면 다시는 눈을 뜰 수 없을지도 모른다는 걸 의미했다.

다시는 그를 살릴 수 없게 되는 것이다.

그러나 포기할 순 없었다. 어떻게 포기하겠는가.

묵연은 아직 살아 있었고, 아주 약하긴 했지만 숨이 붙어 있었다. 요 며칠, 초만녕은 온종일 그의 곁을 지키며 그의 가슴이 오르락내리락하는 걸 보았다. 아직 희망이 있었고, 모든 걸 되돌릴 수 있을 거라고 생각했다.

아직 늦지 않았다.

초만녕은 어느 날 밤 묵연이 몽롱하게나마 눈을 떴던 날을 기억했다. 그때 집 안에 불을 켜 두지 않았었는데, 묵연은 멍하니 촛대를 바라보며 메마른 입술을 계속 달싹였다.

초만녕은 너무 놀라서 얼른 묵연의 손을 잡고 물었다.

"무슨 말을 하고 싶은 게냐?"

"……불……."

"뭐라고?"

"……불…… 불 좀……."

묵연은 자신은 도저히 켤 수 없는 촛대를 바라보았다. 눈물이 뺨을 타고 흘러내렸다.

"불을 켜고 싶어요……."

그 순간, 시간이 마구 뒤섞였다.

이제 막 입문했을 때로 돌아간 것 같았다. 묵연은 병이 났다. 수척한 소년은 침상에 웅크리고 누워 사경을 헤맸다.

초만녕이 병문안을 갔을 때, 그는 작게 흐느끼면서 어머니를 부르고 있었다.

어떻게 위로를 해 줘야 할지 난감했던 그는 소년의 침상 옆에 앉았다. 그리고 주저하던 끝에 손을 뻗어 소년의 이마를 짚었다.

수척한 소년이 울면서 말했다.

– 깜깜해요……. 온통 깜깜해요……. 어머니…… 집에 가고 싶어요…….

초만녕이 촛대에 불을 밝혔고, 반짝이는 불빛이 초만녕의 얼굴과 주위를 비췄다. 빛의 따스함을 느꼈는지, 열이 펄펄 끓는 아이가 까맣고 촉촉한 두 눈을 떴다.

– 사존…….

초만녕은 대답하며 이불을 잘 덮어 주었다. 낮고 느린 목소리가 매우 다정했다.

– 묵연, 불을 밝혔다……. 무서워하지 않아도 돼.

오랜 시간이 흐르고, 외로운 등불 하나가 또 불을 밝혔다. 따뜻한 노란 불빛이 초가집을 가득 채우며 아득한 어둠과 추위를 몰아냈다.

초만녕이 그의 귀밑머리를 만지며 쉰 목소리로 말했다.

"묵연, 불을 밝혔다."

그는 더 말하고 싶었다. 무서워하지 않아도 돼.

그러나 목이 메어 더는 아무 말도 할 수가 없었다. 눈물을 흘리지 않으려 애썼지만, 결국 묵연의 이마에 자신의 이마를 맞대고는 흐느끼고 말았다.

"……불을 밝혔으니 눈 좀 떠 보렴, 응?"

그는 애원했다.

"나를 좀 봐 줘, 제발……."

촛농이 강물을 이뤘다. 이 등불은 기름이 다 닳아 없어질 때까지 꺼지지 않았다.

날이 밝고 해가 중천에 떠올라도, 묵연은 여전히 눈을 뜨지 않았다. 곤히 자고 있던 소년을 등불로 깨우던 날은 이미 과거가 되었다.

다시는 돌아오지 않았다.

또 사흘이 지났다.

초만녕은 계속 묵연의 곁에서 그를 보살피며 영력을 불어넣고 그의 기억에서 사라진 일들을 이야기해 주곤 했다.

날이 저물었다. 내리던 눈도 그쳤다. 창밖의 붉은 해는 마지막 남은 빛을 대지에 흩뿌렸다. 다람쥐 한 마리가 눈 쌓인 나뭇가지에서 뛰어내렸다. 하얀 배가 춤을 추며 떨어졌다.

침상에 누운 남자 위로 자애로운 저녁놀이 내리쬐었다. 덕분에 창백하고 초췌한 얼굴에 혈색이 도는 것 같았다. 얇은 눈꺼풀 아래에서 눈동자가 살짝 움직였다……. 그러고는 사방에 어둠이 내려앉을 때쯤, 그가 천천히 눈을 떴다.

며칠 동안 사경을 헤매던 끝에, 묵연이 드디어 깨어났다.

그가 눈을 떴다. 시야는 여전히 아득하고 뿌옜다. 피로를 이기지 못하고 엎드려 얕은 잠을 자는 초만녕이 보였다.

묵연은 쉰 목소리로 떨면서 중얼거렸다.

"사존……."

이불 속에 누워 있던 그의 의식이 천천히 또렷해졌다. 반쯤 깨어 있을 때 초만녕이 계속 되풀이하던 말들이 어렴풋이 떠올랐다.

가을날의 술 한잔, 해당화 손수건…… 그리고 홍련수사에서 그를 대신해 자신의 몸에 심었던 팔고장한화.

꿈인가?

잘못을 씻어 내고 싶은 마음이 너무 간절해서 초만녕이 자신에게 이런 이야기를 하는 꿈을 꾼 건가? 아니면 너무 되돌리고 싶어서 초만녕이 자신을 너그러이 용서하는 꿈을 꾼 건가?

그는 고개를 돌려 손을 뻗었다. 침상 옆에서 곤히 자는 남자를 어루만지고 싶었다. 그러나 손가락은 닿기도 전에 움츠러들었다.

닿자마자 꿈에서 깰까 두려웠다.

그는 여전히 천음각 참죄대에 무릎을 꿇고 있었다. 고래고래 소리 지르는 사람들이 아래를 가득 메웠다. 그는 수많은 사람들 앞에 외로이 무릎 꿇었다. 사람들은 얼굴이 흐릿해지더니, 하나둘씩 그의 손에 죽은 원혼이 되어 날카로운 비명을 지르거나 슬픈 미소를 지으면서 그의 목숨을 빼앗기 위해 달려들었다.

아무도 그를 원하지 않았다. 아무도 그를 구하지 않았다.

그는 부끄러움을 모르는 후안무치였고, 본성이 사나웠고, 미치광이였다. 그런 그가 초만녕이 오는 걸 상상했다……. 심장이 도려내지는 고통 속에서 마지막 희망을 상상했다.

거짓이었다.

애초에 쇠사슬을 자른 사람도 없었고, 그를 안아 준 사람도 없었다. 바람을 타고 날아온 사람도, 그를 집으로 데리고 간 사람도 없었다.

속눈썹이 파르르 떨렸다. 그는 눈물을 머금고 초만녕의 자는 얼굴을 바라보았다. 눈앞이 뿌예져서 눈물이 흘러내릴 때까지, 그는 눈을 깜박일 수가 없었다.

초만녕의 그림자가 수천수만 개의 파편으로 흩어지고, 그는 황급히 자신의 행복한 꿈을 보았다.

꿈은 여전히 계속되고 있었다.

묵연은 힘없이 침상에 누워 있었다. 속눈썹은 촉촉했고, 목에선 흐느낌이 새어 나왔고, 쉴 새 없이 눈물이 흘렀다……. 심장이 너무 아팠다. 피가 계속 흘러나왔다. 그는 겨우 잠든 초만녕을 깨울까 봐 입술을 꽉 깨물고 소리 없이 흐느꼈다.

그는 깨어났지만, 그의 몸은 그 자신이 가장 잘 알았다. 이건 촛불이 꺼지기 직전 아주 잠깐 타오르는 마지막 빛이었다.

하늘이 마지막으로 허락한 자비였다.

묵미우는 인생의 대부분을 불안에 떨며 광기 어린 생애를 살았다. 피투성이 손은 최후의 심판에서도 억울한 판결을 받으면서 평생 오명을 벗지 못했다. 그래서 그는 막연했고, 불안했다.

이게 행운인지 불행인지 알 수 없었다.

불행한 건, 두 번의 인생 모두 괴롭고 황당했다는 것이다.

행운인 건, 어쨌거나 앞으로 남은 인생은 평온할 것이다.

그렇지만 그의 여생이 얼마나 남았을까? 하루? 이틀?

그가 목숨과 바꾼 행복한 날들이다.

……한 번도 누려 본 적 없는 평온한 시간.

초만녕이 잠에서 깨는 소리가 들렸다. 그는 얼른 눈물을 닦았다. 사존에게 우는 모습을 보이고 싶지 않았다.

묵연은 고개를 돌려 침상 곁에 있는 사람의 속눈썹이 살짝 떨리는 걸 바라보았다. 그의 봉안이 천천히 열리고, 그 눈 속에 비친 자신을 바라보았다.

창밖에서는 금빛 까마귀가 고요히 날고, 북극성이 움직였다.

그는 초만녕이 쉰 목소리로 자신을 부르는 소리를 들었다.

"묵…… 연?"

목소리는 낮고 부드러웠다. 흙을 뚫고 나오는 봄날의 새싹 같았고, 처음 녹아내리는 빙하 같았으며, 진흙으로 만든 작은 화로 위에서 술을 세 번째 데우느라 모락모락 피어난 수증기처럼 마음을 따뜻하게 했다. 묵연이 평생 잊지 못할 하늘의 소리였다. 그래서 그는 잠시 말이 없다가, 이내 미소 지었다.

"사존, 저 일어났어요."

맑은 밤하늘엔 눈도 바람도 없었고, 남은 생은 길고도 길었다.

이날 밤, 남병산 깊은 골짜기에서 묵연은 마침내 두 번의 인생 동안 가장 편안하고 포근한 시간을 맞았다. 깨어난 그를 보는 초만녕의 눈에서 기쁨과 슬픔이 모두 보였다. 그는 일어났고, 침상에 기대어 초만녕이 이런저런 일들과 오해에 대해 하는 이야기를 들었다.

그는 아무것도 중요하지 않았다.

그저 더 오래 버티고 싶었다.

"상처 좀 보자."

"아니에요."

묵연은 웃으며 초만녕의 손을 잡았다. 그리고 그 손에 가볍게 입을 맞췄다.

"전 괜찮아요."

몇 번의 거절 끝에 초만녕은 뭔가 깨달았다는 듯 그를 바라보았다. 얼굴의 핏기가 점점 사라졌다.

묵연은 억지로 차분한 척하며 부드럽게 말했다.

"정말 괜찮아요."

초만녕은 대답하지 않았다. 잠시 후, 그가 일어나 화로에 다가갔다. 장작의 불은 이미 꺼져 있었다. 그는 묵연에게 등을 보인 채 화로 앞에서 천천히 불을 지폈다.

불이 살아났다. 온 집 안이 따뜻해졌다. 그러나 초만녕은 고개도 돌리지 않고 부지깽이로 더는 건드릴 필요가 없는 장작들을 뒤적거렸다.

"죽을……."

그가 마침내 쉰 목소리로 입을 열었다.

"죽을 계속 데우고 있었다. 네가 깨어나면 주려고."

잠시 말이 없던 묵연이 눈을 내리깔고 미소 지었다.

"……만녕이 끓여 주는 죽을 먹은 지도 오래되었네요. 전생에서 만녕이 가고 난 후 한 번도 먹지 못했어요."

"맛은 없다."

초만녕이 말했다.

"나는 역시 안 되는 것 같구나. 아마…… 억지로 넘길 수 있는 수준일 게다……."

그의 마지막 목소리가 떨렸다. 말을 잇지 못하는 것 같았다.

초만녕은 한참 만에 다시 천천히 말했다.

"한 그릇 떠 오마."

묵연이 말했다.

"……네."

방 안은 따뜻했다. 밤이 깊어지자 바깥에는 또 드문드문 눈발이 날리기 시작했다.

묵연은 그릇을 받쳐 들고 조심스럽게 죽을 마셨다. 몇 모금 마신 다음 초만녕을 한 번 보고, 다시 고개를 숙여 몇 모금 마신 다음 또 초만녕을 쳐다봤다.

초만녕이 물었다.

"어디가 불편한 것이냐?"

"아니요."

묵연이 조용히 말했다.

"그냥…… 만녕을 더 보고 싶어서요."

"……."

초만녕은 말없이 은색 단도로 화로 위에서 구워진 생선의 가시를 발랐다. 입에 넣으면 바로 녹는 민물고기라도 가시는 있었다. 그는 가시를 전부 발라낸 다음 뽀얀 생선 살을 잘게 쪼갰다.

예전에는 그가 무언가를 먹을 때마다 항상 묵연이 그를 챙겼다.

지금은 완전히 반대가 되었다.

그가 잘 발라낸 생선 살을 묵연에게 건네며 말했다.

"따뜻할 때 먹어라."

묵연은 얌전히 받아먹었다.

침상에 기댄 채 이불에 싸여 있는 이 남자는 그렇게 건장해 보이지 않았다. 주황색 불빛에 비친 그의 얼굴은 아주 젊어 보였다.

문득 초만녕은 답선군이든 묵 종사든, 모두 자기보다 십 년은 어리다는 걸 깨달았다.

그런데도 그렇게 많은 고난을 겪다니.

죽을 다 마신 묵연은 가장 맛있는 부위의 생선 살 한 조각을 집어 초만녕에게 주려다 멈칫했다.

“사존, 왜 그러세요?”

초만녕은 빨개진 눈으로 고개를 숙이고 있었다. 감정이 좀 가라앉은 후, 그가 담담하게 말했다.

“아무것도 아니다. 갑자기 오한이 든 것뿐이야.”

그는 다시 앉으면 또 자신을 제어하지 못할까 봐 겁이 났다. 그래서 얼른 몸을 일으키며 말했다.

“밖을 한번 둘러보고 오마. 다 먹었으면 얼른 쉬렴. 상처가 다 나으면 사생지전으로 가자꾸나.”

그들은 모두 알고 있었다. 그들이 말하는 회복은 죽기 전 아주 잠깐 기운을 차린 것이며, 좋은 날이 얼마 남지 않았다는 것을.

그럼에도 불구하고 그들은 내일을, 장래를 얘기했다. 앞으로의 수십 년을 이 하룻밤 안에 담을 것처럼, 앞으로의 모든 세월을 눈이 오는 오늘 밤 안에 다 보낼 것처럼 말이다.

초만녕이 나가고, 묵연은 화로 앞에 앉았다. 그러고는 옷을 벗고 가슴에 난 흉측한 상처를 내려다보았다. 한참을 멍하니 보고 있자니, 쓸쓸한 기분이 들었다.

남병산은 밤새 눈이 내렸다.

눈발이 점점 거세졌다. 묵연은 자신의 상태가 언제 갑자기 악화될지, 마지막 호흡이 언제 멈출지 알 수 없었다.

그는 침상 가장자리에 앉아 창틀에 엎드려 바깥에서 날리는 눈을 바라보았다. 귓가를 스치는 건 모두 바람 소리였다. 문득, 자신의 인생도 지금 불어 대는 바람처럼 다 지나간 일이 되었다는 생각이 들었다.

사실 전생에서나 이번 생에서나, 음모를 꾸미고 세력 다툼을 하는 영리한 사람은 있기 마련이었다.

사존과 사매도 마찬가지였다. 한 명은 그를 지키려 했고, 한 명은 그를 해하려 했지만, 모두 자기만의 계획이 있었다. 마지막에는 어쩌다 보니 실패하긴 했으나, 어쨌든 그들은 모두 원대한 계획이 있었다.

묵연은 그들과 달랐다. 그는 개처럼 멍청했고 복잡한 생각은 하지 않았다. 어떻게 하면 방어를 잘하면서 바둑알을 예쁘게 놓을지조차 몰랐다. 그는 성실하게 자신이 사랑하는 사람을 지킬 줄만 알았다. 살점이 뜯겨 나가고 뼈가 보일 정도로 깊은 상처를 입어도, 고집스럽게 그 사람 앞에 서서 떠나지 않았다.

좋게 말하면 용감한 것이고, 나쁘게 말하면 바보 같은 것이었다.

창틀에 기댄 미련한 바보의 속눈썹이 떨렸다. 그때, 멀리 있는 오래된 매화나무 아래 익숙한 그림자가 보였다.

초만녕은 주변을 살펴보러 간 게 아니었다. 그냥 핑계였다.

그는 꽃나무 아래에 서 있었다. 너무 먼 데다 눈보라가 몰아쳐 그의 표정은 전혀 보이지 않았고, 간신히 윤곽만 확인할 수 있을 뿐이었다. 하늘을 뒤덮고 해를 가린 눈보라 속에서, 그는 미동도 하지 않고 홀로 서 있었다.

무슨 생각을 하는 거지?

안 추운가?

혹시…….

"사존."

눈 덮인 땅 위에서 넋을 놓고 있던 초만녕이 고개를 돌렸다. 캄캄한 밤, 눈보라 속에서 검은 옷의 청년이 이불을 뒤집어쓴 채 어느새 옆에 와 있었다.

깜짝 놀란 초만녕이 말했다.

"왜 이렇게만 입고 나온 게냐? 뭐 하러 나온 거야? 빨리 돌아……."

'가'라는 말이 입 밖으로 나오기도 전에, 온기가 그를 감쌌다.

이불을 뒤집어쓴 묵연이 모서리를 살짝 들었다. 칠흑같이 깜깜하면서도 온몸이 따뜻했다. 그는 초만녕을 이불 안으로 끌어당겼다.

두 사람은 오래된 매화나무 아래, 그리고 오랫동안 사용하지 않아 햇빛에 아무리 말려도 곰팡내가 나는 두꺼운 이불 속에서 있었다. 눈이 아무리 많이 오고 바람이 아무리 몰아쳐도 두 사람과는 상관이 없었다.

묵연은 깜깜한 온기 속에서 그를 껴안았다.

"그만 생각해요. 사존이 얘기한 그 일들은 제가 기억하지 못해요. 하지만……."

그는 잠시 뜸을 들이다 초만녕의 이마에 입을 맞춘 다음 말을 이었다.

"하지만 다시 그때로 돌아간다고 해도, 전 똑같이 할 거예요."

"……."

"그리고."

그는 머리에 이불을 인 채 꽁꽁 언 초만녕의 손을 잡고 문질렀다.

"사존도 괴로워하실 필요 없어요. 사실 사매 말도 맞아요. 팔고장한화는 제 마음속의 상념들, 빛을 보지 못하는 생각들을 실현했을 뿐이에요."

열 손가락이 교차했다.

묵연은 자신의 이마를 그의 이마에 갖다 댔다.

"전 원래부터 마음속에 원한이 많았어요. 어릴 땐 그걸 분출하지 못했던 것뿐이에요. 유풍문을 도륙한 건…… 제가 생각했던 거예요. 천하를 지배하는 것도 생각했던 거예요. 좀 웃기지만, 제가 대여섯 살 때 허름한 집에 숨어서 상상한 적이 있어요. 언젠가 자연을 다스리고 콩으로 군사를 만들면 어떨까 하고요. 이건 다 저 스스로 생각해 낸 거예요. 누가 억지로 강요한 게 아니에요."

그가 초만녕의 얼굴을 어루만졌다.

"그러니까, 애초에 고화에 중독된 사람이 사존이었다면 저처럼 용서받을 수 없는 큰 죄를 짓는 폭군이 되진 않았을 거예요. 이용당하지도 않았을 거고, 천음각에서 심문받지도 않았을 거고요."

그는 비음을 잔뜩 섞어 웃으면서 이마를 비비며 위로했다.

"그러니까 제가 사존 대신 희생한 게 아니에요. 그만 생각하고, 가서 자요."

침상은 매우 비좁았다. 묵연이 그를 안았다.

반드시 오게 될 그 순간은 점점 가까워졌고, 피할 수도 없었다.

묵연은 다시 의식이 몽롱해지기 시작했다. 심장을 죄는 고통은 그 어느 때보다 극심했다. 죽기 직전 찾아오는 잠깐의 활력은 오래가지 못했다. 어머니가 숨을 거둘 때도 마찬가지였다. 그는 자신에게 시간이 얼마 남지 않았다는 걸 알고 있었다.

그가 풍성한 속눈썹을 내리깔았다. 화롯불은 거의 꺼지기 일보 직전이었다. 그 황혼의 빛 때문에 젊고 준수한 그의 얼굴이 더욱 따뜻해 보였다.

이 어리석은 남자는 초만녕의 표정에 담긴 괴로움을 알아차렸는지, 자신의 괴로움을 참으면서 웃었다.

"보기 좋죠?"

초만녕은 의아한 듯이 반문했다.

"……뭐가?"

"흉터 말이에요."

묵연이 말했다.

"사내대장부가 흉터 몇 개쯤은 있어야죠."

초만녕은 잠시 말이 없다가 약하지도 세지도 않게 그의 뺨을 때렸다. 사실 너무 살살 때려서 쓰다듬는 것에 더 가까웠다.

잠시 후, 그는 더는 견디기 힘들다는 듯 묵연의 따뜻한 품에 얼굴을 묻었다. 아무 소리도 나지 않았지만, 어깨가 약하게 떨렸다.

묵연은 잘 알고 있었다.

초만녕도 알았다.

잠시 넋을 놓고 있던 묵연이 초만녕을 껴안으며 그의 이마와 머리칼에 입을 맞췄다.

"그렇게 추하군요."

죽을 뻔한 위기에서 살아난 묵연은 그 어느 때보다 부드러웠다. 그가 가볍게 한숨을 내쉬었다.

"너무 추해서 만녕을 울릴 정도란 말이죠?"

그가 사존이라고 부를 때는 그래도 괜찮았다.

만녕이라 불릴 땐 두 세계가 겹쳤다.

초만녕은 이불 깊숙한 곳에서 뜨겁고 생생한 남자의 몸을 안고 있었다. 그는 지금까지 적극적으로 감정을 표현하는 걸 혐오했고 수치스럽게 생각했다. 그러나 지금은 그런 것을 어색해하고 수치스러워했던 자신이 너무 우습고 어이없게 여겨졌다.

그래서 지금 이렇게 온몸을 밀착하여 서로를 껴안고 있는 것이다. 좁은 침상 위에서, 사방이 휑한 초가집 안에서, 눈보라가 몰아치는 긴 밤 내내.

초만녕이 조용히 말했다.

"어떻게 추할 수가 있겠느냐? 너는 흉터가 있어도 보기 좋고 없어도 보기 좋다. 다 좋아."

묵연은 순간 멍해졌다.

그는 초만녕이 이렇게 직접적으로 표현하는 걸 들어 본 적이 없었다.

어검 비행을 하다 고백했던 그날도 마찬가지였다.

집 안에는 마지막 남은 불씨의 빛만이 남아 있었다. 고요했고, 따뜻했다.

참으로 늦게 온 평온과 따스함이었다.

"전생에서도 이번 생에서도, 난 널 좋아했고 함께할 거다. 앞으로도 계속."

묵연은 자신의 품 안에서 그가 속삭이는 한 마디 한 마디를 들었다. 초만녕의 얼굴은 보이지 않았지만, 지금의 얼굴을 상상할 순 있었다.

아마 눈이 빨개졌겠지. 귓불도 빨개졌을 거야.

"네가 현혹당한 걸 알았지만, 겉으로 드러내지 못하고 널 미워할 수밖에 없었다……. 이제야 너에게 갚을 수 있게 되었어."

초만녕의 얼굴은 타는 듯 뜨거웠다. 눈시울도 촉촉했다.

"나는 널 좋아한다. 너와 맺어지고 싶고, 너와 혼을 나누고 싶고, 너의 사람이 되고 싶어."

너의 사람이 되고 싶다는 말을 듣자마자, 묵연은 심장에 타는 듯한 고통이 느껴져 온몸을 떨었다.

그는 감격했고, 슬펐다. 고통스러웠고, 헤어지기가 너무 아쉬웠다.

그는 덜덜 떨면서 말했다.

"사존……."

초만녕이 손을 들어 그를 제지했다.

"내 말 끝까지 들어라."

그러나 한참을 기다려도 초만녕은 사랑의 밀어를 할 줄 아는 사람이 아니었다. 그는 아무리 생각해도 뭔가 부적절하고 부족한 것처럼 느껴졌다.

사실 초만녕은 이렇게 말하고 싶었다.

'미안하다. 너에게 너무 많은 짐을 지워 억울하게 만들었어.'

이런 말도 하고 싶었다.

'전생에서 내가 떠날 때까지 너에게 진실을 낱낱이 말하지 못했다. 내가 널 오해했어.'

그리고 이 말도 하고 싶었다.

'그때 홍련수사에서 날 지켜 줘서 고맙다.'

심지어 존엄 같은 건 지금 더 이상 중요하지 않았다. 그저 묵연과 함께 울며, 그의 따뜻한 몸을 안고 말하고 싶었다.

'제발 가지 마. 제발 떠나지 마.'

목이 메었고, 가슴이 미어졌다.

초만녕은 고개를 숙여 묵연의 가슴에 있는 상처에 입을 맞췄다. 속눈썹이 파르르 떨리고, 그가 낮고 쉰 목소리로 말했다.

"묵연, 지난날이 어떠했든, 앞으로가 어떠하든, 나는 언제나 너와 함께 있을 거다."

부끄러움이 그의 온몸에 흐르는 피를 말려 버렸다.

그러나 그의 말은 너무나 진지했다.

"나는 영원히 답선군의 사람이자, 묵 종사의 사람이니까."

너무 뜨거웠다.

묵연은 가슴속에 있던 불이 세월을 뛰어넘어 다시 한번 타오르는 것 같았다. 눈앞에선 불꽃이 눈부시게 빛나고, 모든 고통과 슬픔은 멀리 달아났다.

"내 두 번의 생은 모두 네 것이다."

초만녕이 다짐하듯 말했다.

"후회하지 않아."

묵연은 순간 눈을 감았다. 눈가가 뜨거워졌다.

그는 마지막으로 초만녕의 입술에 자신의 입을 맞춘 후, 탄식하며 말했다.

"……사존…… 고마워요."

눈은 점점 더 많이 쏟아졌고, 밤은 더욱 깊어 갔다.

둘은 서로를 꼭 껴안고 잠을 청했다. 그들은 이것이 바로 여생이라고 생각했다.

묵연은 자신의 옷섶이 눈물로 흠뻑 젖은 걸 알면서도 말하지 않았다. 그는 어렸을 때부터 여생에 즐거운 일만 가득하길 간절히 바랐는데, 이 정도면 충분히 즐거운 것 같았다.

그가 초만녕을 안고 말했다.

"자요, 만녕. 자요, 제가 안아 줄게요. 당신은 추위를 많이 타니까 내가 따뜻하게 해 줄게요."

그가 천천히 말을 이었다.

"제가 다 나으면 같이 사생지전에 가요. 백부님과 백모님께 용서를 빌고 싶어요. 설몽과 시끄럽게 떠들고 싶어요……. 우린 아직 할 게 많은데……."

묵연은 초만녕의 머리칼을 쓰다듬으며 조용조용 말했다.

목구멍에서 비릿하고도 들큼한 피 맛이 났고, 호흡도 점점 느려졌다.

그러나 그는 여전히 평온한 표정으로 웃고 있었다.

"사존, 평생 사존을 위해 우산을 들어 드릴게요."

그의 품에 안긴 초만녕은 이미 목이 메어 소리를 내지 못했다.
"하 사제……."
그는 또 초만녕을 놀렸다. 곧 목소리도 나오지 않게 될 텐데, 여전히 놀리고 있었다.
"사형이…… 이야기 하나 들려줄게……. 앞으로 매일 밤 네게 들려줄 거야……. 이 사형이 잘 못 한다고, 이것저것 늘어놔도, 결국 소가 풀 뜯어 먹는 소리 같은 얘기밖에 못 한다고 불평하면 안 된다……."
정말로 마지막, 묵연은 눈을 들어 창틀에 쌓인 영롱한 눈을 바라보았다.
세상이 온통 하얗게 뒤덮였다.
"만녕."
그가 초만녕을 안았다. 그의 심장 박동 소리가 초만녕의 귀에 울렸다. 그는 조용히 말했다.
"사랑해요, 영원히."
그는 천천히 눈을 감았다. 얕게 팬 보조개는 두 개의 이화백주 연못이 되었다.
심장은 천천히 느려지다가, 천천히 멈춰 섰다.
순간, 창밖의 매화나무 가지가 쌓인 눈의 무게를 견디지 못하고 부러졌다. 눈 덩어리와 나뭇가지가 함께 떨어지면서 바스락하는 소리가 났다.
고요한 소란이 지나간 후, 초만녕의 귓가에는 더 이상 심장 뛰는 소리가 들리지 않았다.
그는 잠깐 기다렸다. 조금, 꽤 오래, 한참 기다렸다.

그러나 아무 소리도 들리지 않았다.

소리가 안 들려……. 아무것도 안 들려…….

모골이 송연해지는 오싹한 적막이었다.

절망이 느껴지는 두려운 침묵이었다.

최후.

정지.

안식.

방 안은 쥐 죽은 듯 조용했다. 너무 조용해서 무서울 정도였다.

긴 시간이 흘렀지만 초만녕도 움직이지 않았다. 그는 여전히 침상 위, 묵연의 품 안에 누워 있었다. 일어나지도 않았고, 고개를 들지도 않았고, 입을 열지도 않았다.

그의 어린 제자, 그의 묵 사형, 그의 답선군은 그가 편히 자길 바랐다.

평생 우산을 들어 주겠다고 했고, 평생 이야기를 들려주겠다고 했고, 영원히 그를 사랑하겠다고 했다.

묵연은 바깥은 춥고 눈이 많이 온다고 말했다.

내가 따뜻하게 데워 줄게.

초만녕은 그렇게 그의 품 안에 웅크리고 누웠다. 온기가 채 가시지 않은 품 안에 웅크린 채 미동도 하지 않았다.

그들은 내일 집으로 떠날 것이다.

그는 묵연과 함께 쉴 작정이었다.

초만녕은 손을 뻗어 묵연의 허리를 감쌌다.

어두운 밤, 그가 말했다.

"그래, 네 말을 듣겠다. 나도 잘 거야. ……하지만 내일 내가 부르면, 너도 일어나야 해."

그는 이제 오르락내리락하지 않는 가슴에 손을 댔다. 눈물이 묵연의 옷섶을 적셨다.

"늦잠 자면 안 된다."

잘 자, 묵연.

이 밤은 너무 길지만, 내가 너와 함께할 것이다.

좋은 꿈 꿔. 불도 환하고, 등잔도 있어.

그리고 집도 있으니.

278장 사생지전, 선악을 둘러싼 소문

다음 날 아침, 창문 너머로 햇살이 들어왔다.

초만녕은 눈을 떴다. 이불은 따뜻했고, 한 사람의 체온으로 두 사람의 몸을 데울 수 있었다. 그는 조용히 묵연의 얼굴을 바라보았다. 그에게는 세상에서 가장 잘생긴, 가장 착한 사람이었다.

초만녕은 미동도 하지 않고 생각했다. 오늘은 무슨 죽을 끓이는 게 좋을까?

어제 끓인 건 이미 다 먹었다. 묵연은 걸신들린 사람처럼 네 그릇을 한 방울도 남기지 않고 몽땅 먹어 버렸다.

그가 묵연의 얼굴에 입을 맞추며 물었다.

"조금 더 만들어 줄게. 응?"

남자는 깊은 잠에 빠져 있었다. 내리깔린 새카만 속눈썹은 부들처럼 부드러웠다. 금방이라도 부드러운 속눈썹을 들어 올려 눈을 뜨고 빙그레 웃으며 그를 끌어당길 것 같았다.

'배고파. 만녕, 본좌가 먹을 죽 한 그릇 끓여 와.'

다정하고 애틋한 목소리가 들리는 것도 같았다.

'사존이 만든 건 뭐든 다 좋아요.'

시신은 싸늘하게 식어 있었다. 볼에 입을 맞출 때도 차가웠다. 온기라곤 전혀 없었다.

초만녕은 울지 않았다.

그는 몸을 일으켜 누워 있는 묵연의 이불을 잘 덮어 준 다음 뜰로 나가 불을 지피고 열심히 죽을 끓였다.

물이 끓기 시작했다. 김이 피어오르고, 쌀죽이 보글보글 끓어오르며 작은 기포를 만들어 냈다. 그는 구멍이 숭숭 뚫린 국자로 기포를 없애면서 소금을 뿌리고 다시 나무 뚜껑을 덮어 뭉근하게 끓였다.

한 번 환생한 사람은, 환생술로는 또다시 환생하는 게 불가능해.

초만녕은 아궁이 앞에 멍하니 서 있었다. 그의 머릿속에는 오로지 이 생각뿐이었다. 이 상념은 그의 목숨까지 앗아 갈 지경이었다. 그는 황급히 손끝의 떨림을 억누르며 뚜껑을 열었다…….

끓여 놓으면 누군가는 먹을 것이다.

그는 묵연의 머릿속에 있는 기억의 파편을 알고 있었다. 묵연은 어릴 때 매우 가난해서 늘 배고팠고, 따끈따끈한 유선병 하나를 얻으면 온종일 즐거워했다.

묵연은 낭비할 줄을 모르니, 분명 다시 깨어날 것이다.

죽을 다 끓이고, 그는 또 집 밖으로 나가 쌓인 눈을 치웠다.

그다음 납매 가지를 하나 더 꺾어서 맨 끝을 자른 다음 자기로 된 병에 꽂아 놓았다.

매화의 향은 10리 밖까지 퍼져 나가니까, 이렇게 하면 묵연이 길을 떠나면서도 인간 세상의 냄새를 맡을 수 있겠지.

아니야. 그의 의식이 또다시 혼란스러워졌다.

길을 떠나긴 누가 떠나고, 인간 세상의 냄새는 또 무엇이란 말인가……. 묵연은 분명 여기에 얌전히 누워 있는데. 어제, 그제, 며칠 전이랑 똑같은 모습인데. 그저 얼굴이 좀 더 수척해지고 창백해진 것밖에 없었다.

분명 깨어날 것이다.

원망이든 증오든, 사랑이든 연민이든, 두 번의 인생에서 그들이 마주친 후부터 묵연은 한 번도 먼저 자신을 떠난 적이 없었다. 그래서 묵연은 서서히 그의 삶에 스며들어 바람이 되었고, 시간이 되었고, 손가락 사이를 흐르는 샘물이 되었고, 머리칼을 감싸는 빛이 되었다.

묵연은 그의 하루였고, 세상이었다.

초만녕은 천천히 이 세상 속을 걸었다. 이 세상에는 아직도 눈이 내렸고, 매미가 울었고, 가을 연꽃이 죽지 않았고, 여름꽃이 살아 있었다. 모든 게 예전과 같은데, 묵연이 어찌 떠날 수 있겠는가?

그는 묵연의 곁을 지키고 싶었다. 묵연의 곁에서 하루, 또 하루, 그가 깨어나길 기다렸다. 전생의 묵연이 초만녕의 시신과 약속했던 것처럼, 이번 생에선 초만녕이 답선군과 똑같이 했다.

– 넌, 내가 눈을 감아야만 떠날 수 있다.

검은 장포를 입고 홍련수사에 선 묵연이 긴 잠에 빠진 초만녕에게 이렇게 말했었다.

– 내 옆에 있어.

지금, 남병산 깊은 골짜기에선 흰옷을 입은 초만녕이 그때의 제군과 겹쳐졌다.

그는 손을 뻗어 핏기 없는 묵연의 얼굴을 어루만졌다.

"……내 옆에 있어."

금빛 광채가 반짝이고, 그의 영력이 시신의 몸 안으로 흘러 들어갔다. 앞으로는 시간이 아무리 흘러도, 무슨 일이 있어도, 이 세상에 초만녕이 존재하는 한 묵미우의 시신은 썩지 않을 것이다. 언젠가 초만녕의 심장이 멈추고, 흘러들어 가던 영력도 멈추는 날이 오면 그들은 함께 사라질 것이다.

재가 되어, 가루가 되어, 먼지가 되어.

그들은 함께 떠날 것이다.

천음각 성전. 숯불이 이글이글 타고, 벽에는 깜박이는 빛이 반짝였다. 정전의 중앙에서 목연리가 홀로 뒷짐을 진 채 눈을 감고 서 있었다.

그때 문이 열리더니 누군가 들어왔다.

목연리는 고개도 돌리지 않고 담담히 말했다.

"왔구나."

"예."

삿갓을 벗자 경국지색의 아름다운 얼굴이 드러났다. 사매였다.

"누님께선 안 가 보십니까?"

"볼 게 뭐 있다고."

목연리가 말했다.

"가슴을 열고 머리를 가르는 일인걸. 피비린내가 너무 심해서 참을 수가 없다."

"어쩔 수 있나요. 약학 문파의 일이 다 그런걸요."

사매가 웃었다.

"설사 고월야의 강희가 한다 해도 시체에 칼을 대는데 향기가 날 리는 없지요."

목연리가 미간을 찌푸렸다. 그와 사람을 가르고 쪼개는 얘기를 지속할 마음이 없던 그녀가 물었다.

"그런데 말이다, 이 술법을 시작한 지도 며칠이 지났는데 답선제군은 도대체 언제 환생하는 것이냐?"

"환생이라고 할 순 없어요. 몸속에는 식혼 하나만 있어서 아무리 좋은 결과가 나와도 산 송장입니다."

목연리가 아름다운 눈을 흘기며 말했다.

"우리가 원하는 게 바로 산 송장 아니냐. 말을 잘 들을수록 좋다. ……영핵의 파편들은 어떻지? 다 쓸모가 있을까?"

"그럭저럭이요. 완벽하진 않지만, 힘은 똑같이 무시무시합니다."

사매가 말했다.

"묵연은 확실히 타고난 수사였습니다. 우리의 길을 터 주기에 충분합니다."

목연리가 한숨을 내쉬었다.

"제발 이번엔 계획대로 되어야 할 텐데."

"계획대로 될지 안 될지는 아직 장담하기 어려워요."

사매가 말했다.

"전 지금 답선군의 몸속에 영핵을 복원하는 술법을 하고 있는데, 최소한 열흘이 필요합니다. 이 열흘 안에 누님께서 저 대신 두 가지 일을 해 주셨으면 합니다."

"말해 봐."

"첫째, 답선군이 완전히 복원되면 우린 거사를 치러야 합니다. 그때가 되면, 수사들이 아무리 멍청하다 해도 묵연이 했던 말들이 다 사실이었다는 걸 알게 될 거고, 힘을 모아 우릴 막으려 할 겁니다."

사매가 잠시 뜸을 들였다.

"오합지졸에다 힘도 없지만, 그래도 머릿수가 많으면 골치 아픈 일이긴 하지요."

"그래서?"

"상수진계는 전투력은 강하지만 경험이 부족합니다. 관건은 사생지전입니다. 누님께서 소문을 좀 내 주세요. 사생지전과 다른 문파 사이에 갈등을 일으켜서 사생지전이 먼저 무너지도록 말이죠."

목연리가 말했다.

"초만녕은 죄인을 납치한 죄가 있고, 묵미우도 도주의 죄가 있지. 둘 다 사생지전 사람이니 말을 만드는 건 어렵지 않다. 게

다가 사생지전은 이전에도 실컷 공격을 받았으니, 문파가 해체되길 바라는 사람이 적지 않겠지. 간단하군. 다음은 무엇이냐?"

"두 번째로는."

사매가 애석해하는 표정으로 탄식했다.

"사람 하나를 죽여 주셔야겠어요."

"누굴?"

"저요."

목연리가 고개를 홱 돌리며 그를 쳐다보았다. 불빛이 사매의 부드러운 얼굴을 비췄다.

"이번 생의 너를?"

"네."

"제정신인 거냐? 진심이야? 그 사람도 어쨌거나……."

그녀는 말을 멈추고, 더는 이어 나가지 않았다. 부들처럼 부드럽고 풍성한 속눈썹을 들어 올리며 나타난 사매의 새카만 눈동자에 살기가 가득했기 때문이다.

"그 사람도 어쨌거나 저라는 말씀이시죠?"

사매가 웃었다.

"맞는 말씀입니다. 하지만 그는 배신자이기도 해요."

"……."

"그가 초만녕을 놓아주지 않았다면, 죄인을 납치할 사람이 있었을까요?"

"……."

"그가 답선군의 의식을 어지럽게 만들지 않았다면, 초만녕이 반죽음 상태였던 묵연을 데리고 달아날 수 있었을까요?"

사매의 눈에서 으스스한 빛이 스쳤다.

"저 몰래 술법을 배웠더군요. 장님 주제에 종적을 감추고 잽싸게 줄행랑을 쳤습니다. 찢어 죽여야 했는데."

목연리가 참지 못하고 말했다.

"그가 옳지 않았다는 건 나도 안다. 그래도 우리 종족이야."

"그가 바로 접니다. 두 세계는 결국 겹쳐지게 되어 있어요. 저는 한 명이면 됩니다."

사매는 계단을 올라가 목연리 옆에 섰다.

"누님처럼 말이지요. 전생의 누님은 병사했습니다. 하지만 지금의 누님이 절 도와주시는 것과 같은 거지요."

"그렇다고 너까지 그를 죽일 이유는 없어. 우리 종족이 겪은 고통은 이미 충분한데."

목연리는 초조한 눈빛으로 사매의 눈을 응시했다.

"남아, 우리는 맹세했지 않았니. 같은 종족이라면 서로 돕고 보살펴야지 동족을 죽여서는 안 된다고 말이다."

사매가 시선을 피했다. 그는 말없이 활활 타오르는 불꽃을 바라보다 한참이 지나서야 입을 열었다.

"저도 교산에서는 그렇게 생각했었습니다. 아무도 그를 의심하지 않았다는 게 의심스러웠어요. 그래서 마지막에 가서야 그에게 기회를 준 겁니다. 어쨌든, 그는 이미 저와는 다른 사람이에요."

"……."

"전 화벽남이자 사명정입니다."

사매가 담담하게 말하며 눈을 감고 탄식했다.

"하지만 그는요? 그는 자신이 사명정이라고만 생각하고, 화벽남이 누군지는 기억도 못 하지요."

타닥타닥, 주황색 불꽃이 사방으로 튀었다.

목연리는 결국 고개를 저었다.

"두 번째 일은 할 수 없다. 그는 우리 때문에 두 눈을 잃었어. 우리가 그를 버린다면 초만녕 쪽에서도 그를 받아 주지 않을 거야……. 그는 아무 데도 가지 못하고 아무것도 할 수 없다. 왜 그를 당장 죽이지 못해 안달인 것이냐? 널 배신해서? 마지막 선택이 너와 달라서?"

사매는 말이 없었다. 한참 후, 그가 미소 지었다.

"언제나 단호하고 칼 같던 분이, 왜 갑자기 마음이 약해지신 거예요?"

목연리가 고개를 홱 들었다. 눈빛에 고통이 어려 있었다.

"내 동생이니까. 그가 곧 너야."

인간 세상의 감정으로 달라진 그녀의 얼굴은 더는 예전처럼 차갑지도, 얼음 조각상 같지도 않았다.

"남아, 전생이든 현생이든, 네가 어떤 모습으로 변하든, 난 너를 죽일 수 없다. 난 못 해."

화로 안의 불꽃이 혀를 날름거렸다. 활활 타오르는 모습은 붉은 비단 같았다.

사매가 한숨을 내쉬었다.

"……됐어요. 이건 제 개인적인 일이니 누님이 하기 싫다면 어쩔 수 없죠. 하지만 첫 번째 일은 이번 거사의 성패가 달린 일이니 누님께서 반드시 잘 처리해 주셔야 해요."

목연리는 눈을 감았다. 마침 천음각 꼭대기의 각루에서 울린 저녁 종소리가 장엄하게 울려 퍼졌다. 천음각의 오래된 종은 문파가 세워질 때 만들어진 후, 천백 년이 지난 지금도 여전히 음색이 웅장했다. 길게 이어지는 종소리를 들으며 목연리가 천천히 입을 열었다.

"알았다. ……걱정하지 마."

천음각에서의 밀담이 있고 난 다음 날 밤, 상수진계의 벽담장에서 연쇄살인 사건이 발생했다. 조사가 채 끝나기도 전에 화황각, 무비사, 고월야 등 다른 문파에서도 비슷한 사건이 연달아 발생했다.

얼마 지나지 않아, 하나의 살인 사건이 지속적인 사건으로 변하면서 사람들은 문제의 핵심을 알아채게 되었다…….

진롱 바둑돌.

진롱 바둑돌이 도처에 깔려 있다.

시골 마을의 길거리와 골목, 번성한 도시와 선문. 그 어디도 재난을 비껴가지 못했다.

자의식을 잃어버린 바둑돌은 점점 늘어났다. 도처에서 살인과 방화가 일어났다. 수진계의 각 문파는 문파 내부를 지키는 것만으로도 벅차 백성들의 목숨은 안중에도 없었다.

시간이 흐르면서 붉은 피가 강물을 물들였고, 성들도 황폐해졌다. 이번 재앙은 이전의 그 어떤 천열보다 무시무시했다.

사람들은 배후 세력이 누군지 몰랐기 때문에 갑자기 불어닥친 대학살을 어떻게 끝내야 할지도 몰랐다. 대부분의 수사는 자취를 감춰 버린 초만녕과 묵연의 합작품이라고 생각했다. 그러나 의심하는 사람도 있었다. 학살을 피해 무너진 사당에 모인 수사들은 의견이 분분했다.

"묵연이 음모를 꾸몄다면 그건 믿을 만하지. 그런데 초만녕이 뭐 하러 그를 도왔겠어?"

"누가 알아. 자기한테 떨어지는 게 뭐라도 있지 않았겠어?"

또 누군가는 말했다.

"난 그렇게 간단하지 않은 것 같아. 그때 형대에서 다 봤잖아. 평범한 사제 관계라면 그렇게 격정적인 반응이 나왔겠어? 내 생각엔, 초만녕과 묵연의 관계가 애초부터 비정상이었던 것 같아."

"아…… 그렇다면?"

"두 사람이 연인이라는 말이야. 용양[#13] 취향인 거잖아. 스승과 제자가 그렇고 그런 사이인 거지."

윗입술과 아랫입술이 부딪치며 저속한 말들이 쏟아져 나왔다.

빙 둘러앉은 사람들은 경악과 혐오의 표정을 지으며 중얼거렸다.

"그럴 리가? 그는 북두선존인데……."

"잊지 말아야 할 게 있어. 예전에 초만녕이 천열을 보수하려다 죽었을 때, 제자였던 묵연이 생사의 위험을 무릅쓰고 지옥에 가서 그를 구했잖아. 아무리 사제 간의 정이 깊다고 해도, 이건 목숨을 바친 일이야. 너라면 할 수 있겠어?"

상대는 말이 없었다.

#13 용양 龍陽. 중국 전국시대 위왕이 연인으로서 총애하던 신하 용양군을 가리키는 말로, 남성들 사이의 동성애, 남색의 다른 말로 쓰임

모닥불 위에 있던 콩꼬투리가 터지면서 타닥타닥하는 소리가 났다.

"그리고 교산에서도 그랬대. 혹시 들었어? 사명정이 끌려가기 전에 해 준 얘기가 있어."

"뭔데?"

"자세한 건 기억이 안 나. 그때는 상황이 하도 긴박해서 다들 별생각이 없었는데, 나중에 다시 생각해 보니까 분명 뭔가 이상한 구석이 있었어."

누군가가 미간을 찌푸리며 말했다.

"듣자 하니 사명정이 곧 화벽남이라던데, 그의 말을 믿을 수가 있나?"

"쓸데없는 소리!"

갑작스러운 호통에 깜짝 놀란 사람들이 고개를 돌렸다. 한 남자가 노기 어린 눈을 부릅뜨고 있었다.

"그런 말을 어찌 진짜라 여길 수 있단 말이냐! 분명 묵연이 사명정을 중상모략한 게지!"

"이 형, 이렇게까지 화내실 일은……."

그 남자가 말했다.

"내가 화를 내면 안 되는 이유라도 있느냐? 내 목숨은 사명정이 구해 준 것인데!"

"아……."

"그때 나도 교산에 있었다. 화벽남이 우리에게 마디충이라 불리는 벌레를 심었는데, 사명정이 동료술로 풀어 주지 않았다면 난 진작에 죽은 목숨이야! 사 은공(恩公)이 화벽남이라면,

무엇 때문에 우릴 주술에서 풀어 주었겠느냐?"

우람하고 건장한 남자는 점점 감정이 격해지더니 급기야 눈시울까지 촉촉해졌다.

"은공은 우릴 구하다 화벽남의 검에 눈을 다치고 지금까지 생사도 알 수 없는 상황인데, 묵연이 그 이름에 먹칠까지 하다니. 내가…… 내가 더 하찮은 사람인데."

그는 결국 목 놓아 울기 시작했다. 무너진 사당 안에 있던 다른 사람들은 어찌할 바를 몰라 서로 얼굴만 쳐다보았다.

사명정과 천음각, 묵미우와 초만녕. 양쪽 모두 미심쩍은 부분이 있었다. 그러나 겉으로 보기엔 후자가 훨씬 의심스러웠고, 의심하기에 충분했다.

너울거리는 불꽃을 바라보던 여수사 하나가 갑자기 작은 목소리로 소곤거렸다.

"사실…… 그날 교산에서 서상림과 싸울 때 저도 거기에 있었어요. 사명정이 한 일, 묵연이 한 일, 다 봤는데 그들 다 나쁜 사람 같진 않았어요."

"하지만 둘 중에 분명 거짓말하는 사람이 있을 거 아니오?"

여수사가 고개를 저었다.

"거짓말한 사람이 누군지는 너무 중요한 일이라 제가 감히 판단할 순 없고요. 다만, 저는 제가 직접 본 얘길 하고 싶어요."

사람들의 시선이 하나둘 그녀에게 향했다. 그녀는 쑥스러운지 헛기침을 한번 하고 말했다.

"그때는 안 다친 사람이 없었어요. 묵연과 초 종…… 초만녕도 상태가 좋지 않아 옆에서 쉬고 있었죠. 제가 무의식적으로 고개를 돌렸을 때, 묵연이 몰래 손을 뻗더니…… 초만녕의 얼굴을 어루만지는 걸 봤어요.”

279장 사생지전, 선(善)을 더 행하고 싶은데

"아……."

나이가 지긋한 사람들은 스승과 제자의 이상한 분위기를 참지 못하고 소매로 입을 가리며 미간을 잔뜩 찌푸렸다.

"그게 무슨 말도 안 되는 소리란 말이냐!"

여수사는 두 손으로 찻잔을 받쳐 든 채 고개를 숙이고 말했다.

"그땐 너무 이상해서, 어리둥절했어요. 둘 다 명성이 자자한 대종사인데, 저도 감히 패륜적인 쪽으로 생각하진 못했죠. 그런데 지금 와서 다시 생각해 보니 확실히 뭔가 께름칙한 관계이긴 했던 것 같아요."

그녀는 잠시 뜸을 들이다 계속 말을 이었다.

"그리고 방금 얘기한 것 말이에요. 사명정이 잡혀가기 전에 했던 얘기요. 그때는 사명정의 말이 모호해서 이상하다고만 생각했지 자세히 곱씹어 보진 않았어요. 이것도 지금 생각해 보니, 그가 하려던 말은 묵연이 예전엔 자기를 좋아했는데 나중엔 마음이 바뀌어서 초만녕을 사랑하게 되었다는 얘기였던 것 같아요."

아무도 입을 열지 않았다.

예전엔 전혀 주의를 기울이지 않았던 작은 부분들이 하나씩 또렷해지기 시작했다.

갑자기 누군가 조용히 말했다.

"천음각에서 죄인을 납치해 간 날, 다들 있었죠? 초만녕이 그를 위로할 때, 묵연의 이마에 입을 맞춘 것 같았어요."

"악!"

구체적인 묘사는 사람들의 혐오를 더욱 증폭시켰다. 한편으론 호기심을 더욱 자극하기도 했다.

"누가 누구한테 입을 맞췄다고?"

그는 머리를 긁적이며 말했다.

"초만녕이 묵연한테요."

"……."

"다들 못 봤어요?"

사람들이 제대로 보지 못했다는 표시를 하자, 그도 손을 내밀며 말했다.

"좋아요, 그럼 제가 한 말은 못 들은 거로 해요. 제가 잘못 봤을 수도 있으니까요."

그러나 대부분의 경우 '못 들은 거로 하라'는 말은 하나 마나 한 소리였다. '소신 드릴 말씀이 있사온데, 하는 게 맞는지 모르겠사옵니다'라는 말과 같이 미묘한 효과를 냈다.

엎질러진 물을 다시 담을 수 있겠는가? 혐오감은 더욱 또렷해졌다. 사제지간이라 하더라도 제자가 적극적이라면 그나마 낫겠지만, 스승이 적극적이라면 안 그래도 금기인 관계가 더욱 추잡해지는 꼴이었다. 음흉하기 짝이 없고 스승의 자질이 없는 사람으로 보일 터였다.

이런 의견과 추측은 당연히 사당 안에서만 분분한 게 아니었다. 이번 재난의 가장 유력한 용의자였던 묵연과 초만녕은 저잣거리의 화제가 되었다.

나쁜 소문이 빨리 퍼진다는 말이 있듯, '사제 간의 우애' 같은 화제는 따분하기 그지없지만, '사제 간의 은밀한 사랑'은 식탁에 둘러앉은 모든 사람의 시선이 화자의 입에 집중될 수 있는 주제였다. 의심과 불만을 품는 사람이 있어도 유언비어는 도처로 퍼져 나갔다.

삽시간에 온갖 추측이 난무했다. 잠자리에선 묵연이 위에 올라탄다느니, 설몽도 초만녕과 부적절한 관계라느니, 사매도 초만녕과 더러운 사이라느니 하는 식이었다. 이렇다 보니, 언제나 청렴하고 깨끗했던 북두선존은 하루아침에 미소년을 희롱하길 좋아하는 늙은 변태가 되어 버렸다.

세 사람만 우기면 없던 호랑이도 만들어 낸다는 옛말은 틀린 말이 아니었다.

"초만녕의 제자 셋을 보라고. 하나같이 잘생겼잖아. 초만녕에게 그런 마음이 없다고 하면 믿을 수 있겠어?"

"묵연이 입문할 때만 해도 초만녕이 안 받아 주려고 하지 않았나? 내가 사생지전에 아는 친구가 하나 있는데, 걔가 그러더라고. 묵연이 홍련수사에 가서 하룻밤을 자더니만 초만녕이 그를 받아 줬다는 거야. 왜겠어? 두말할 필요 없이 잔 거지. 묵연이 잠자리 기술이 좋은가 봐."

이런 주제에 마음이 동한 사람들은 점점 흥미진진하게 수다를 이어 갔다.

"묵연은 그때 막 관례를 치를 나이였잖아. 초만녕도 능력이 좋구먼."

"갑자기 그때 초만녕이 목욕하는 걸 몰래 훔쳐보던 여수사가 왜 반죽음을 당했는지 알 것 같네. 보지 말아야 할 걸 본 거 아닐까."

잠시 어색한 침묵이 흘렀다. 한 불량배가 겸연쩍은 듯 웃으며 말했다.

"아이, 사실 내가 좀 궁금한 게 있는데 얘기 좀 해 보쇼. 둘이 잘 때는 그럼 누가 위고 누가 아래요?"

"당연히 묵연이 아래겠지. 초만녕 성질은 다들 알잖소. 콧대가 그렇게 높은데 설마 제자가 자기 위에 올라타게 놔둘까."

"그렇게 생각하면 묵연도 정말 불쌍하지요……. 자기보다 나이가 많아도 한참 많은 늙은 남자와 억지로 자야 한다니. 성질은 또 얼마나 난폭하고 맞추기가 어렵겠어요. 외모가 아주 출중한 것도 아니고. 분명 구역질이 날 거요."

"에이……."

그러나 이런 이야기들도 가장 눈길을 끄는 화제는 아니었다. 시간이 흐르면서 진롱 바둑돌 몇 개의 정체가 탄로 났는데, 모두 사생지전의 제자였다.

한두 개였으면 우연이었다고 하겠지만, 찾아내는 단서마다 모두 사생지전을 가리켰으니 아무리 청렴결백한 문파라도 비난을 면하긴 어려웠다. 이런 상황은 커다란 공포를 불러일으켰다.

며칠 동안 사생지전에 와서 논리를 따지려던 사람들은 모두 문전박대를 당했다.

"설 장문께선 지금 안 계시니 용건이 있으면 며칠 후 다시 오십시오."

"설정옹은 어딜 간 게냐?"

존주의 존함을 함부로 부르는 상대를 보자, 문을 지키던 제자는 화가 뻗쳤다.

"변고가 생긴 후 우리 장문께선 밤낮없이 바둑돌을 소탕하느라 바쁘시오! 어디든 직접 가시는 분이고, 어려움이 있는 곳에 그분이 계시니 직접 찾아보시오!"

행패를 부리던 사람이 비웃으며 말했다.

"바둑돌을 소탕하느라 바빠? 내가 보기엔 바둑돌을 조종하고 죄인 묵연과 초만녕의 뒤를 봐주느라 바쁜 것 같은데."

"어디서 그런 헛소릴!"

"헛소리라니?"

그 사람이 말했다.

"묵연은 금지 술법을 수련했고, 초만녕은 죄인을 납치해 달아났다. 그 전엔 설정옹이 묵연을 위해 사람들의 인정에 호소하고 다녔지. 최근에는 사생지전의 제자들이 곳곳에서 진롱 바둑돌이 되었고 말이야. 너희 문파가 뒤에서 계략을 꾸미는 게 아니라고 하면 누가 믿겠느냐!"

소소하게 찾아와 일부러 시비 거는 사람들에 대한 보고를 받으면, 설정옹은 피곤하다는 듯 한숨을 내쉬며 말하곤 했다.

"깨끗한 자는 스스로 깨끗하다고 했는데, 요즘 세상은 자신의 손에 맡겨진 일만 잘해도 감사한 때가 되었구나. 그들이 뭐라 하든 상대하지 말거라. 그냥 마음대로 하게 둬."

이날, 또 누군가가 사생지전에 찾아왔다. 시체 몇 구를 끌고 와서는 사생지전이 목숨으로 대가를 치러야 한다고 말했다.

설정옹이 돌아왔을 때는 이미 한밤중이었다. 온몸에 피 칠갑을 하고 상처도 몇 군데나 있었다. 그는 왕 부인이 오늘 있었던 일에 대해 하는 이야기를 들으며 얼굴에 묻은 피와 먼지를 닦아 냈다. 그러고는 한숨만 내쉬며 아무 말이 없었다.

왕 부인이 말했다.

"계속 이렇게 하시는 건 좋은 방법이 아니에요. 천음각에 가서 도움을 구해 보시는 건 어떨지……."

"천음각에 도움을 구하라고?"

설정옹이 눈을 흘겼다. 볼에 산 송장이 할퀸 상처가 있었다.

"내 생각엔 천음각도 좀 이상한 것 같소. 목연리는 무슨 흙으로 만든 부처처럼 멍청한 데다 뻔뻔하기 짝이 없고 말이오."

왕 부인이 황급히 그의 입을 막았다.

"말조심하세요."

"……."

"부군 마음이 안 좋으신 건 저도 알아요."

왕 부인이 탄식하며 그의 얼굴을 쓰다듬었다.

"하지만 어쩌겠어요. 천지신명의 후예이고, 하늘이 세워 천 년을 이어 온 대문파이니 자기들만의 자존심이 있겠지요. 그러니 삼백 년 전, 평왕의 화(禍)가 있었을 때 아무도 그들에게 물어보지 못했잖아요. 그런데 부군께서 무슨 힘으로 거길 뒤흔들겠습니까."

설정옹은 분한 표정이었다. 뭔가를 말하고 싶었지만, 또 어떻게 말해야 할지 알 수가 없었다. 결국, 상처를 닦은 수건을 한쪽에 던져 놓고는 홀로 뒷짐을 지고 창가에 섰다. 그렇게 바깥의 조각달을 바라보았다.

"연이는 지금 어떨 것 같소."

한참이 지나, 그가 쉰 목소리로 이렇게 물었다.

왕 부인은 주름진 긴 치마를 끌며 그의 곁에 섰다.

"부군……."

달빛이 남자의 얼굴을 비췄다. 언제나 허허하며 웃던 얼굴에서 미소가 사라졌다. 매우 피곤해 보였고, 제법 나이 든 티가 났다.

"형님의 친아들도 아니고, 내 조카마저 죽였지. 하지만 그렇게 오랫동안…… 무슨 뜻인지 알겠소? 그렇게 오랫동안 나는 그 아이를…… 나는……."

"알아요, 말 안 해도 다 알아요."

왕 부인의 눈시울이 붉어졌다.

"나도 같은 마음이에요."

설정옹은 얼굴을 손에 묻고 괴로운 듯 문질렀다. 그러다 갑자기 몸을 구부리더니 격렬하게 기침을 하기 시작했다.

겨우 기침을 멈추고 펼친 손에는 피가 흥건했다.

깜짝 놀란 왕 부인이 다급하게 말했다.

"얼마나 심하게 다친 거예요? 어서 누워요, 제가 좀 볼게요."

"볼 것도 없소."

설정옹이 수건으로 피를 닦았다.

"내상을 조금 입은 것뿐이오. 며칠 쉬면 나아질게요."

"내일은 밖에 나가지 마세요. 다른 장문들 좀 보세요. 누가 부군처럼 모든 일에 직접 나선답니까?"

설정옹은 미소를 짜내고 싶었지만, 심신이 피곤했던 나머지 미소는 금세 사라지고 말았다.

"아직도 연이와 옥형의 생사를 모르고, 요즘 수진계 상황도 좋지 않소. 며칠 전에 산 아래 무상진에서도 살인 사건이 나서 아홉 명이나 죽었소. 이런 때에 나더러 앉아서 보고만 있으란 말이오?"

"……."

왕 부인은 아름다운 눈으로 말없이 그를 바라보았다.

설정옹이 그녀의 머리를 토닥였다.

"당신도 내가 그러지 못할 거란 걸 알지 않소."

왕 부인이 입술을 깨물고 말했다.

"그럼 최소한 하루라도 쉬세요. 피를 토하시는 걸 보면 이 내상은 절대 가벼운 게 아니에요. 형님께서 어찌 돌아가셨는지 잊으신 건 아니겠지요?"

설정옹의 얼굴에 남아 있던 한 가닥의 미소가 사라졌다.

왕 부인이 눈을 내리깔았다. 부드러운 속눈썹 아래에 언뜻 물방울이 보이자, 설정옹은 자기도 모르게 마음이 찡해졌다.

"다, 당신, 울지 마시오……. 난 복이 많은 사람이니 명줄도 길 거요……. 아이고, 알았소. 내일은 아무 데도 가지 않고 하루 푹 쉰 다음 나가겠소. 그럼 되겠지요?"

왕 부인이 흐느끼며 말했다.

"이제 상관 안 할 거예요. 아무리 해도 안 되니, 부군 마음대로 가고 싶으면 가세요."

"그러면 쓰나."

설정옹이 쓴웃음을 지으며 말했다.

"알았으니 걱정하지 마시오. 몇십 년 동안 온갖 풍파를 겪었어도 무사히 살아 있지 않소. 날 믿으시오. 다 좋아질게요."

다음 날, 설정옹은 정말 나가지 않았다. 그러나 푹 쉬지 않고 장서각에서 골똘히 생각에 잠겨 있었다.

"존주, 소주께서 약을 달여 보내셨습니다. 뜨거울 때 드시지요."

설정옹이 말했다.

"거기 두어라."

그는 중요한 부분을 생각하느라 꼼짝도 하지 않고 오후까지 바빴다. 나중에 갈비뼈 안쪽의 상처가 발작을 일으키고 나서야 약이 떠오른 그는 식어 빠진 약을 천천히 들이켰다.

장서각을 나선 설정옹이 문을 지키는 제자에게 물었다.

"부인과 설몽은?"

"소주께선 방금 산 아래에서 돌아오셨고, 부인께선 사당에서 기도하고 계십니다. 두 분을 모셔 올까요?"

설정옹은 그들과 이야기를 나누며 잠깐 쉬고 싶었다. 그러나 입을 열려던 찰나, 순간적으로 눈앞이 어지러웠다. 그도 이젠 나이가 들었다. 더는 이십 대 젊은이처럼 하룻밤 자고 일어난다고 상처가 금방 낫는 나이가 아니었다.

자신이 늙었음을 인정하지 않을 수 없었다.

"됐다, 그냥 두어라."

설정옹은 통증을 참으며 억지로 웃었다.

"난 정수실(靜修室)에서 좌선하고 있을 테니 무슨 일이 있으면 그리 오거라."

"예, 존주."

설정옹은 제자의 어깨를 토닥였다. 요즘 너무 많은 일이 갑자기 일어나는 바람에 마음이 너무 황량했는데, 마침 눈앞의 이 제자를 보니 자기도 모르게 한숨이 나왔다. 정말 너무나도 싱그러운 한창때가 아닌가.

그는 이 젊은이들의 한창때를 위해 자신이 뭔가를 더 할 수만 있다면, 그보다 좋은 일은 없을 것 같았다.

"간다. 내가 어지럽힌 책들 좀 부탁하마……."

그의 말이 끝나기도 전에, 누군가가 급히 뛰어오는 게 보였다. 그는 설정옹을 보자마자 무릎을 꿇고 큰 화가 닥치기라도 한 표정으로 보고했다.

"존주, 큰일 났습니다!"

이 소리에 설정옹의 복통이 더욱 심해졌다. 아, 정말 탐랑 장로에게 진료라도 받았어야 했는데.

그는 약간 창백해진 얼굴로 통증을 참으며 물었다.

"뭐가 이리 급한 게냐?"

그 제자가 황급히 말했다.

"단심전에 상수진계의 모든 문파가 들이닥쳤습니다. 천하제일 문파인 고월야까지 왔습니다."

설정옹은 심장이 덜컹 내려앉는 기분이었다. 이유는 대충 짐작이 갔지만, 그래도 물었다.

"……이유가 뭐란 말이냐."

"요즘 사생지전과 관련된 고소와 의혹이 너무 많아서라고 합니다. 더는 좌시할 수 없다면서, 존주를 독촉하여 판단을 내리시게 할 거라고 했습니다."

제자는 점점 겁에 질려 눈물을 흘릴 지경에 이르렀다.

"존주, 그들의 기세를 보니 아무래도 저희 문파를 해체하려고 하는 것 같습니다."

"……."

얼굴이 새파래진 설정옹이 이를 악물었다. 그는 복부의 혈자리를 몇 군데 누른 다음, 통증을 참으며 말했다.

"시비도 제대로 못 가리면서 남을 너무 업신여기는군."

그는 고개를 돌려 장서각을 지키는 제자에게 말했다.

"이 일은 부인에게 아직 알리지 말거라. 너무 걱정할 테니."

"예."

분부를 마친 설정옹은 바닥에서 덜덜 떨고 있는 제자를 일으킨 다음 어두운 얼굴로 말했다.

"정전으로 가자."

280장 사생지전, 궁지에 몰린 외로운 늑대

단심전. 설정옹과 제자들, 장로들은 굳은 얼굴로 불청객들을 바라보고 있었다.

아닌 게 아니라 대문파의 사람들이 모두 모였다. 사리에 밝은 강희까지 끼어 있었다. 그는 특정 문파를 공격하고 싶진 않았지만, 사안이 워낙 중대한 데다 며칠째 사생지전을 지목하는 단서가 너무 많이 나오니 선문의 일인자로서 앞장서서 오지 않을 수가 없었던 것이다.

사생지전의 제자들은 그들대로 화가 치민 상태였다. 끊임없이 찾아와 트집을 잡는 사람들 때문에 안 그래도 슬슬 열이 받던 차에, 느닷없이 '애초부터 흑심을 품었다'느니 '죄인을 숨겨주었다'느니 하는 욕을 듣자 더욱 분노를 참을 수 없었다. 게다가 기세등등하게 올라온 상수진계 사람들의 말에는 의심과 경멸이 가득해서, 금방이라도 싸움이 벌어질 듯한 분위기가 조성

되었다.

"설 아무개가 다시 한번 말씀드립니다. 사생지전은 일부러 묵연에게 금지 술법에 관한 두루마리를 보여 준 적도 없고, 이 술법을 수련하도록 종용하지도 않았습니다. 몰래 진롱기국을 단련하지도 않았고, 이 금지 술법으로 수진계를 통일할 생각은 더더욱 없습니다. 그리고 옥형과 묵연은 지금 여기에 없으니 막무가내로 행동하지 말아 주십시오."

상수진계 문파 중에서도 벽담장과 강동당은 사생지전에 대한 원한이 가장 깊었다.

강동당에는 이제 100명도 채 남지 않았다. 겉으로는 황소월과 선을 긋는 것처럼 보였지만, 속은 아니었다. 그들은 서로를 바라보았다. 누군가 비웃으며 말했다.

"설 장문, 말씀만으로는 믿을 수가 없지요. 사생지전이 결백하다고는 하나 모든 의심이 여기를 향하고 있지 않습니까. 열 길 물속은 알아도 한 길 사람 속은 모른다는데, 사생지전이 무슨 생각을 하고 있는지 누가 압니까?"

"그러니까요."

"며칠 동안 수진계에 피바람을 몰고 온 진롱 바둑돌들은 전부 사생지전과 관련이 있었어요. 이게 우연이라고 말한다면 억지스럽다는 비난을 면치 못할 겁니다."

벽담장 사람이 말했다.

"여러분께서 아실지 모르겠습니다만, 사생지전은 하수진계의 요괴를 물리치고 퇴마를 하면서도 돈을 받지 않은 적이 많습니다. 그게 이십여 년은 될 겁니다. 가장 힘들고 고생스러운 일들은 도맡아 하면서 보상도 바라지 않았어요. 한두 번이야 좋은 마음에서 했을 수 있으나, 이십 년입니다. 너무 터무니없다고 생각하지 않습니까?"

설정옹은 화가 나서 말했다.

"저와 형님은 아무것도 없는 상태에서 시작했습니다. 문파를 세운 이유도 하수진계 백성들을 보호하는 것이었소. 전 여전히 일편단심이고, 스스로 결백합니다."

"단심?"

그 사람이 냉소를 지었다.

"일편단심 설정옹이 금지 술법이나 몰래 배우는 조카를 길러내고, 살인에 죄인을 납치한 종사를 배출했네요. 지금 가장 흉악한 마귀들이 전부 사생지전에서 나왔는데, 설 장문은 무슨 염치로 단심이라는 말을 입에 올리시오?"

누군가 맞장구를 치며 말했다.

"그러게요. 설 장문은 말씀도 잘하시는군요, 하하. 백성들을 보호한다고요? 이 세상에 좋은 일을 하면서 이십 년 동안 보상도 바라지 않는 얼간이가 어디 있습니까? 음모가 있는 게 분명합니다!"

"그리고 얼마 전에 나온 정체불명의 바둑돌들은 절대 하루아침에 만들어진 게 아니었어요. 혹시 사생지전이 몇 년 동안 겉으로는 마귀를 물리치고 도를 수호하는 척하면서, 뒤로는 몰래 진롱 바둑돌을 양성하고 있었던 게 아닐까요……."

정전 안에는 설몽도 있었다. 요즘 겨우 화를 누르고 있던 그는 여기까지 듣다가 더는 참지 못하고 홱 일어나 칼을 뽑아 들었다. 잔이 엎어지고, 삽시간에 아수라장이 되었다.
"소설들 그만 쓰시죠."
설몽이 노기 가득한 눈을 들었다.
"당신네끼리 말 지어내는 거야 맘대로 한다고 쳐도, 여기까지 와서 행패를 부리는 건 대체 무슨 경웁니까?"
강동당은 몰락의 길을 걷고 있었다. 수많은 선배가 세상을 떠난 나머지, 다음 장문을 추대하는 것도 힘든 상황이었다. 새로운 장문은 많아 봐야 열예닐곱쯤 되어 보이는 소녀였다. 미모 말고는 내세울 점이 하나도 없었고, 그저 몇몇 사형의 지지와 총애를 받아 그 지위에 오른 것이었다.
소녀는 규칙도 잘 모르고, 고생해 본 적도 없었다. 천하의 모든 사람이 그 불운한 사형들처럼 자신의 미모에 쩔쩔맬 거라 믿었다. 그래서 이번에도 간드러지게 미소 지으며 말했다.
"자명 오라버니, 화내지 마세요."
설몽은 할 말을 잃었다.
"……."
"화내면 잘생긴 얼굴이 못나진다고요."
"푭!"
사람들의 웃음소리가 들렸다.
단심전 안의 긴장된 분위기에서도 그녀의 말 때문에 많은 수사가 표정 관리에 어려움을 겪었다. 화황각, 답설궁 같은 대문파의 제자들도 멍한 눈으로 이 '문파의 수장'을 바라보았다.
소녀는 세상 모든 남자가 다 자기한테 매혹될 거라고 생각했는지, 뽀얀 목을 쳐들고 한껏 자아도취된 목소리로 말했다.

"뭣 때문에 좋게 이야기하지 못하는 거죠? 하는 말의 이치만 맞는다면, 나를 필두로 해서 상수진계의 10대 문파 장문들이 모두 공정하게 지지해 줄 텐데요."

이제는 그나마 위엄 있는 척을 하고 있던 장문들까지도 참기 힘들 지경이 되었다.

도포산장의 마운은 장사꾼이었으므로 숫자에 대한 머리가 빨랐다. 그는 어리둥절했다.

"뭐? 상수진계 몇 대 문파? 10대?"

답설궁 궁주 명월루가 무표정으로 말했다.

"낭자께서 계산을 잘못하셨네요. 못 들은 거로 하시면 될 것 같군요."

마운은 넉살 좋은 사람이라 금세 '아아' 하고는 빙그레 웃으며 더 끼어들지 않았다.

무비사의 현경대사, 화황각과 상청각의 몇몇 장로들은 표정이 완전히 굳었다. 그러나 모든 장문들의 표정을 다 합쳐도 강희만큼 표정이 어둡진 않았다.

강희는 아무 말도 하지 않았지만, 소녀의 '나를 필두로 해서'라는 말이 매우 무례하다고 생각한 게 분명했다. 그는 자신의 장문 반지를 만지작거리며 무서운 표정으로 소녀를 응시했다.

소녀는 아직도 주제를 모르고 제멋대로 나서고 있었다.

"사실에 관해서만 이야기하고 있는데, 다들 각자의 생각과 추측을 이야기해 보세요. 그게 잘못된 건 아니잖아요."

설몽의 말투에 가시가 잔뜩 돋았다.

"소설 쓰려면 집에 가서 써. 촉 땅에는 너 같은 여자애가 끼어들 자리는 없어!"

"?"

소녀는 멈칫하더니, 금세 눈물이 그렁그렁해졌다. 그러고는 뒤에 있던 강동당의 대사형과 대사숙들을 보며 훌쩍거렸다.

"저, 저자가 말도 안 되는 얘길 해요……. 나한테 욕했어요……. 우아아아앙…… 전 그냥 몇 마디 한 것뿐인데 왜 저렇게 사나운 거예요……."

강희와 명월루, 현경대사는 할 말을 잃었다.

"……."

누군가가 작은 소리로 소곤거렸다.

"아무래도 강동당은 끝난 것 같네요."

"저 여자애는 누구예요? 황소월이 차라리 낫겠어……."

사람들 틈에는 매함설도 있었다. 그가 코를 문지르며 웃었다.

"그렇게 말하면 안 되죠. 황소월보단 훨씬 나은데요. 최소한 미모는 출중하지 않습니까."

소녀가 울음을 터뜨리자 강동당의 한 사형은 마음이 초조해졌다. 샌님 같은 사람이 나와 얼굴을 닦을 손수건을 건네고는 곧바로 설몽에게 차갑게 말했다.

"정말 초 종사의 제자이자 묵 종사의 사촌답습니다."

지금 초만녕과 묵연은 설몽에게 있어 건드려선 안 되는 화약고 같은 존재였다. 그런데 감히 누가 입에 올린단 말인가?

설몽은 위협적으로 눈을 가늘게 떴다.

하필 이런 사정을 모르던 샌님이 계속 조롱하며 말했다.

"죄인의 동료이자 마귀의 제자인 자가 어찌 이리 당당하단 말입니까?"

말이 끝나자마자 용성의 빛이 번쩍하더니, 샌님의 목을 가리켰다! 사방이 쥐 죽은 듯 조용해졌다.

그는 설몽이 이렇게 바로 손을 쓸 줄은 생각하지 못했다. 차갑게 반짝이는 칼의 빛 너머로 무시무시하고 이성을 잃은 설몽의 눈빛을 보자, 급격히 창백해진 작은 얼굴로 입을 벌리고는 아무 말도 하지 못했다.

"그래, 난 당당해. 그러지 못할 이유가 뭐지?"

설몽은 칼끝으로 샌님의 목을 쿡쿡 찔렀다. 너무 화가 나서 손이 떨렸다. 힘 조절도 되지 않았다. 결국 샌님의 피부를 살짝 베었고, 그 칼날에 피가 묻었다.

"너야말로 뭐가 된다고 그러는 거야. 뭔데 사생지전에 와서 나한테 무례하게 행동하냐고?"

설정옹은 폭발한 설몽을 보자 오히려 차분해져서 조용히 말했다.

"몽아, 앉아라."

설몽이 고개를 홱 돌렸다.

"제가 호락호락 넘어갈 것 같으세요?"

"……."

설몽의 시선은 아버지에게서 옮겨졌다. 이리 같은 눈빛이 대담하게 그를 쳐다보며 귓속말을 하는 사람들에게 향했다. 그의 가슴이 오르락내리락했다. 입을 열면서 침착하려 애썼지만, 목소리에선 여전히 분노의 떨림이 가시지 않았다.

"정말 우스워 죽겠네. 그렇게 오랫동안 사생지전 제자들은 불의한 행동 하나 하지 않고 동분서주했는데…… 왜인 줄 아세요? 명예와 이익? 돈? 금지 술법?"

용성이 높이 들렸다. 차가운 빛이 번쩍였다.

"여기 계신 선장, 의사(義士), 영웅호걸, 장문 여러분."

한 글자, 한 글자 힘주어 내뱉었다. 글자는 허공을 갈랐고, 사람들의 얼굴을 할퀴었다. 설몽의 눈이 시뻘겠다.

"제가 한번 여쭤보지요."

그가 이를 악물고 말했다.

"이십 년 전, 무상진이 귀신 마을로 전락하려 할 때 당신들은 어디 있었습니까?"

"……."

"십오 년 전, 촉 땅에 큰 천열이 일어나 온통 폐허가 되었을 때, 당신들은 어디 있었죠?"

"……."

"삼 년 전, 채접진 결계가 또다시 파괴되어 귀신들이 판을 치고 백성들이 갈 곳을 잃었을 때는, 어디 있었죠?"

그의 눈은 촉촉해졌지만, 목소리는 여전히 거칠고 낮았다.

"몇 년 동안 하수진계에서 당신들한테 몇 번이고 도와 달라고 애원했는데, 아무 소용도 없었어! 그때 퇴마를 하면서 유풍문이 얼마나 많은 대가를 받고 나서야 지원하기로 했는지 알아요? 하수진계 유민들은 밥도 제대로 못 먹는데, 여러분 같은 대단하신 인물들을 부를 돈이 어디 있냐고요!"

설몽의 말에 사람들은 부끄러움을 느꼈다. 고개를 숙이고 반성하는 사람도 있었다. 그러나 구정물을 모두 유풍문에 떠넘기

려는 사람도 있었다.

"맞아요, 유풍문은 그때 정말 음흉했소. 하지만 우리와는 아무 관련이 없소. 우리 문파가 퇴마에 대해 요구한 보상은 몇백 은에 불과하오. 설 소주는 괜히 모두를 싸잡아서 한통속으로 엮으려 하지 마시오."

"아, 몇백 은이라."

설몽이 비웃었다.

"도사님, 촉 땅의 시골 마을에 가 보셨습니까?"

"……."

"촉의 남쪽 변경이나 풍도(酆都)의 귀성, 아미산(峨眉山) 밑에 가서 한번 보세요, 그 사람들이 어떻게 사는지. 그런 다음 다시 와서 당신네는 몇백 은'만' 받았다고 말하세요."

현경대사가 탄식하며 말했다.

"설 소주, 노승도 소주의 괴로움은 잘 알고 있소이다."

그러고는 잠시 후 화제를 돌렸다.

"그러나 어찌 되었든, 사생지전에서 금지 술법을 수련한 제자가 나온 건 확실하오. 게다가 장로가 나쁜 마음을 품고 그를 두둔하려 천음각 형대를 막았잖소. 심지어 탈출을 목적으로 천음각 수사 열한 명을 죽였소. 이 두 죄에 대해선 사생지전도 책임을 면하기 어려울 것이오."

설몽은 머리끝까지 화가 났다. 그의 얼굴에 먹구름이 드리운 것 같았다.

"대사, 그때 천음각이 얼마나 잔인한 수단을 썼는지 다 보셨지 않습니까. 그들은 제 사존과 묵연의 목숨을 앗아 가려 했어요! 사존이 달아나지 않고 거기서 죽기만 기다려야 했다는 겁니까?"

욱하는 성격에 무의식적으로 나온 말이 사람들에게는 좋은 구실이 되었다.

"음? 그 말인즉슨, 설 소주는 초만녕과 묵연이 잘못한 게 없다고 생각한단 뜻이오?"

"사람을 죽여 놓고 그렇게 핑계가 많다니, 정말 그 스승에 그 제자군요."

"가치관이 이런 식이라니, 정말 더는 안 되겠소. 제가 보기엔 사생지전이 계속 유지되면 안 될 것 같소."

마지막 말을 들은 설정옹은 피가 거꾸로 솟으며 상처의 통증이 더욱 심해졌다. 그는 몰래 주먹을 꽉 쥐며 통증을 참았다. 그러고는 그 말을 한 사람을 노려보며 어두운 얼굴로 말했다.

"선장께선 농담이시겠지요."

"저들이 농담하는 게 아니오."

설정옹이 눈을 가늘게 뜨고 목소리의 주인을 찾아 천천히 주위를 둘러보았다. 그가 중얼거렸다.

"강희……."

처음부터 지금까지 강희는 그를 헐뜯지도, 거들지도 않았다. 그는 은색 실로 두약을 수놓은 담청색의 화려한 장포를 입고 정전에 서 있었다. 감정이 표정에 전혀 드러나지 않았다.

강희는 이 진흙탕에 뛰어들고 싶지 않았지만, 계속 가만히 있다가는 상황이 더욱 심각해질 것 같아 어쩔 수 없이 눈을 들고 입을 열었다.

"수진계의 규칙에 의하면 제자가 금지 술법을 수련했을 경우, 문파에 직접적 의도가 있었는지와 상관없이 제자들에 대한 문파의 교육과 관리가 소홀했다는 것을 뜻하지."

설정옹의 얼굴이 백지장처럼 하얘졌다.

강희가 계속 말을 이었다.

"후환을 없애기 위해 발견 즉시 해당 문파는 제자들을 해산시키고 문을 걸어 잠가야 하오. 이 점은 설 장문도 잘 아실 것이오."

당연히 잘 알고 있었다.

그러나 이런 규칙은 존재만 했을 뿐, 백 년 동안 수진계 어느 문파도 지킨 적이 없었다.

한 문파에 제자가 몇 명인데? 제자 하나하나가 무슨 짓을 했는지 어떻게 다 관리하지? 지난 일을 되돌아보면 유풍문, 고월야, 심지어 무비사, 상청각까지 3대 금지 술법을 수련한 사람이 없는 문파가 없지 않은가? 회죄대사도 살아생전에 환생술로 유명해졌는데…… 이걸 이유로 무비사를 공격하고 절을 닫으라고 한 사람은 없지 않은가?

이 규칙은 결국 하나의 약속에 불과했고, 한 번도 실행한 적이 없었다. 이런 상황이 되다 보니 사람들은 궁지에 몰린 자를 더 공격했다. 사생지전이 음모를 숨기고 있을까 두려웠던 그들은 이제야 휴지 조각 같은 이 규칙을 꺼내 사생지전이 문을 닫도록 압박했다.

설정옹은 말이 없었다. 궁지에 몰린 외로운 늑대처럼, 어두운 표정으로 강희를 바라볼 뿐이었다.

잠시 후, 그가 강희에게 물었다.

"이건 너무 황당하다고 생각하지 않습니까?"

강희가 말했다.

"내 생각에도 좀 황당하오. 그러나 규칙이 그러하니 나도 귀 문파를 위해 변론할 방법이 없소."

"규칙이라……."

설정옹이 느닷없이 웃으며 의자 팔걸이의 모서리에 새겨진 동물 머리 조각을 매만졌다. 그러고는 눈을 감고 길게 탄식했다.

"이십 년입니다. 상수진계의 규칙은 엄격하다면 엄격하고, 느슨하다면 느슨하지요. 하나도 변한 게 없어요."

강희는 자신도 이 일에 불만이 있다는 듯 입술을 오므렸지만, 더 말을 하진 않았다. 오히려 옆에 있던 다른 문파의 장문들이 나와 말하기 시작했다.

"설 장문께선 규칙에 따라 지금 당장 사생지전을 해산하시오."

"죄를 지었으면 벌을 받아야지요. 설 장문은 다 생각이 있을 테니."

"모든 일은 규칙에 따라 해야지요. 이렇게 많은 사고를 쳐 놓고 어떻게 아직도 자신이 결백하다고 하실 수 있습니까?"

사방이 웅성거리는 와중에, 누군가 강희에게 말했다.

"강 장문, 우리가 오기 전에 이미 몇몇 큰 성에서 고소장을 접수했습니다. 사생지전은 이번에 책임을 면하기 어렵습니다. 장문께선 모든 문파의 수장이시니 뭐라도 한 말씀 더 해 주시지요."

"……."

사람들의 시선이 그에게 향했다. 미간을 찌푸린 강희는 한참이 지난 후에야 천천히 입을 열었다.

"귀 문파에는 확실히 의심이 드는 부분이 매우 많고, 지금 시국도 불안정하니 가벼이 넘어갈 수는 없소. 설 장문, 사생지전은 규율에 따라 당장 해산해야 하오. 자신을 증명할 수 있는 증거를 찾는다면 그때 가서 다시……."

그의 말이 끝나기도 전에 고함이 들렸다.

"강희, 사람을 무시해도 정도가 있지!"

"……설 소주."

강희는 성격이 거칠고 제멋대로인 사람이었다. 지금은 규칙에 따라 행동했지만, 원래는 성질이 악독했다. 그런 그가 지금 애송이에게 이름이 불린 데다 '무시해도 정도가 있다'라는 말까지 들었으니 기분이 엉망이 될 법도 했다. 관자놀이의 핏줄이 불끈거렸다. 그는 눈을 가늘게 뜨고 말했다.

"여러 번 말했을 텐데, 선배가 말씀하실 때 후배는 입을 다물 줄도 알아야 한다고. 너도 스무 살이 넘었는데, 어째서 하는 짓은 같은 소주 출신인 남궁사보다 한참 뒤떨어지는군."

설몽은 혹독한 평가를 듣고 화가 머리끝까지 치밀었다. 그래서 자기 앞에 서 있는 수사를 힘껏 발로 차 밀어 버린 다음, 곧장 강희에게 달려가 그의 멱살을 잡고 기둥에 세차게 밀쳤다.

눈빛은 날카로운 칼날처럼 번뜩였고, 피가 미친 듯이 내달렸다.

강희를 향한 증오는 폭발 직전이었다.

"강희! 감히 남궁사와 나를 비교해? 당신을 남궁류와 비교해 보지그래!"

모욕당한 강희의 표정이 더욱 굳었다.

"넌 아직도 애송이니 한 수 가르쳐 주지. 이거 놔라."

설몽은 아랑곳하지 않았다. 그는 이성을 잃고 이를 부득부득 갈며 말했다.

"내가 보기엔 남궁류보다 당신이 모든 문파의 우두머리 자리에 더 안 어울려! 옳고 그름도 구분할 줄 모르는 게! 당신은…… 당신……."

모두가 소스라치게 놀랐다. 고월야의 제자들은 미처 반응할 틈도 없었다. 그들은 한 문파의 존주에게 이 정도까지 무례할 수 있다는 걸 믿을 수 없었다.

그는 강희의 차가운 눈을 무섭게 노려보며 이를 갈았다.

"강희, 이 짐승 같은 놈."

이 말에 단심전 안은 끓는 기름처럼 난리 통이 되었다.

"설몽! 무엄하다! 후배로서 어찌 장문에게 그런 말을 한단 말이냐!"

"하늘의 총아는 얼어 죽을! 교양은 다 먹어 치운 거야, 뭐야!"

강희가 턱을 살짝 들고 검은빛이 흐르는 눈으로 설몽을 잠시 노려보았다. 그러고는 천천히 손을 들어 자신을 움켜쥐고 있는 설몽의 손을 잡고, 힘을 주었다…….

우둑.

뼈가 부러지는 소리가 들렸다.

"악!"

"몽아!"

강희는 묻어 있던 부스러기를 털어 내듯 설몽을 바닥에 내동

댕이쳤다. 그러고는 자신의 옷매무새를 꼼꼼히 정리한 다음, 입을 열었다.

설몽이 아니라, 설정옹에게.

"설정옹, 정말 아들 하나는 잘 키우셨군."

설몽은 한쪽 손이 엉뚱한 위치로 접질렸는데도 여전히 분노의 소리를 지르며 달려들었다. 그러나 이번엔 고월야 사람들이 검을 뽑아 들고 그를 저지했다.

결국, 강희는 인내심을 잃고 미간을 잔뜩 찌푸린 채 귀찮다는 듯 말했다.

"문파를 해산하시오."

"해산!"

"사생지전은 무조건 해산해야 해!"

새까만 사람들이 몰려왔다. 공포만큼 사람들을 잘 뭉치게 만드는 것도 없었다. 각자의 입에서 같은 말이 반복되어 나왔다.

사생지전은 오늘 반드시 해산해야 한다. 여기는 악마의 소굴이다. 남겨 두어선 안 된다.

281장 사생지전, 마침내 시작된 싸움

단심전 안의 긴장감이 극에 달했다. 사생지전의 제자들과 상수진계 모든 문파의 제자들은 서로 대립한 채 조금도 물러서려 하지 않았다.

활시위는 이미 당겨질 대로 당겨졌다. 조금만 더 당기면 줄이 끊어지거나, 아니면 활이 날아가게 될 상황이었다.

이때, 누군가 일어났다. 답설궁 궁주, 명월루였다.

명월루는 부드럽고 온화한 목소리로 일촉즉발의 정적을 깨뜨렸다.

"여러분, 잠시만요. 본디 규율은 죽은 것이고, 사람은 산 것입니다. 다들 역지사지의 마음으로 생각해 보세요. 지금 사생지전이 바둑돌을 단련했다는 실질적 증거가 없는데 억지로 문파를 해산하라고 하는 것도 좀 과한 것 같습니다. 이러면 어떨까요. 일단 사생지전에 있는 금지 술법에 대한 서책들을 압수하고 신중하게 심사한 다음 다시 판결을 내리는 걸로요.”

현경대사가 고개를 저었다.

“명 궁주는 설 장문과 사적으로도 잘 아는 사이시니 편파적이실 수밖에 없지요. 사생지전이 이미 수진계의 금기를 어겼는데 뭐 하러 다시 신중하게 판단한단 말입니까?”

“그게 아니지요. 이 규율을 어긴 문파는 많습니다.”

명월루의 목소리는 나긋나긋했지만, 태도는 단호했다. 그녀가 부드럽게 말했다.

“따져 보자면, 전 귀 문파의 회죄대사를 아직 잊지 않았습니다.”

“궁주……!”

현경대사의 얼굴이 순간 어두워졌다. 그는 얼른 소매를 휘두르며 다시 위엄 있는 표정을 짓고는 양손을 합장하며 말했다.

“사람 살리는 술법을 어찌 진롱기국과 동일선상에 둔단 말이오.”

“사람 살리는 술법은 3대 금지 술법에 포함이 안 됩니까?”

설정옹이었다. 그때, 그와 가까이 있던 몇몇 사람들은 벌써 설정옹이 조금 이상하다는 걸 눈치챘다. 평소에는 위풍당당하던 남자가 가쁜 숨을 쉬는 데다 입술 색도 점점 파래졌기 때문이다.

현경대사가 말했다.

“……당연히 포함되긴 하지요.”

설정옹이 눈을 감으며 숨을 몰아쉬고는, 겨우 다시 현경대사를 노려보며 쉰 목소리로 말했다.

“그렇다면 대사께서는 어찌 환생술이 사람을 구한다는 이유로 금기에서 빼려 하십니까?”

현경대사는 한참을 머뭇거리다 어떻게 반박해야 할지 몰라 고집스럽게 말했다.

"이건 다른 일이오."

사생지전의 제자가 화를 내며 비난했다.

"다른 일이라니요? 상수진계에서도 금지 술법을 수련한 사람은 많았습니다. 성공하지 못했을 뿐이지요. 이 규율로 우리 문파를 엄중히 처벌하려면, 다른 문파에도 똑같이 해야 하는 거 아닙니까?"

탐랑 장로가 스산한 목소리로 말했다.

"무비사에 회죄가 있고 고월야에도 화벽남이 있는데 왜 사생지전만 가지고 그러는 겁니까? 강 장문께선 사생지전에게 문을 닫으라고 하실 거면 먼저 솔선수범하셔서 고월야부터 해산한다고 선포하시지요."

이런 반격을 미처 예상하지 못했던 문파들은 다들 기가 한풀 꺾였다. 조금 전만 해도 큰소리치던 사람들이 지금은 자기가 속한 문파에 불똥이 튈까 모두 조용해졌다.

설정옹이 가벼운 기침을 하며 눈을 아래로 내리깔고, 조용히 손바닥에 있는 피를 감추면서 억지로 웃었다.

"모든 문파가 같은 일을 했고, 사생지전이 바둑돌을 몰래 단련했다거나 수진계를 뒤엎으려 한다는 터무니없는 말들을 입증할 방법도 없으니, 다들 무례한 행동은 그만하시고…… 이만 가 주시지요."

"아니……."

분기탱천한 얼굴로 이 돌팔이 문파를 해산시키겠다는 마음으로 왔는데, 예상치 못하게 이도 저도 아닌 상황을 맞게 되자 사람들의 표정은 일제히 어두워졌다.

강희는 애초에 사생지전의 해산을 독촉할 마음이 없었다. 아까는 어쩔 수 없는 상황이라 그리했을 뿐이었다. 입을 굳게 다문 사람들을 보며 그는 눈을 감고 말했다.

"갑시다."

이 말을 들으니, 설정옹은 드디어 마음속에 있던 바윗덩어리가 사라지는 것 같았다. 그는 조용히 안도의 한숨을 내쉬며 내내 굳어 있던 척추의 힘을 풀었다. 순간, 또 갈비뼈 사이가 아팠다. 아래를 내려다보니 짙은 남색 장포의 허리춤이 핏자국으로 얼룩덜룩했다.

어제의 상처가 심각하긴 했나 보군. 좀 이따 꼭 탐랑 장로에게 치료를…….

미처 생각을 끝내기도 전에, 갑자기 검을 든 천음각 제자들이 단심전에 들이닥쳤다. 다들 얼음처럼 차가운 얼굴로 살기등등한 기세를 내뿜으며 들어오자마자 크게 소리를 질렀다.

"설정옹, 정말 낯짝도 두껍구나. 사생지전이 진롱 바둑돌을 몰래 단련하지 않았다는 그런 뻔뻔한 말을 어찌 할 수 있단 말인가!"

천음각에서까지 들이닥칠 줄 몰랐던 사람들은 깜짝 놀라 고개를 돌렸다. 그들 뒤에는 그들의 말에 복종하는 수십 명의 백성이 따라왔는데, 그들 중에는 너무 익숙한 얼굴들이 있었다. 촉 땅에 사는 몇몇 마을의 촌장들인 것 같았다.

"이게 대체 무슨 일입니까……."

천음각의 한 사형이 무섭게 말했다.

"증거가 필요한 것 아닙니까? 이 정도면 충분하지 않나요?"

또 어떤 제자가 사람들에게 말했다.

"사생지전은 더러운 곳이고, 장문은 야심으로 가득 찬 사람입니다. 몇 년 동안 촉 땅에 넓게 그물망을 펼쳐 놓고 백성들을 협박해서 어린아이들을 진롱 바둑돌로 바치게 했지요. 이 사람들이 다 증거인데, 무슨 증거가 더 필요합니까?"

설정옹이 벌떡 일어났다. 눈에서 분노의 불꽃이 이글거렸지만, 목에서는 비릿한 피 맛이 올라왔다.

"말도 안 되오!"

"말이 되는지 안 되는지는 우리가 말한다고 해서 될 게 아닙니다. 직접 저들에게 물어보세요."

수십 명의 마을 사람들은 깜짝 놀란 오리 떼처럼 비틀거리며 함께 모여 있었다. 고개를 숙이고 잔뜩 웅크린 채 아무도 먼저 입을 열려 하지 않았다.

눈썰미가 좋은 설몽이 익숙한 얼굴을 발견하고는 놀라서 그를 불렀다.

"유 촌장님?"

유 촌장은 갑자기 몸을 바들바들 떨면서 곁눈질로 그를 한 번 쳐다보더니, 미꾸라지처럼 슬금슬금 피했다.

"무슨 일로 오셨어요?"

설몽은 눈치채지 못했다. 그는 정말 순진무구했다. 그 순진무구함이 지금은 너무 안쓰러워 보였다.

"전……."

유 촌장이 침을 꿀꺽 삼키며 바싹 마른 손가락으로 옷깃을 꽉 움켜쥐었다. 그는 계속 바닥만 내려다보며 두 다리를 달달 떨었다.

천음각 제자가 엄한 목소리로 말했다.

"똑바로 대답하시오. 거짓을 말했다간 공정한 천음각이 절대 그냥 넘어가지 않을 것이오."

유 촌장이 몸서리를 치며 바닥에 홱 무릎을 꿇더니 이마를 땅에 박았다.

"마…… 말하겠습니다! 사생지전은 몇 년 동안 퇴마와 정의를 수호한다는 명목으로 돈 한 푼 받지 않았습니다. 그런데, 그런데 사실은 그동안 마을의 어린아이들을 바치라고 협박해 왔습니다……."

설정옹은 머리끝까지 화가 치밀어 탁자를 치며 일어섰다.

"거짓말!"

천음각의 목소리가 설정옹보다 더 컸다.

"계속 말하시오. 저들이 아이들을 데리고 무엇을 하려고 했소?"

"저, 저도 모릅니다."

촌장의 이마에 땀이 송골송골 맺혔다. 그는 침을 꿀꺽 삼키고는 어깨를 잔뜩 움츠렸다.

"산에 데려가 수련을 시킨다고 했던 거 같은데, 그 후로 본 적이 없습니다. 범이, 석이…… 그 아이들은 전부 돌아오지 않았습니다."

천음각 제자가 고개를 돌려 사생지전의 수사들에게 물었다.

"당신들 중에 이 촌장이 말한 아이가 있나?"

"……."

당연히 있을 리가 없었다.

설몽은 온몸의 피가 거꾸로 솟는 것 같았다. 범이, 석이…… 위태로웠던 작은 마을을 구하러 달려갔을 때, 이미 요괴들에게 잡아먹힌 아이들의 이름이었다.

"거짓말!"

가슴속에서 분노의 불길이 치솟았다. 목구멍에서 피 맛이 느껴졌다. 설몽은 너무 화가 나서 피를 토할 것만 같았다.

"은혜를 원수로 갚고도 발 뻗고 잠이 올 것 같습니까?"

맥 빠진 유 촌장의 눈에서 눈물이 끊임없이 흘러내렸다. 천음각이 무엇으로 협박했는지는 몰라도, 그는 여전히 결연하게 말했다.

"사생지전은 좋은 문파가 아닙니다……. 그들은 겉과 속이…… 달라요……. 촉 땅에서 도리에…… 도리에 어긋나는 짓을 수없이 저질렀습니다……."

그는 눈물 콧물을 줄줄 흘리면서도 아무도 쳐다보지 못하고 땅만 내려다보며 오열했다.

"사생지전은 하수진계를 엉망으로 만들었어요!"

한바탕 소란이 벌어졌다.

평소대로였다면, 수십 명의 평민들이 와서 얘기한들 수사들이 다 믿지는 않았을 것이다. 그러나 이 자리에 있는 대부분의 사람들은 애초부터 사생지전의 해산이 목적이었고, 이미 마음속에 판단을 내린 상황이었다. 그런 순간에 이런 증거를 얻게 되자, 곧바로 모든 걸 받아들이며 화를 내기 시작했다.

"저자들이 절대 좋은 일을 그냥 할 리가 없다고 제가 말했잖아요!"

"설정옹, 아직도 할 말이 남았소?"

설정옹도, 설몽도, 사생지전의 제자들과 장로들도, 모두 할 말을 잃고 멍해졌다.

여러 문파가 손잡고 와서 행패 부릴 때만 해도 그들은 이렇게까지 화가 나진 않았다. 두 팔을 휘두르며 억울하다고 소리 지를 수 있었다.

그러나 지금 눈앞에 있는 사람들은 촉 땅의 촌장들과 수십 명의 백성이었다……. 눈물 젖은 달걀과 밀가루를 주면서 살려 줘서 고맙다고, 이 은혜 잊지 않겠다고, 어떻게 보답해야 할지 모르겠다고 말하던 사람들이었다.

배은망덕한 수십 명의 사람들. 그들은 이 진실한 단심(丹心)에 직접 칼을 꽂아 넣었다.

너무 아프고, 너무 추웠다.

얼음 동굴에 떨어진 것처럼 온몸에 소름이 돋았다.

증인들이 하나씩 앞으로 나왔다. 첫 번째 증인은 여전히 눈에 죄책감이 담겨 있었다. 두 번째 증인도 계속 다리를 떨었다. 세 번째 증인은 이제 사람들을 똑바로 바라볼 수 있었다. 네 번째 증인은 당당하게 하고 싶은 말을 하기 시작했고, 다섯 번째 증인은 불난 집에 부채질하는 법까지 터득했다……. 사람들은 기러기 같아서, 맨 앞의 기러기가 이끌면 모두 그 기러기만 따라갔다.

세 사람만 우기면 없던 호랑이도 만들어 낸다고 했던가. 그들은 말을 하면서 점점 격앙되었고, 점점 자신의 말이 진실이라고 여기게 되었다.

설몽은 피가 차갑게 식는 것 같았고 이 상황이 기가 막혔다.

사람은 자고로 척추가 있어 꺾으려야 꺾을 수가 없는 동물인 줄 알았는데, 살기 위해 주구[#14]가 되어 사람의 똥이나 먹을 줄은 상상도 하지 못했다.

"맞아요, 그 무슨 바둑돌이랬나……."

고씨 마을에 사는 중매쟁이가 자기 차례가 되자 한마디 거들었다.

"우리더러 귀신 쫓아 주는 보답으로 아이들을 달라고 했어요. 사생지전은 돈은 받지 않고 어린아이들만 받는다고요. 이건 하수진계가 다 아는 규칙이라고 했어요."

강희가 미간을 찌푸리며 물었다.

"그걸 알면서도 왜 그들을 불렀소?"

중매쟁이가 복숭아색 손수건을 꺼내 눈물을 훔쳤다.

"어쩔 수 없잖아요, 돈이 없는데. 그렇다고 상수진계의 도사나리께 부탁할 수도 없고요. 그러니 마을에 있는 아이 중에서 골라 보낼 수밖에요……. 말로는 사생지전에 데려가 수련을 시킨다고 했는데, 사실 다 계획이 있었던 거예요. 흑흑…… 가혹한 운명을 타고나서 제명에 죽지 못했겠죠."

그녀는 가슴을 치고 발을 동동 구르다 얼굴을 가리고 오열했다.

한 서생도 증언했다.

"분명히 그랬습니다. 사생지전은 사람만 받고 돈은 받지 않

#14 **주구** 走狗, 남의 사주를 받고 끄나풀 노릇을 하는 사람

았어요. 우린 그래도 살아야 하니까 화가 나도 감히 말을 할 수 가 없었습니다. 다행히 하늘이 알고 계셨나 봅니다. 불의를 많이 저지르면 반드시 자멸한다더니, 사생지전이 드디어 꼬리를 밟혔네요. 도사 나리, 부디 하수진계의 앞날과 백성들을 위한 판단을 내려 주시기 바랍니다!"

곧바로 강동당 사람이 일어났다.

"걱정하지 마시오. 상수진계는 공명정대하고, 오늘 모인 문파는 모두 역사와 전통이 깊은 명문이니 분명 공정하게 일을 처리할 것이오."

증언하러 온 마을 사람들은 감격의 눈물을 흘리며 너나 할 것 없이 사생지전의 악행을 고했다.

그들은 위증한 이상, 다른 출구가 없다는 걸 알고 있었다. 사생지전이 오늘 해체되지 않는다면 언젠가 자기들에게 빚을 갚을 게 분명했다.

정전 안에는 산 사람이 보이지 않았다. 공중을 빙빙 배회하는 악귀들만 보였다. 시뻘건 아가리를 쩍 벌리고, 정전의 낡은 나무 기둥을, 소박한 기와와 처마 밑의 벽을 물어뜯었다……. 돈이 부족해 지금까지 보수하지 못한 '단심전'이라는 편액을 물어뜯었다.

피가 줄줄 흘렀다.

설몽은 온몸을 떨었다. 감고 있는 그의 눈에서 눈물이 흘러내렸다. 그가 쉰 목소리로 말했다.

"당신들…… 어떻게 그런 말을 할 수 있습니까?"

천음각이 부귀영화를 약속했는가.

아니면 목숨을 위협하기라도 한 것인가.

어떻게 그런 말을 해, 어떻게 그럴 수가 있어…….

중매쟁이는 아직도 쥐를 잡아먹은 듯 시뻘건 입술을 놀리고 있었다. 말의 파편들이 뱀의 독처럼 설몽의 귀를 파고들었다……. '사생지전이 몰래 바둑돌을 단련했어요', '사람 목숨을 하찮게 여겼죠', '어린아이들을 빼앗아 갔어요'.

말 한 마디, 글자 하나가 모두 왜곡되어 잔인한 악몽이 되었다.

"그들은 하수진계를 괴롭혔어요."

"사람의 탈을 쓴 짐승 주제에 성인군자인 척 점잔을 빼다니!"

"초만녕과 묵연이 가장 악독해요. 바둑돌에 쓰기 위해 무고한 백성들을 얼마나 많이 죽였냔 말이오."

뼛속까지 한이 사무쳤다. 두 손이 덜덜 떨렸다.

이성이 마비되었다.

"당신이…… 어떻게 그런 말을 할 수가 있어? 어떻게 이런 짓을!"

분노는 마치 개미굴처럼, 마음속 최후의 방어선까지 무너뜨렸다. 설몽은 '우두둑' 하며 엉뚱한 자리에 있던 손목을 다시 맞추고는 사납게 칼을 들어 올렸다. 용성이 포효했다. 사람들이 미처 알아차리기도 전에 칼날이 피로 물들었다.

한참 '사생지전의 제자들이 어린 여자아이들을 강간했다'라는 이야기를 지어내고 있던 중매쟁이가 멈칫하더니 자신의 가슴을 내려다보았다. 그러고는 왈칵 피를 토하며 하던 말을 끝맺지 못하고 바닥에 털썩 쓰러졌다.

쥐 죽은 듯 정적이 찾아왔다.

이상했다. 천음각 제자들은 마을 사람들 옆에 서 있으면서도 설몽을 막아서지 않았다……. 놀라서였을까? 아니면 미처 반응할 시간이 없어서? 이유는 알 수 없었다. 알려는 사람도 없었다.

모두의 시선이 설몽에게 향했다. 핏방울이 용성의 칼날을 타고 후드득 떨어졌다. 한 방울, 두 방울. 그렇게 붉은 연못을 이루었다.

봉황 새끼는 까마득히 깊은 못에 떨어져 벗어날 수 없었다.

"악!"

누군가 비명을 질렀다. 마지막 날, 사망을 알리며 울리는 종소리 같았다.

"사, 사람을 죽였어……."

"설몽이 증인을 죽였다! 설몽이 미쳤다!"

단심전 안은 삽시간에 아수라장이 되었다. 누가 먼저랄 것도 없이 오랫동안 억누른 분노가 한꺼번에 터져 나왔다. 활시위는 끊어졌고, 결국 사생지전과 상수진계 사이에 큰 싸움이 벌어지고 말았다…….

사적인 원한, 두려움, 배척.

이 싸움에는 각자의 감정이 너무 많이 섞여 있었다. 상황은 통제 불능 상태가 되었다.

칼날의 빛이 사방에서 번쩍이는 가운데, 설정옹이 상처의 극심한 통증을 참으며 낮게 포효했다.

"싸우지 마라! 다들 멈춰!"

그러나 사생지전 제자들만 그의 말을 들을 뿐, 상수진계 사람들은 들은 체도 하지 않았다. 결국 싸움은 끝날 줄을 몰랐다. 설몽의 마음은 짓이겨지고 갈가리 찢어졌다. 잘게 부수어진 마음의 파편 때문에 눈까지 붉게 물들었다. 그는 곡도를 들고 악귀를 무찌르며 계속 흐느꼈다.

아마도 바로 지금, 봉황의 아들은 드디어 묵연이 어렸을 적 느꼈던 감정을 이해하게 되었는지도 몰랐다.

땔나무 베는 칼로 취옥루 안에 있던 모든 사람을 죽이면서 느꼈던 절망, 증오, 흥분, 그리고 자기혐오. 아무것도 더는 중요하지 않았다. 분노가 그의 심장에 불을 질렀고, 오로지 피로만 그 불을 끌 수 있었다.

그때, 검이 날아와 그의 공격을 저지했다. 영롱한 남색 빛을 내뿜는 검은 어딘가 매우 낯익었다. 그러나 설몽은 지금 아무 생각도 나지 않았다. 그저 자신을 막아선 추한 얼굴의 답설궁 궁인을 향해 소리칠 뿐이었다.

"꺼져! 날 방해하지 마!"

"싸우지 마. 더 싸우면 정말 큰일로 번질 수 있다. 냉정해져야 해."

익숙한 목소리였다.

누구지?

설몽은 생각이 나지 않았다. 생각하고 싶지도 않았다.

고통과 원한이 그의 마음을 망가뜨렸다. 한 사람의 인내심이 한계에 도달해 선을 넘으면 신도 악마가 되고, 성인도 아수라가 된다.

부처였던 사람도, 순식간에 마귀가 된다.

그의 눈은 새빨갛게 타올랐다. 지금 그에겐 오직 한, 끝없는 한만 남아 있었다. 천음각이 지른 불에서 시작된 한은 천지를 뒤덮을 기세로 폭발했고, 눈 깜짝할 사이 그를 집어삼켰다.

"꺼져!"

용성과 남색 빛의 검이 세차게 부딪쳤다. 그러나 추한 얼굴의 남자는 아무렇지도 않다는 듯 그를 계속 막아섰다. 푸른 두 눈동자가 설몽의 얼굴을 응시했다.

"냉정해지지 않으면 사생지전이 더욱 비참해져."

"네가 뭔데! 네가 뭔데 간섭이야?"

칼은 점점 사나워졌다. 검도 물러서지 않고 계속 받아쳤다.

푸른 눈동자가 검은 눈동자를 바라보았다. 너무도 익숙했다.

……누구야…….

"자명, 그만해."

낮고 느린 목소리가 귓가에 울렸다. 무심한 말투 속에서 희미한 걱정과 연민이 느껴졌다.

광기로 어지러운 설몽의 머릿속에 한 줄기 빛이 스치고 지나갔다. 맹렬하고 사나운 그의 공격이 뚝, 멈췄다. 가슴은 여전히 격렬하게 오르락내리락했다.

얼굴은 피범벅이었고, 머리칼은 엉망진창이 되었다. 그는 사나운 표정으로 추한 얼굴의 낯선 남자를 쳐다보았다.

"너는……."

말을 마치기도 전에, 등 뒤에서 살벌한 바람이 느껴졌다.

설몽이 고개를 홱 돌리며 용성을 들어서 막으려 했지만, 이미 늦었다. 피가 줄줄 흐르는 팔의 상처는 뼈가 들여다보일 정도였다!

"몽아!"

아들이 다치는 걸 본 설정옹이 긴 계단 위에서 그를 구하기 위해 날아왔다.

열 명 정도 되는 천음각의 정예 부대는 모두 목연리의 심복이었다. 시선이 마주치자, 그들은 모두 설몽을 죽이려 달려들었다.

그들 각자의 실력은 사생지전의 장로들과 맞먹었다. 그런 그들이 이미 상처를 입은 설몽에게 살초를 쓰며 일제히 달려들면, 설몽은 죽은 목숨이나 마찬가지였다.

"몽아…… 몽아!"

그러나 거리가 너무 멀어 설정옹이 막아서기엔 역부족이었다. 오히려 더 많은 사람이 그를 둘러싸며 완전히 포위해 버렸다. 설정옹은 아들을 지키고 싶은 마음이 간절했으나 거센 공격에 상처를 입고 피를 줄줄 흘렸다.

설몽은 이를 악물고 칼을 휘둘렀다. 일격에 두 명을 해치웠다. 그러나 팔에선 쉴 새 없이 피가 흐르고 있었고, 팔 전체가 덜덜 떨렸다.

갑자기 붉은빛이 번쩍였다…….

"조심해!"

빛은 전광석화처럼 날아왔다. 그러나 조금 전 설몽을 저지했던 푸른 눈의 남자가 살초를 막아 냈다.

천음각 제자가 눈을 가늘게 떴다.

"답설궁에도 배신자가 있나? 사생지전 편에 서려는 건가?"

푸른 눈의 남자는 대답이 없었다. 패검은 위엄 있게 빛났다. 그는 고개를 돌려, 얼굴은 창백하나 눈빛만은 사나운 설몽에게 말했다.

"백부한테 가, 빨리."

"난……."

설몽은 팔의 상처를 손으로 막았으나 역부족이었다. 살점 아래 뼈가 훤히 보였고, 팔 전체가 뜨거운 피로 범벅이 되었다.

그는 입술을 달싹였다. 뭔가를 말하고 싶은 듯했지만 말하지 않았다. 시선이 설정옹에게 가닿았다.

설정옹을 보자마자, 설몽의 얼굴에서 마지막 남은 핏기마저 사라졌다.

그는 비명을 지르며 위험을 무릅쓰고 설정옹에게 비틀거리며 달려갔다.

"아버지!"

설정옹의 눈빛이 순간 번쩍였다. 그는 손을 휙 들어 쇠로 만든 손목 보호대로 뒤에서 날아오는 공격을 막아 낸 다음, 곧바로 반격해 공격하는 이를 바닥에 내동댕이쳤다. 설몽은 안도의 한숨을 내쉬며 자신의 목숨 따윈 안중에도 없다는 듯 아버지에게로 갔다.

그가 설정옹의 어깨를 꽉 붙잡았다. 희비가 교차했다.

"다행이에요, 아버지. 괜찮아요…… 괜찮아……."

설정옹은 조금 전의 공격으로 이미 다친 부분이 더 많이 찢어졌다. 허리춤에서 피가 울컥울컥 솟구쳤다. 그러나 그의 몸은 온통 피로 물들어 있어 설몽도 알아차리지 못했다. 그가 아버지의 손을 잡으며 말했다.

"아버지, 제가 복수할게요. 오늘 제가 목숨 걸고 이놈들을……."

"……."

말이 뚝 끊겼다.

설정옹이 갑자기 바닥에 무릎을 꿇더니 한바탕 피를 토했다.

"아버지……?"

봉황의 아들은 너무 놀라 멍해졌다. 지금까지 그는 한 번도 이렇게 심하게 다친 아버지를 본 적이 없었다. 순간, 머릿속이 윙윙 울렸다.

"아버지, 왜 그러세요? 어쩌다……."

설정옹은 피투성이가 된 입술을 달싹거리며 설몽의 팔을 잡고 쉰 목소리로 말했다.

"그만해."

"……무슨……."

설정옹은 설몽의 얼굴을 응시하며 곁눈질로 주변의 정황을 살폈다.

내가 원했던 게 이런 격전이었나?

비명이 가득하고 시뻘건 피와 허연 두개골이 날아다니는 싸움. 배후 세력은 아직 잡아내지도 못했는데, 대문파끼리 서로 죽고 죽이기를 시작해 버리다니…….

설정옹이 말했다.

"사생지전은 그만 멈추라고 해."

"그러나 저들이……."

"이렇게 싸운다고 뭐가 달라지느냐?"

설정옹의 얼굴이 잿빛이 되었다.

“이렇게 하면 누가 원하는 걸 얻을 수 있지? 문파의 해산과 멸망 중에 뭐가 더 고통스러우냐?”

설몽은 말이 없었다. 눈이 새빨갰고, 손끝까지 떨렸다.

“어서…….”

설정옹이 가볍게 그를 밀었다. 설몽의 눈에서 눈물이 주르륵 흘렀다. 그는 비틀거리며 바닥에서 일어나 아버지 앞에 서서 크게 외쳤다.

“싸움을 멈춰라! 모두 그만!”

282장 사생지전, 소중한 내 아들

이 소리에 모든 힘과 오기를 쏟아부은 듯, 설몽은 두 눈을 질끈 감았다. 얼굴이 뜨거웠다.

"그만 싸워……."

맹렬하게 번져 나가는 들불처럼, 싸움의 불은 피우긴 쉬웠으나 끄긴 어려웠다. 단심전 안은 난장판이었다. 시체들과 다친 자들로 가득했고, 그들이 흘린 피가 뜨거운 기름이 되어 원한과 광기의 불을 활활 태웠다. 설몽의 포효도, 설정옹의 탄식도 그들의 귀에는 들리지 않았다.

설령 들었다 해도, 살인의 광기로 시뻘게진 눈들은 멈출 마음이 없었다.

며칠 동안 불안한 일들이 너무 많았다. 잇따른 살인 사건, 폭우, 진롱기국. 고월야는 사람이 죽었고, 강동당은 오합지졸이 되었고, 벽담장은 주인이 자리를 비운 지 오래였고, 무비사는 불가의 문파인데도 피에 물들었다. 이 난장판에 절친한 벗을 잃은 수사가 적지 않았다.

주모자는 누구일까? 거짓말하는 사람은 누구일까?

답은 없었지만, 모두의 손가락은 사생지전을 가리켰다. 그렇게 쌓였던 한과 두려움이 여기서 한 번에 폭발한 것이다.

엎질러진 물은 다시 담을 수 없었다.

큰 전투에 대한 경험이 적은 설몽은 이 상황이 무엇을 의미하는지 알아차리지 못했다. 그는 가쁜 숨을 몰아쉬며 우두커니 서서 미친 듯이 죽고 죽이는 장면을 바라보았다.

그러나 설정옹은 알고 있었다. 상황은 이미 처음에 불을 지른 사람조차 예기치 못한 통제 불능 상태에 이르렀다는 걸…….

그는 이를 악물었다. 벌어진 상처의 고통을 참고, 흐릿한 초점을 부여잡으면서 설몽의 어깨를 붙잡았다.

"넌…… 빨리 가거라."

"아버지!"

"빨리 나가! 어머니가 있는 곳으로 가거라, 빨리!"

그러나 말이 끝나기도 전에 일고여덟 명이 그들의 앞을 가로막았다. 모두의 눈이 활활 불타올랐다.

"설몽, 내 사형을 죽이다니. 내가 복수해 주겠다!"

"몹쓸 놈의 자식!"

설몽은 그 자리에 우두커니 서 있었다. 내가 당신의 사형을 죽였다고? 언제…… 난 한 번도 다른 사람의 목숨을 앗아 간 적이 없는데, 한 번도…….

그는 머릿속이 혼란스러웠다. 혼돈 속에서 고개를 숙였다.

자신이 쥐고 있는 용성에서 뚝뚝 떨어지는 피가 보였다. 순간, 머리털이 쭈뼛 서며 소름이 돋았다.

그랬다. 그가 사람을 죽인 것이다.

그는 사람을 죽였다. 맨 처음 죽인 건 거짓 증언을 하던 중매쟁이였고, 그다음은…….

제대로 기억나지 않았다. 그는 조금 전 미친 사람처럼 거리낌 없이 사람들을 죽였다. 손과 얼굴이 피투성이였다. 손과 얼굴이 온통…… 손과 얼굴이 온통…….

"악!"

갑자기 설몽이 죽음을 눈앞에 둔 짐승처럼 슬피 울부짖었다. 관자놀이의 핏줄이 툭 불거지고, 화가 머리끝까지 치밀어 눈을 부릅떴다.

어쩌다 이렇게 된 거야……. 묵연이 떠난 그날부터 모든 게 변했다. 모든 일이 하나같이 그의 통제를 벗어났고, 그 역시 원래의 모습을 점점 잃어 갔다.

"제가 사람을 죽였어요……. 아버지…… 제가 사람을 죽였어요……."

혼란 속에서 몸을 돌린 그가 마주친 건 무서울 정도로 창백해진 설정옹의 얼굴이었다. 설정옹은 그를 잡아 자신의 뒤로 보낸 다음, 강철 부채로 사람들을 차례차례 해치우며 겹겹이 둘러싼 포위망을 뚫었다.

"가라."

쓰러질 듯 비틀거리는 남자는 더는 소년이 아닌 아들에게 살 기회를 만들어 주었다.

"몽아, 빨리 가."

설몽은 뻣뻣하게 서서 꼼짝도 하지 않았다. 이때, 누군가가 또 그를 죽이려고 달려들었다. 이제 공격이 힘들어진 설정옹은 그의 칼날을 손으로 잡았다. 순식간에 피가 흘러내리고, 뼈가 보일 만큼 깊이 베였다. 설정옹은 속으로 욕지기하며 떨리는 반대쪽 손으로 허리춤에서 비수를 뽑아 들고는 재빨리 그 사람의 배에 찔러 넣었다.

뜨거운 피가 솟구쳤다!

"가거라!"

분노의 괴성을 지르는 설정옹의 시야에 누군가가 들어왔다. 그가 소리쳤다.

"함설! 설몽을 데리고 가거라! 걔를 데리고 여길 떠나!"

매함설은 싸우면서 계속 두 사람 쪽으로 움직이다가, 포위망이 뚫리자 드디어 설몽 옆에 오게 되었다. 그는 말 못 할 괴로움이 담긴 눈으로 설정옹을 먼저 바라보았다. 그러고는 설몽의 팔을 잡고 낮은 목소리로 말했다.

"따라와."

그는 온몸이 경직되고 넋이 나간 설몽을 데리고 그들을 막아서는 사람들을 해치우며 단심전의 후문으로 빠져나갔다. 답설궁의 배신을 빨리 알아차리지 못해서였는지, 매함설이 설몽과 단심전 입구에 도착하고 나서야 누군가가 이를 알아채고 소리를 지르며 그들을 공격해 왔다.

"사람을 죽여 놓고 도망을 가? 네 목숨으로 대가를 치러야지!"

매함설은 한 손으로 허공에 걸린 공후를 켰다. 쟁쟁 공후 연주 소리가 쇠붙이와 돌처럼 날아가 앞에 있는 적들을 물리쳤다. 이제 한숨 돌리려던 차에, 설정옹의 고함이 들렸다.
"뒤를 조심해!"
얼굴이 피투성이가 된 사람이 잔인하게 웃으며 칼을 휘두르고 있었다. 막기엔 이미 늦었다. 그때, 갑자기 강철 부채가 허공을 가르며 날아왔다. 영력이 충만한 부채는 허공에서 몇 바퀴를 돌다 곧장 그 남자에게 돌진하더니, 순식간에 남자의 가슴을 꿰뚫었다.
"백부님……."
"아버지……."
두 젊은이가 고개를 돌렸다. 설정옹은 가쁜 숨을 몰아쉬었다. 방금 그 공격에 힘을 너무 많이 소모한 게 분명했다. 강철 부채 역시 목표에 명중한 후 바닥에 고꾸라졌다.
피가 부채를 물들였다. '설씨는 잘났다'이건 '세상 사람은 못났다'이건, 부채 위의 글씨는 모두 더는 보이지 않았다.
설정옹은 두 사람에게 억지로 손짓을 하며 조용히 말했다.
"빨리……."
'가'라는 말이 미처 나오지 않았는데, 설몽의 수축한 동공에 영력이 충만한 검이 보였다. 강동당 제자가 사납게 생긴 칼을 들고 설정옹의 뒤에 서 있었다. 그는 설몽이 소리를 지르기도 전에 설정옹에게 달려가…….
검을 내려쳤다!
목소리가 나오지 않았다.
설몽의 눈이 휘둥그레졌다. 갑자기 주변에서 아무 소리도 들리지 않았다.

깊고 깊은 바닷속의 고요함처럼 바람도, 열도, 빛도 없었다.

깜깜했다.

설몽은 온몸의 피가 꽁꽁 얼어붙은 것 같기도 하고 부글부글 끓어오르는 것 같기도 했다. 머리칼이 쭈뼛 섰다. 분노로 가득한 두 눈이 앞의 그 사람을 노려보았다.

아들이 위험에서 벗어나는 걸 본 설정옹의 얼굴에는 희미한 안심과 기쁨이 걸렸다. 그 안심과 기쁨은 지금, 이 순간에 멈췄다.

평화롭다는 착각마저 들었다.

바다는 아주 깊었다. 끝도 없는 아득한 바다. 물은 아주 차가웠다. 뼈와 살에 파고들어 평생 털어 낼 수 없었다.

조용했다. 쥐 죽은 듯한 적막이 찾아왔다.

소리가 안 들려……. 아무 소리도 안 들려…….

아무것도.

핏물이 갈라진 두개골을 따라 눈으로, 뺨으로 흘러내릴 때까지.

붉은 눈물처럼 두 줄기 핏물이 흘러내릴 때까지.

그 순간, 설몽은 이 상황이 그저 장난인 줄 알았다. 아니면 꿈이거나, 그것도 아니면 모든 걸 되돌릴 수 있을 거라고, 그럴 시간이 충분하다고 아주 잠깐 생각했다.

아니었다.

너무 늦어 버렸다. 사람의 감정은 곧 약점이었다.

전쟁의 신도 죽을 수 있었다.

"아버지!"

울부짖는 소리가 산과 바다를 흔들었다.

모든 정적이 산산이 부서졌다……. 파도가 부서지고, 만년설이 쌓인 곳에서 갑자기 천지가 찢어지는 듯한 굉음이 들리더니 홍수가 거세게 역류했다. 아득히 넓은 바다가 뒤집히고 무서운 파도가 하늘을 갈랐다!

설몽은 설정옹에게로 미친 듯이 달려갔다. 죽기 직전의 야수처럼 울부짖는 소리가 하늘을 갈랐고, 모두의 동작을 멈추게 했다. 사람들은 깜짝 놀라 소리가 들리는 쪽으로 고개를 돌렸다…….

파도가 부서진 그곳에서, 그는 사람들 사이를 이리저리 부딪치며 설정옹이 있는 곳으로 내달렸다.

설정옹은 계속 서 있었다. 허리조차 구부리지 않았다. 그는 그렇게 설몽을 바라보고 있었다. 눈을 뜨고 있었다. 계속 뜨고 있었다. 그 눈 때문에, 설몽은 그가 아직 살아 있다고, 구할 수 있을 거라고 생각했다. 아직…….

그가 가까이 오자, 설정옹이 쓰러졌다.

'쿵' 하는 소리와 함께, 뻣뻣한 몸이 넘어졌다. 사방에 흩어져 있던 사람들 사이에서 더는 무기가 부딪치는 소리가 나지 않았다.

설몽은 그 자리에 우뚝 섰다. 더는 앞으로 가지 않았다.

그렇게 그 자리에 서서 온몸을 덜덜 떨었다. 희미한 전율은 격렬한 들썩임으로 변했다. 입술, 손가락, 어디 하나 통제되는 곳이 없었다.

그는 조용히, 알아보듯, 조심스럽게 중얼거렸다.

그가 쉰 목소리로 말했다.

"아버지?"

피비린내가 진동하는 단심전.

아무도 대답이 없었다.

'챙그랑' 하고 용성이 바닥에 떨어졌다. 설몽은 천천히 뒷걸음질 치고, 뒷걸음질 쳤다……. 그러나 어디까지 뒷걸음질 칠 수 있을까? 어제? 어제는 다시는 돌아오지 않는다.

인생에서 우연한 일이 생기든, 아니면 슬픔으로 오장육부가 끊어지든, 일단 지나온 날들은 다시 되돌릴 수 없다.

단심전이 정적에 휩싸였다.

그는 뒷걸음질 치던 발을 멈췄다. 몸이 격렬하게 흔들리다가 바닥에 주저앉았다. 얼빠진 표정으로 눈앞의 모든 걸 바라보았다. 눈물이 쉴 새 없이 뺨을 타고 흘러내렸다. 눈물을 닦으려 했지만 아무리 닦으려 해도 닦이지 않았다. 눈물방울은 그렇게 줄줄 흘렀다.

결국, 그는 얼굴을 손에 묻고 얕게 흐느꼈다. 그 흐느낌은 종이 위의 먹물처럼 퍼져 나갔다. 나중에는 종이 전체가 먹물에 물들었다.

"아버지…… 아버지!"

흐느낌은 오열이 되었다.

설몽의 앞을 막아 주던 사람은 다시는 일어날 수 없었다. 다시는 너른 어깨와 쾌활한 웃음으로 설몽이 인생에서 맞게 될 비바람을 막아 줄 수 없었다.

하늘의 총아가 보냈던 소년 시절은, 아무 걱정 없던 시절은, 바로 지금 진정으로 끝이 났다.

완전히 무너졌다.

엉망이 되었다. 모든 게 엉망이 되었다.

잔인한 수단을 쓴 강동당의 수사는 멍하니 서 있었다. 검이 바닥에 떨어지고, 그가 중얼거렸다.

"아, 아니…… 내가 그런……."

그는 연신 고개를 저었다. 주저앉은 설몽의 광기 어린 모습이 두려웠는지 몸을 사시나무 떨듯 떨었다. 그는 달아나고 싶었지만, 모든 사람의 시선이 자신에게 집중되어 있어 도망갈 수도 없었다.

"아니…… 내 말을 들어 봐요……. 난 그냥 손에 있던 무기만 떨어뜨리려던 거였는데……."

그는 설몽을 응시하며 긴장된 표정으로 침을 삼켰다.

설몽은 여전히 거대한 슬픔에 잠겨 있었다. 그러나 그는 설몽이 일단 고개를 들기만 하면 자신에게 남은 길은 오로지 하나뿐이라는 걸 알고 있었다……. 죽음이었다.

"어서 가서 왕 부인을 모셔 와."

선기 장로가 가장 침착했다. 그는 아직 일어나지 않고 웅크린 채 통곡하고 있는 설몽을 보며 제자에게 조용히 말했다.

"서둘러라. 지체했다간 아무도 소주님을 막지 못할지도 모른다."

장문의 죽음을 본 제자는 얼굴이 온통 눈물범벅이었다.

"하지만 사존, 장문께서 부인을 부르지 말라고 하셨습니다. 부인께선 한 번도 큰일에 관여하신 적이 없으시다고……."

"지금이 어떤 상황인데 이것저것 다 따지고 있느냐."

선기 장로가 말했다.

"어서 가!"

제자는 눈물을 닦으며 고개를 끄덕인 후 뒷산으로 달려갔다.

한 장문인의 죽음에 모든 것이 드디어 냉정을 되찾기 시작했다. 상처의 통증으로 연신 앓는 사람도 있었고, 얼굴이 사색이 된 사람도 있었고, 입을 굳게 다물고 아무 말도 하지 않는 사람도 있었다. 누군가가 말했다.

“어떻게 된 거야. 설정옹의 능력이 이 정도밖에 안 되진 않을 텐데. 어찌 된 게 피하지도 못했네.”

그들은 설정옹이 전날 무상진에서 요괴들을 붙잡다가 진롱 바둑돌에 맞아 급소에 심각한 상처를 입었다는 사실을 모르고 있었다. 그들이 탄식하며 말했다.

“에휴, 장문도 오래 해 먹었지. 누구나 늙잖아. 영웅도 늙나 보구먼.”

이런 말들도 설몽의 귀에는 들어오지 않았다. 그의 눈은 눈물과 원한으로 점점 핏빛으로 물들고 있었다. 그는 오열하다가, 흐느끼다가, 통곡했다. 마지막엔 눈이 피바다처럼 붉어졌다.

그 눈을 들어 모든 불청객을 노려보았다. 지금 그의 눈에는 순수함과 진실함은 불타고 없었다. 오직 피와 증오, 원한과 원망뿐이었다.

분노에 가득 찬 포효가 들리고, 용성이 난폭하게 하늘을 찔렀다!

죽어!

설몽이 완전히 이성을 잃고 폭주했다. 사방이 비명으로 가득 찼다. 무시무시하게 돌변한 그는 이성을 잃은 채 죽음도, 고통도 두려워하지 않았다. 누가 그를 막을 수 있을까? 아무도 없었다.

무비사, 고월야, 강동당, 화황각…… 퉤! 난 아무것도 안 보여! 그는 악귀의 얼굴만이 보였다. 비뚤어진 사람의 형상만이 보였다. 그는 자신이 무간지옥에, 끝없이 아득한 피바다 속에 있는 것 같았다.

한스럽다!

왜냐고?

이십 년 동안 청렴결백하게 살았는데, 어째서 한 번의 계략을 피하지 못하고 쓸데없는 소리를 들어야 하지?

평생 백성을 위해 모든 힘을 다 바쳤는데, 어째서 성실했다는 이유로 뜨거운 피를 흘려야 하지?

어째서 작은 도움은 은혜로 갚고, 큰 도움은 원수로 갚는 걸까.

왜 그렇게 어리석은 걸까.

피가 강물을 이루었다.

누구의 말도 들리지 않았고, 누가 말려도 소용이 없었다.

설몽은 제정신이 아니었다. 봉황은 피를 원했고, 피로 불을 질렀다. 불 속에서 허공을 가르며 나온 것은 두 눈이 새빨간 흉악한 짐승이었다. 피 묻은 이빨을 드러낸 채 자신을 가로막는 자는 누구든 그 목을 물어뜯었다!

기억나니? 네가 스무 살이 되던 날, 한여름 매미가 시끄럽게 울었지.

설정옹은 빙그레 웃으며 설몽의 머리를 쓰다듬었다.

– 아들, 나중에 뭐가 되고 싶으냐?

– 아버지처럼 되고 싶어요.

봉황의 아들은 맑은 두 눈을 깜박이며 말했다.

— 천하의 영웅처럼 멋진 사내대장부가 되어서 나쁜 놈들을 벌하고, 부끄럽지 않게 사는 게 제 꿈이에요.

뿜어져 나온 피가 그의 얼굴을 덮쳤다. 애처로운 비명이 들렸다.

내가 누굴 죽인 걸까?

아마 누군가의 누이나 아내겠지.

상관없어.

죽어 버려. 죽였으니 죽은 거겠지. 어차피 난 이제 더러워졌고, 어차피 저것들이 자초한 일이야……. 저것들이 날 이렇게 만든 거라고!

그는 미친 듯이 목을 벴고, 사람들은 모였다 흩어지기를 반복했다. 그는 아무것도 들리지 않았다…… 아무것도…….

그 사람의 목소리가 울리기 전까진 말이다.

"몽아."

급소를 찔린 것 같았다.

필사적으로 감정을 억누른 채 떨리는 목소리였다.

손가락이 한 번 닿으면 흩어지는 반향의 연기처럼 부드럽고 가녀린 목소리.

설몽은 멍하니 서 있었다.

"그를 붙잡아!"

"다시 폭주하게 해선 안 돼!"

사방에서 사람들이 그에게 달려들었다.

"몽아……."

설몽은 이리 떼에게 포위당한 표범이었다. 온몸이 피투성이인 그의 팔은 말도 안 되게 떨리고 있었다. 이 싸움이 끝나면 아마 다시는 칼을 들지 못할 것 같았다. 그는 눈을 가늘게 떴다. 핏물이 눈에서부터 흘러내렸다. 그가 뻣뻣하게 고개를 돌렸다.

단심전의 뒷문이 활짝 열리고, 아득한 빛이 들어왔다.

흰옷을 입은 왕 부인이 입구에 나타났다. 그녀는 몸이 허약하고 성정이 온화하여 정전의 일에 관여한 적이 한 번도 없었다. 지금까지 늘 그랬다.

그래서 오늘도 이제야 소식을 듣고 달려왔다. 아름다웠던 그녀의 눈물이 옷섶을 적셨다.

설몽이 쉰 목소리로 입을 열었다. 목소리가 떨렸다.

"어머니?"

사생지전의 제자들이 하나둘 무릎을 꿇고 예를 갖췄다.

"부인."

장로들도 예를 갖췄다.

"왕 부인."

그녀의 얼굴은 백지장처럼 하얬다. 유일하게 색이 있는 건 귀에 달린 붉은 산호석 귀걸이였다. 그녀는 조용히 남편의 시신을 보고 맥없이 휘청거렸다. 그리고 사람들에게 붙잡혀 바닥에 무릎 꿇고 있는 설몽을 보고는 더욱 사색이 되었다.

문파 사람들은 유약한 그녀가 상황을 감당하지 못하고 혼절할까 봐 걱정이 되었다.

그러나 왕 부인은 약하게 몸을 떨 뿐이었다. 입술이 달싹였지만, 처음엔 아무 소리도 나오지 않았다.

두 번째 입을 열자, 목소리가 나왔다. 잔뜩 쉬었지만 어떻게든 차분하려 애쓰는 목소리였다.

"놔 줘요."

그녀는 난폭하게 설몽을 제압하고 있는 사람들에게 말했다.

왕 부인의 얼굴을 제대로 본 적이 없었던 그들은 그녀가 약한 아녀자인 걸 알고 더욱 사나운 투로 말했다.

"당신 아들이 이렇게 많은 사람을 죽였는데 어떻게 놔 주라는 거요?"

"무조건 천음각으로 데려가서 가둬 놓고 심문을 해야 합니다!"

왕 부인은 눈물을 가득 머금고 한 글자, 한 글자 힘주어 말했다.

"그를 놔 줘요."

"……."

아무도 손을 놓지 않고 대치했다.

눈물이 흐르는 걸 참으려는 듯, 왕 부인은 살짝 고개를 들었다. 그러나 결국 짜디짠 눈물은 그녀의 뺨을 타고 흘러내렸다. 눈을 감자 가녀린 몸이 약하게 떨렸다. 바람에 날리는 솜처럼 유약한 몸이었다.

누군가가 말했다.

"사생지전은 오늘 해산을 거부했고, 상수진계의 무수한 수사들을 해쳤습니다. 묵연과 초만녕의 일은 더욱 의심을 받게 되었으니 무조건 공정한 판단이 필요합니다. 사람을 죽이면 목숨으로 그 대가를 치르는 것은 너무나도 당연한 이치입니다. 부인, 죄송합니다."

왕 부인은 말이 없었다. 남편의 시신을 다시 보지도 않았다. 그녀는 알아서 흩어지는 사람들 사이를 지나 말없이 단심전의 계단을 올랐다. 그러고는 존주의 자리 앞에 섰다.

그렇게 우뚝 섰다.

아래에선 사람들이 웅성거렸다.

"설 장문의 죽음은 우연이었지만, 설몽은 일부러 죽인 겁니다."

"맞아요, 반드시 데려가야 합니다."

목소리가 여기저기서 끊이지 않고 일어났다.

단심전 안으로 바람이 불어와 창문의 발이 나부끼고, 장막이 흔들렸다.

"설몽의 죄는……."

순간, '쾅' 하는 소리가 들렸다!

단심전 안에 있는 사람 모두가 놀랐다.

탁자를 내리친 사람은 부들처럼 약한 이 여인이었다. 두 눈을 크게 뜬 왕 부인의 연꽃처럼 아름다운 얼굴이 달아올랐다.

분노는 어떻게 화를 내는지도 모르는 그녀의 마음에 불을 질렀다.

그녀가 단심전 앞에 서서 모든 사람을 훑어보았다.

"몽이는 내 아들이고, 연이는 내 조카이고, 정옹은 내 남편입니다."

목소리는 크지 않았지만, 발음이 분명하고 단호했다.

"당신들은 내 조카의 영핵을 도려냈고, 내 남편을 죽였습니다. 그런데 지금 내 면전에다 대고 아들을 데려가겠다고 하는 겁니까?"

강동당은 여자가 가장 많았음에도 왕 부인의 마음을 가장 이해하지 못했다.

곧바로 한 여수사가 차갑게 말했다.

"왕 부인, 말을 논리적으로 좀 하세요."

"맞아요. 당신 조카가 금지 술법을 수련하지 않았다면 우리가 뭐 하러 영핵을 도려냈겠어요? 당신 남편이 해산하라는 말을 받아들였으면 이런 참극이 발생했겠어요? 당신 아들이 사람을 이렇게 많이 죽이지 않았으면 우리가 왜 데려가려고 하겠어요? 왕 부인, 감싸고도는 것도 정도가 있어요."

다른 문파들은 이제 사생지전에 대한 원한이 극에 달해 그들을 쉽게 놔주려 하지 않았다.

"문파를 해산하고 문을 닫으세요!"

"방금 싸움에 가담한 사람들도 다 데려갑시다! 엄중히 처벌해야 합니다! 이런 살인마들을 놔줘서야 되겠습니까?"

"한 사람도 놓치지 말고 모두 잡아라!"

왕 부인은 단심전의 높은 곳에 서서 아수라장이 된 상황을 마주했다. 바람 불면 쓰러질 것만 같은 가녀린 여인이 눈을 감고 천천히 입을 열었다.

"미망인은 여기 있습니다. 내가 살아 있는 한, 당신들은 사생지전을 건드릴 수 없고 내 아들도 털끝 하나 건드릴 수 없습니다."

사람들은 그녀를 우습게 생각했다. 오로지 강희만 얼굴빛이 변했다. 기둥 쪽에 서 있던 강동당의 여수사가 먼저 소리를 냈다.

"정말 뻔뻔스럽기 짝이 없네."

왕 부인이 천천히 계단을 내려왔다. 그녀는 그 여수사를 외면한 채 자신을 바라보는 모든 사람에게 말했다.

"고아와 과부를 업신여기는 것도 실력이라 생각하는 건가요?"

그녀는 마지막 계단을 내려와 두약이 새겨진 암홍색 융단 위에 서서 아름다운 눈을 들었다. 표정은 온화했지만 눈빛은 단호했다.

그녀가 손을 들어 손목에 있던 은팔찌를 풀었다.

그녀를 비웃던 여수사가 눈을 가늘게 떴다.

"지금 뭐 하는 거예요?"

왕 부인이 손을 들자, 어찌 된 일인지 손바닥에서 눈부신 붉은빛이 뿜어져 나왔다. 그녀가 손가락을 오므렸다. 가녀린 손가락은 은팔찌를 가루로 만들어 버렸다!

모두가 소스라치게 놀라며 뒤로 한 발 물러섰다. 사생지전 사람들마저 너무 놀라 할 말을 잃었고, 설몽도 경악하긴 마찬가지였다. 오로지 강희만…… 예외였다.

그녀를 바라보는 그의 표정은 어두웠지만 놀란 기색은 전혀 없었다.

"사생지전은 절대 변하지 않을 겁니다. 본 문파가 해산하길 원한다면 올라와서……."

왕 부인은 은팔찌였던 가루를 털어 내고는, 고개를 들고 사람들이 아연실색할 말을 꺼냈다.

"나와 겨뤄 보시지요."

283장 사생지전, 세상을 태운 봉황의 불

은팔찌가 바스러지고, 어디선가 봉황의 울음소리가 들렸다. 왕 부인의 뒤에서 불꽃이 일더니 영롱한 새의 깃털이 나타나고, 순식간에 붉은 광채의 화염이 하늘 높이 치솟았다! 포악한 영류는 마치 폭발하는 용암처럼 용솟음치며 만물을 집어삼켰다.

그녀는 불길 속에 서서 여린 손을 들어 올렸다. 손 위에서 큰 불꽃이 솟아올라 빙빙 돌면서 타닥타닥 소리를 냈다.

"어떻게 된 거야? 왕 부인은 영력이 약한 거 아니었어?"

"설정옹과 혼인한 사람은 분명 법술을 배우지 못하는 여인이었는데……. 도대체, 도대체 어떻게 된 거지?"

설몽은 거의 기절하기 직전이었다.

"어머니?"

강희가 한 발 앞으로 나와 소리쳤다.

"초청! 어서 멈추시오! 오늘 일이 이렇게까지 할 일은 아니잖습니까!"

자신의 어릴 적 이름을 들어 본 지가 너무 오래돼서인지, 화염 속에서 붉게 빛나는 그녀의 눈동자에 알 수 없는 감정이 아주 잠깐 스쳤다. 그녀가 강희를 바라보았다.

"강 장문, 제가 이렇게까지 하지 않으면 물러나실 건가요?"

"……."

"사생지전과 설몽을 놓아주실 건가요?"

강희가 이를 악물고 말했다.

"일단 멈추고, 다른 건 다시 얘기합시다."

왕 부인이 고개를 저었다.

"난 벌써 당신들한테 심장을 갈취당했고, 단심전 앞에서 죽었습니다. 세 번째는 없어요."

"초청!"

"강 장문, 여기까집니다."

봉황이 길게 울부짖었다. 왕 부인의 옷자락이 마구 펄럭이고, 눈은 서서히 핏빛으로 물들었다. 예리한 사람들은 그녀의 허리춤에서 등적색의 강한 광채가 옷을 뚫고 뿜어져 나오는 걸 발견하고 깜짝 놀라 소리쳤다.

"저건 뭐지?"

강희가 속으로 욕지기하며 고개를 돌려 외쳤다.

"다들 내려가시오!"

"하지만 일이 아직 마무리가 안 되었고, 설몽도……."

"죽고 싶으면 여기 남으시오!"

강희가 화를 내며 소리 질렀다.

"이건 고월야의 봉황천화(鳳凰天火)요! 죽고 싶어 환장한 거요?"

봉황천화라는 말을 듣자마자 사람들의 얼굴은 흙빛이 되었다. 허리에 봉황 문신을 새긴 고월야의 상급 여제자가 위급한 상황이 닥치면 봉황천화를 일으킨다는 건 모두가 아는 이야기였다. 그러나 알고만 있었지, 아무도 이런 무시무시한 불을 직접 본 적은 없었다.

봉황천화를 일으키는 대가가 너무 컸기 때문이다. 적게는 평생의 수련 경지를, 많게는 목숨을 내놓아야 했다.

수사들은 상갓집 개처럼 허둥지둥 단심전을 빠져나가 산 아래를 향해 앞다투어 검을 타고 날았다. 조금 전까지도 긴장감이 극에 달했던 정전 안은 순식간에 몇 사람도 남지 않았다.

강희는 아직 가지 않았다. 질끈 묶은 그의 비단 띠가 바람에 펄럭였다. 그가 왕 부인을 돌아보았다.

"……당신의 영핵으로는 절대 감당해 낼 수 없습니다."

그는 이해할 수 없다는 듯 갈색 눈을 가늘게 떴다.

분노 같기도 했고, 슬픔 같기도 했다.

"그렇게 난폭한 영핵으로 봉황천화를 일으킨다고요? 오늘은 아들을 지킬 수 있겠지요. 하지만 그 이후는 어떨 것 같습니까?"

"제가 하지 않으면, 오늘 아들마저 지킬 수 없겠지요."

왕 부인을 감싸는 불길이 더욱 거세졌다. 이런 불은 일단 붙으면 무조건 폭발하게 되고, 그 전엔 끌 수 없었다.

그녀는 옥 계단을 올라 설정옹이 살아생전에 빙그레 웃으며 수도 없이 서 있던 곳에 섰다. 핏빛 눈동자가 정전 안에 있는 사생지전의 모든 제자와 장로를 훑어보았다.

"여러분."

그녀가 경의를 표했다.

"부군과 저는, 연이가 떠나기 전 했던 말들이 진실이라고 믿습니다. 오늘 다른 문파들이 들이닥친 일도, 천음각이 벌인 일도 미심쩍은 게 많습니다. 여러분 마음속에 무엇이 옳고 그른지 판단이 섰을 거라 생각합니다."

문파 사람들은 걱정스러운 눈빛으로 화초처럼 연약했던 여인을 바라보았다.

불꽃이 그녀의 장포에 튀어 휘황찬란한 빛과 점점이 그림자를 만들어 냈다.

"사생지전은 문파가 세워진 후 지난 이십여 년 동안, 무고한 사람을 해친 적이 없고 불의를 행하지 않았습니다. 비방과 모함은 있었어도, 양심에 부끄러움은 없었습니다. 그런데 제 힘이 너무 미약해 혼자서는 진실을 밝힐 수 없고 정의를 되찾을 수도 없습니다. 오늘이 가기 전에 세 가지 부탁이 있습니다. 지난날의 정을 생각하시어 아낌없는 도움을 주셨으면 합니다."

제자들이 눈물을 머금고 말했다.

"분부하십시오."

설몽은 흐느끼며 중얼거렸다.

"어머니……."

"봉황천화가 폭발하면 최소한 사흘은 꺼지지 않을 겁니다. 근처에 가까이 올 수 없어요. 첫 번째 부탁은, 여러분들 모두 목숨을 지키고 잠시 사생지전을 떠나 각자 살길을 도모하시라는 겁니다."

"그건……."

탐랑이 고개를 저으며 말했다.

"문파를 지키다 죽더라도 주구처럼 달아날 수는 없습니다."

왕 부인이 웃으며 말했다.

"이건 주구처럼 달아나는 게 아닙니다. 일전에 유풍문의 남궁장영 선장께서 하셨던 말씀이 정말 맞는 이야깁니다."

그녀는 정전 안에 있는 모든 제자와 장로를 바라보았다. 사람들 앞에 좀처럼 나서지 않았던 지난날처럼, 시뻘건 눈빛은 갑자기 온화하고 부드럽게 변했다.

"남궁장영께서 말씀하셨지요. 유풍문의 건재와 상관없이, 세상에 '탐욕, 원망, 기만, 살인, 음란, 절도, 약탈은 유풍문 군자의 7대 금계이다'라는 걸 기억하는 사람만 있다면 그 문파는 망하지 않는다고요."

왕 부인은 잠시 뜸을 들이더니 계속 말을 이었다.

"오늘 제가 하고 싶은 말도 이와 같습니다."

"부인……."

"모두 이곳을 떠나서 진실이 밝혀지길 기다리세요. 그리고 모든 게 확실해졌을 때, 마음이 남아 있다면 그때 돌아와도 늦지 않습니다."

아무도 더는 말이 없었다. 어린 제자들은 슬픔을 못 이겨 흐느끼며 눈물로 옷섶을 적셨다.

왕 부인이 말했다.

"두 번째 부탁은, 연이와 옥형을 괴롭히지 말아 달라는 겁니다. 저는 두 사람에게 말 못 할 고충이 있었다고 생각하고, 또

연이가 했던 말이 거짓이 아님을 믿습니다."

장로를 선두로 모든 제자가 차례로 고개를 숙이며 말했다.

"사생지전의 제자는 절대 옥형 장로와 묵 공자를 적대시하지 않을 것입니다."

"마지막, 세 번째입니다."

왕 부인이 한숨을 내쉬었다.

"저는 연이의 말처럼, 머지않아 시공생사문이 열릴까 걱정됩니다. 그때가 되면……."

그녀가 잠시 뜸을 들였다. 자신의 단호함이 과연 맞는 것인지 확신이 서지 않는 것 같았다.

그러나 이내 천천히 말을 이었다.

"그때가 되면, 여러분께선 최선을 다해 수진계 백성들을 도와주시기 바랍니다."

성격이 불같은 탐랑이 자기도 모르게 화를 내며 말했다.

"적반하장으로 나오는 짐승들을 뭐 하러 보호한답니까?"

"부인께선 아까 안 계셔서 그자들의 얼굴이 얼마나 혐오스러웠는지 모르실 겁니다!"

"하수진계에 사람이 얼마나 많습니까. 앞잡이도 있고, 나쁜 사람도 있지요. 선의가 반드시 보답을 받는다는 보장도 없고요."

왕 부인이 조용히 말했다.

"하지만 부군께서 문파를 세우신 건 명예와 칭송을 얻으려고 하신 일이 아닙니다. 자신의 진심에 부끄럽지 않기 위해서였습니다."

그녀의 눈동자는 점점 붉게 물들었고, 허리의 봉황 문신도 점점 또렷해졌다.

왕 부인은 하늘 높이 솟구치는 화염 속에 서 있었다.

"여러분, 드넓은 이 세상에서 공평이라는 두 글자는 너무나 막연합니다. 하지만 그렇다 해도 정의를 좇아 행동하고 자신의 단심을 지켜 나가면, 이 한 몸 평생에 작은 일 하나 정도는 할 수 있겠지요."

그녀가 눈을 감고 가볍게 탄식했다.

"그러니 사생지전이 수십 명의 배신자와 감당 못 할 모함으로 다시는 일어나지 못한 채, 사람들의 목숨에는 아랑곳하지 않고 제2의 유풍문이 된다면…… 그것이야말로 부군께서 가장 안타까워하는 일이 될 겁니다."

그녀가 다짐하듯 말을 이었다.

"우리는 악을 바꿀 수 없고 사람의 마음을 꿰뚫어 보는 눈도 없습니다. 하지만 할 수만 있다면 악의와 원한이 우리를 바꾸지 못하게 해야 합니다."

왕 부인이 마지막으로 미소 지으며 말했다.

"이번 생에 여러분의 일편단심이 변치 않길 바랍니다."

그녀의 말이 끝나고, 화염이 하늘을 뒤덮었다.

마침내 봉황천화의 봉인이 완전히 해제되었다. 왕 부인의 가녀린 몸에서 강력한 힘이 끊임없이 흘러나와 삽시간에 뜨거운 불길이 흘러넘쳤다. 마치 홍수에 제방이 무너지는 것처럼, 단심전을 넘어 밖으로 뿜어져 나간 불길은 무서운 기세로 내달렸다.

청천전, 무검평,[#15] 맹파당, 내하교…… 두 개의 산봉우리와 강줄기를 지나 상천전, 홍련수사…….

#15 무검평 舞劍坪. 검무를 추는 땅이란 뜻으로 검술 훈련장을 가리킨다.

눈 깜짝할 사이에 모든 게 영화(靈火)에 뒤덮였다.

이 화염은 주인의 뜻을 감지할 수 있었다. 그래서 단심전 안에 있던 장로와 제자들처럼 사생지전 안에 있는 생명을 지닌 것은 풀 한 포기, 나무 한 그루조차 불에 타지 않았다.

왕 부인이 말했다.

"가세요."

아무도 움직이지 않았다.

그녀가 한숨을 내쉬며 재촉했다.

"가세요. 멍하니 서서 다들 뭐 하십니까. 어서 가세요."

몇 번의 재촉 끝에 겨우 사람들이 고개를 떨군 채 하나둘 떠나기 시작했다. 단심전 안에 남은 사람은 설몽과 강희 둘뿐이었다.

강희가 마지막으로 그녀를 한 번 바라본 후 떠나려는데, 왕 부인이 그를 불러 세웠다.

"잠깐만요."

"……당부할 것이 남았습니까?"

불빛 속에서 왕 부인의 얼굴은 또렷하게 보이지 않았다. 밝았다가 어두워졌고, 차가웠다가 따뜻해졌다. 그녀는 한참을 망설였다. 마음속에 어떤 괴로움이 있는 것 같았다. 결국, 그녀는 마음을 단단히 먹은 듯 눈을 감고 조용히 말했다.

"사제, 가까이 와. 할 이야기가 있어."

그 말에 설몽과 강희 모두 멍한 표정이 되었다.

설몽은 어머니가 무슨 말을 할지, 이런 상황에서 강희에게만 해야 할 말이 무엇인지 도저히 짐작이 가지 않았다. 강희도 그렇게 생각했는지, 눈을 가늘게 뜨고 조금도 움직이지 않았다.

강희와 왕 부인은 같은 문파의 선후배 사이이긴 했지만, 나중엔 각자 제 갈 길을 갔으므로 오랫동안 개인적으로 만날 일이 없었다. 게다가 설정옹이 죽었고, 강희 역시 사생지전을 규탄하던 사람 중 하나였다. 경계할 일이라면 그에게도 없지는 않았다.

강희가 말했다.

"할 얘기가 있으면 여기서 듣겠습니다."

"……."

"사저와 저 사이에, 다른 사람이 들어선 안 될 말도 없지요."

왕 부인은 고집을 꺾지 않는 강희를 보며 설몽에게 말했다.

"몽아, 먼저 내려가렴. 어미는 강 장문과 해야 할 이야기가 있다."

"어머니……?"

"어서 가렴. 이 일은 너와 아무 상관이 없단다."

설몽의 얼굴은 온통 더러운 핏자국으로 가득했다. 더러운 얼굴에 눈물이 흘러내려 자국을 남겼다. 그는 거칠게 얼굴을 닦으며 울부짖었다.

"가기 싫어요……. 다들 여기 계시는데…… 아무 데도 가기 싫어요! 전 같이 있고 싶다고요……."

"가기 싫으면 상천전에 가서 기다리렴."

왕 부인이 탄식했다.

"어미가 강 장문과 이야기를 끝내면 아버지를 모시고 갈게."

"……."

왕 부인은 안색이 매우 좋지 않았다. 입가에 벌써 피가 새어 나왔다. 그녀는 얼굴을 찡그리며 가볍게 기침하다 조용히 말했다.

"몽아, 말 들으렴……."

설몽은 연신 고개를 저으며 손으로 눈물을 닦았다. 그러나 봉황천화가 폭발하면 어머니의 남은 시간이 많지 않다는 것도 알고 있었다. 자신이 어머니의 뜻을 거역하고 어머니의 마지막 남은 시간을 빼앗아서는 안 된다는 것도.

결국 그는 단심전을 나왔다. 드넓은 단심전 안에는 고월야의 선후배 둘만 남았다.

설몽이 나가자, 왕 부인을 지탱하고 있던 마지막 힘마저 흩어졌다. 그녀는 무너지듯 상석에 주저앉았다. 조금 전의 강인하고 침착한 모습은 온데간데없었다.

그녀는 눈앞의 탁자를 바라보며 오랫동안 멍하니 있었다. 연옥처럼 희고 부드러운 뺨을 타고 눈물이 끊임없이 흘러내렸다. 그러다 갑자기 격렬한 기침을 하며 피를 토했다.

우두커니 서 있던 강희는 피를 토하는 왕 부인을 보며 가까이 다가가려는 듯하다가, 결국은 움직이지 않았다. 잠시 후, 그가 말했다.

"이제 아무도 없습니다. 하실 말씀이 있으면 하시지요."

왕 부인은 기침이 멈추지 않아 한동안 말을 하지 못했다.

이 모습을 본 강희는 미간을 잔뜩 찌푸리며 어두운 얼굴로 말했다.

"그때 했던 수련 때문에 영핵이 난폭해졌습니다. 앞으로는 법술을 계속 수련하는 것조차 힘들어질 텐데, 뭣 하러 봉황천화를 일으킨 겁니까? 목숨이 위태로워질 겁니다."

안정을 되찾은 왕 부인이 촉촉이 젖은 속눈썹으로 탁자를 바라보았다. 눈빛은 여전히 아득했다.

"응, 나도 알아."

불바다는 밀물처럼 덮쳐 왔지만 그들을 불태우진 못했다. 그녀와 강희 사이에 붉은 핏빛 바다가 놓여 있는 것 같았다.

"하고 싶은 말이 뭡니까?"

"……."

"할 말 없으면 가겠습니다."

한참을 기다려도 고개를 숙인 채 말이 없는 그녀를 보며 강희는 결국 인내심을 잃었다.

그가 가려는데, 작은 소리가 들렸다.

"사제."

불꽃이 붉은 먼지처럼 활활 춤을 췄다.

"몽이가 마음에 들지 않니?"

종잡을 수 없는 그녀의 말에 알 수 없는 불안이 엄습했다.

"뭐라고요?"

"유풍문에서 처음 봤을 때부터 사제는 몽이와 말다툼을 벌였지. 내가 나타나지 않았다면 아마 사제는 몽이를 때렸을지도 몰라."

왕 부인은 가볍게 한숨을 내쉬었다.

"사제, 몽이가 성격이 좋은 건 아니야. 그래도 사제가 몽이 나이였을 때를 생각해서…… 너무 시시콜콜 뭐라고 하진 말아 줘."

강희는 무슨 말인지 알 수가 없었다. 그가 고개를 돌리고 물었다.

"무슨 뜻이죠?"

왕 부인은 묵묵부답이었다. 이 적막은 몰려오는 먹구름처럼 두 사람을 짓눌렀다. 금방이라도 폭우가 내릴 것처럼 천지의 색이 변했다.

침묵 속에서, 강희는 자신이 젊었을 때 있었던 일이 불쑥 떠올랐다. 심장이 마구 뛰었지만, 표정은 여전히 차가웠다. 그는 말없이 주먹을 꽉 쥐고 왕 부인이 입을 열길 기다렸다.

"설몽은……."

왕 부인은 조용히 한숨을 내쉬었지만, 그 한숨은 청천벽력과도 같았다.

"설몽, 그 아이는 사제와 많이 닮았어. 사제, 알겠어?"

이미 어느 정도 짐작을 하고 있었지만, 막상 이 말을 직접 들으니 머릿속이 윙윙 울리고 하얀 도화지가 된 것처럼 아무 생각도 나지 않았다.

누가 나와 닮았다고?

설몽?

볼 때마다 사납고 무례하게 굴면서 날 업신여기던 그 애송이가?

정말 황당하군…….

정전 안은 쥐 죽은 듯 조용했다. 강희는 그녀의 말뜻을 곱씹어 보았다. 먼지가 잔뜩 쌓인 진실이 오래된 얼음에 생기는 균열처럼 조금씩 새어 나오고 있었다. 강희의 얼굴에 잡힌 주름은 미동도 하지 않았지만, 그의 피는 벌써 싸늘하게 식어 버렸다.

그는 두려워 떨면서도 너무 황당하다는 생각이 들었다.

그가 몸을 홱 돌리며 왕 부인의 얼굴을 노려보았다. 자신이 잘못 들은 줄 알았지만, 그럴 리가 없다는 것도 알았다. 그 말은 조용하면서도 한 글자, 한 글자가 맑은 물처럼 또렷하게, 활활 타오르는 불길을 넘어 그에게 돌진했다.

그리고 그의 눈앞에서 거센 파도가 되었다.

"강야침."

왕 부인이 촉촉이 젖은 속눈썹을 천천히 들어 올렸다. 까만 눈동자가 그를 바라보았다.

"설몽은 네 아들이야."

284장 사생지전, 냉혹한 사내와 다정한 사내

"……."

잠시 침묵이 흘렀다. 조소를 짓는 강희의 얼굴에 두려움이 언뜻 스쳤다.

"왕초청, 제정신이오? 지금 무슨 말을 하고 있는지 아는 겁니까?"

소매 아래에 있는 그의 손은 이미 주먹을 꽉 쥐었고, 머릿속은 화산이 폭발하는 것처럼 어지러웠다.

"그 아이와 내가 무슨 관계가 있다는 겁니까?"

태도는 딱딱했지만, 왕 부인의 말에 강희의 감정은 놀라움에서 두려움으로, 두려움에서 의심으로, 의심에서 분노로 변했다. 이렇게 오랫동안 피붙이 하나 없이 혈혈단신 혼자 살아왔는데…… 자식? 이제 와서 갑자기 설몽이 내 아들이라고? 정말이지…… 황당하기 짝이 없군!

왕 부인은 목구멍에서 솟구치는 피비린내를 참으며 가쁜 숨을 내쉬었다. 수치스러운 듯했지만 여전히 단호하게 말했다.

"예전의 일은 사제 네가 더 잘 알겠지. 몽이와 사제의 관계는 절대 거짓이 아니야."

"……."

잠자코 있던 강희가 갑자기 웃기 시작했다. 그가 이렇게 마음껏 웃는 건 극히 드문 일이었다. 웃는 얼굴에는 조롱과 광기 어린 분노가 가득했다.

그는 이를 악물었다. 말에 소름 끼치는 분노가 담겨 있었다.

"내 아들이라고요? 나에게 고아를 부탁하고 싶다면 인정에 호소해도 될 텐데, 굳이 왜 이런 어이없는 이야기를 만들어 내는 겁니까! 아드님의 성정이나 외모나 체형이나 성질이나, 어딜 봐서 나와 비슷하다는 거요?"

마음속에 강한 불안이 엄습했던지, 그는 왕 부인의 말을 극구 부인하며 이빨과 발톱을 드러냈다.

"사저와 설정옹이 벌인 일을, 이런 비열한 방법으로 나한테 팔아 치워 정리하게 만들려는 겁니까? 설몽, 설자명이 어떻게 내 아들이란 말이오!"

그러나 속으로는 너무 떨렸다. 의식의 깊은 곳에서 차가운 목소리가 그에게 말하는 것 같았다. 그래, 그는 네 아들이야. 그의 나이를 잘 생각해 봐. 왕 사저가 고월야를 어떻게 떠났는지 생각해 봐. 가슴에 손을 얹고 물어봐. 하늘이 보고 있다. 강희, 잘 생각해 봐…….

생각할 필요도 없어!

그는 궁지에 몰린 짐승처럼, 마음속에 있던 한 움큼의 이성을 물어뜯어 가루로 만들어 버렸다.

내가 그걸 왜 생각해야 하지?

이십여 년 동안 독신으로 살던 나한테 갑자기 아들이 있다고 하다니. 게다가 그 아들이란 놈은 툭하면 나에게 대들고, 생긴 것도 혐오스러운 데다, 그렇게 오랫동안 다른 사람을 아버지라 불렀는데.

정말 어이가 없어서.

강희는 정이 넘쳐흐르는 무골호인도 아니었고 아무 생각이 없는 바보도 아니었다. 그는 절대 속지 않는다. 절대 이런 웃긴 이야기를 믿지 않을 것이다. 절대로…….

"설황."

모든 소리가 사라졌다.

순간, 모든 빛이 꺼진 것 같았다. 강희는 칠흑 같은 밤, 사방이 아득한 곳에 서 있는 느낌이었다.

이런 막막한 기분은 처음이었다.

왕 부인이 그를 바라보며 말했다.

"설황."

"……무슨 뜻입니까."

달싹거리는 입술에서 점점 핏기가 사라져 갔다.

왕 부인이 조용히 말했다.

"사제, 사제가 모를 수는 없을 거야."

"……."

모를 수 없었다.

설황은 그의 신무였다. 다른 사람도 사용할 수는 있었지만, 신무의 강력한 힘을 발휘할 순 없었다. 오직 그와 피가 섞인 혈육에게만 설황은 충심을 담아 기꺼이 복종했다.

순간, 강희는 아무 말도 하지 못했다.

시험해 볼 필요도 없었다. 왕 부인이 이런 얘기까지 한 마당에 되풀이할 것이 뭐가 있겠는가? 그는 막다른 골목으로 내몰린 기분이었다.

놀라서 입을 딱 벌렸다.

"……이 일을……."

한참이 지난 후, 창백한 얼굴의 강희가 쉰 목소리로 입을 열었다. 초반에 실성한 듯 광기를 쏟아 낸 터라 피곤해진 것 같았다.

"이 일을, 설정옹도…… 알고 있었습니까?"

왕 부인이 말했다.

"처음부터 알고 있었어."

"……."

이 말을 하는 그녀의 눈빛에는 따뜻함과 괴로움이 스며 있었다.

……설정옹을 만났을 때, 그녀의 나이 꽃다운 열일곱이었다.

그날, 설정옹은 여뀌 풀 하나를 입에 문 채 작은 당나귀를 타고 양주를 지나던 길에, 항구에서 옷감을 사고 있는 왕초청을 보았다. 고월야에는 아름답게 꾸민 여제자들이 많았으나 그의 눈에는 오로지 왕 낭자만 보였다.

설정옹은 솔직한 사람이라 곧바로 빙그레 웃으며 그녀에게 인사를 건넸다.

다른 여수사들은 경박하다며 그를 비웃었지만, 성정이 부드러운 그녀는 차마 그러지 못하고 붉게 달아오른 얼굴로 몇 마디 타이른 후 고개를 숙이고 황급히 떠났다.

낭자는 온화하고 아름다웠다. 설정옹은 그녀에게 첫눈에 반해 하루가 멀다고 고월야로 그녀를 만나러 갔다. 일 년, 이 년, 삼 년, 추석, 단오, 설에도 언제나 그녀를 만나러 갔다. 결국엔 그녀가 한 양아치와 그렇고 그런 관계라는 소문이 고월야에 퍼졌다. 그렇게 착한 왕초청도 더는 참지 못하고 수치심에 화를 내며 그를 내쫓으려 했다.

설정옹도 그때는 막무가내로 고집을 부리며 돌아가지 않았다.

왕 낭자가 말했다.

"가세요, 이러시면 제가 곤란해져요."

설정옹이 말했다.

"당신은 정인이 없고, 나도 없소. 난 그냥 당신을 보러 온 것뿐이오. 당신이 혼인하는 날, 나는 바로 사라지겠소."

왕 낭자는 말이 없었다.

설정옹은 웃었다.

"정말이오. 번갯불보다 빨리 사라지겠소."

그는 잠시 뜸을 들이다 아주 중요한 문제인 것처럼 그녀에게 물었다.

"낭자…… 혹시 이미 마음에 둔 사람이 있는 건 아니겠지요?"

순간, 왕 낭자의 얼굴이 붉게 달아올랐다. 그녀는 고개를 떨구었다. 그 모습이 물에 비친 예쁜 꽃처럼 아름다웠다. 그녀가 작게 말했다.

"아니에요."

사실이 아니었다.

그녀는 마음에 둔 사람이 있었다. 그러나 그 사람은 그녀뿐 아니라 고월야의 많은 여수사들이 가슴에 품고 있는 꿈속의 정인이었다……. 그녀는 강희 사제를 매우 좋아했다.

그러나 고월야에서 강희가 인간쓰레기라는 걸 모르는 제자는 없었다.

그는 동기들 사이에서 얼굴이 가장 잘생겼고, 몸놀림이 가장 날쌨고, 목소리가 가장 좋았다.

그리고 절대 남의 의견을 듣지 않았다.

그는 성격이 괴팍하고 말투도 매몰찼지만, 능력이 강하고 술수도 악랄했다. 그러면서도 외모가 너무 뛰어났다. 이런 준걸은 소녀들의 마음을 쉽게 얻을 수 있었으나, 강희는 그런 것은 안중에도 없었다. 누군가를 소중하게 여겨 본 적도 없었다. 여자가 진심을 전하면 쓸데없는 소리 한다며 싫어했고, 남자가 진심을 전하면 변태라고 욕했다.

강야침은 그렇게 자기만의 세상에 살았고, 줄곧 사람들에게 상처를 주면서도 자기만 몰랐다.

많은 사저나 사매처럼, 왕초청도 강희를 몰래 좋아하고 있었다. 그녀는 자신의 외모가 뛰어나지 않다고 생각했고, 나이도 강희보다 많아 감히 고백할 엄두도 내지 못했다. 강희는 어떤 여인의 호의도 받아 준 적이 없었다. 다른 사람의 칭찬도 듣지 않았고, 다른 사람이 그를 치켜세워도 감사할 줄 몰랐다. 누군가 용기를 내 고백이라도 한다면, 그는 아마 상대에게 욕을 바가지로 끼얹어 상대가 울며 도망치게 할 터였다. 어쨌든, 강희에게 자기 마음을 드러낼 수 있는 사람은 다 호걸이었다.

왕초청은 자신은 호걸이 아니라고 생각했다. 그래서 이 마음도 자신과 함께 세월이 흐르면 옅어지다가 관 속에 함께 묻히겠거니 하며 지냈다. 그러던 어느 날, 장문이 그녀와 강희를 불렀다.

장문이 말했다.

"고월야는 천수 수련과 원신 보양에 가장 뛰어난 문파다. 제자들 대부분이 백 세 이상 살지. 역대 장문들도 수명을 늘리는 법술에 매진하면서 불로장생의 길을 찾아 승천하지 않고 인간 세상에 머물 수 있길 원하셨다."

고월야 장문은 불로장생술을 깨우치기 위해 온갖 시도를 다 해 보았는데, 그 시도 중에는 구천현녀(九天玄女)가 남긴 쌍수지법(雙修之法)도 있었다.

그녀와 강희는 한 명은 순수한 물 속성, 한 명은 순수한 불 속성이었다. 두 사람 다 혼인하지 않았으니 함께 쌍수를 수련하기에 가장 적합했다. 그때 장문이 그들을 부른 이유도 두 사람을 함께 수행시키기 위해서였다. 오랫동안 강희를 좋아했던 왕초청은 속으로 뛸 듯이 기뻐했지만, 강희는 아무 느낌이 없었다. 그는 오로지 수련에만 매진했고, 남녀 간의 애정과 관련된 일들은 귀찮고 쓸데없는 것이라며 혐오했다. 세상에 치정에 빠진 남녀가 어찌 이리 많은지, 그로서는 도저히 납득할 수가 없었다.

"사랑은 병이다. 병이 있으면 빨리 치료나 받아."

……고월야 최고 미남 강희의 이 말에 상처 입은 여수사들이 얼마나 많았는지 모른다.

강희는 아무리 구천현녀의 방중술[#16]이라 한들 일말의 감정도 들어가선 안 된다고 생각했다. 수련은 단지 수련이었다. 장문의 요청이었으니, 그는 별말 없이 사저와 함께 문파의 비적(秘籍)에 적힌 대로 폐관하고, 수련했다.

그러나 소녀의 눈에 담긴 애정이 감춰질 순 없었다. 시간이 흐르면서, 강희는 점점 자신에 대한 사저의 마음을 알게 되었다.

그는 초조했고, 불안했다.

그녀와의 쌍수는 명령에 의한 것일 뿐, 사사로운 감정은 전혀 없었다. 게다가 이 은밀한 법술은 인간적 잡념을 없애야 하고, 남녀가 결합할 때도 영류의 조화를 위해 절대 감정적 욕구가 들어가서는 안 되었다.

그런 이유로 강희는 사저에게 여러 번 진지하게 이야기했다. 마음을 바르고 정결하게 하며, 다른 어떤 것도 생각해서는 안 된다고.

"마음에 잡념이 가득한 상태에서 관계하면 주화입마로 영핵이 난폭해질 수 있습니다."

그러나 왕 낭자가 어떻게 감정을 제어하겠는가? 어느 날 수행이 끝난 후, 그녀는 감정의 동요로 영류가 크게 불안정해지면서 의식까지 흐릿해졌다. 강희는 엄청난 힘을 소모한 끝에 겨우 그녀의 타오르는 영핵을 진정시킬 수 있었다. 머리끝까지 화가 난 강희는 그녀에게 여러 번 말했는데도 왜 듣지 않냐고,

---

#16 방중술 남녀가 성적으로 관계를 맺는 방법과 기술

왜 자꾸 딴생각하냐고 따져 물었다.

"계속 이렇게 할 거면 그만둡시다. 사저가 위험해질 거예요."

그녀는 너무 속이 상했다. 어디서 그런 용기가 나왔는지, 그녀는 눈물을 머금고 필사적으로 물었다.

"야침, 넌 수행을 한 게 그저 장문의 명령 때문이었어?"

강희의 안색이 급격히 어두워졌다. 그가 반문했다.

"그럼 무엇 때문이겠습니까?"

강희가 얼음처럼 차갑고 쇠처럼 단단한 사람이라는 것은 진즉부터 알고 있었다. 그러나 막상 그의 이런 말을 듣게 되자 그녀는 참지 못하고 눈물을 뚝뚝 흘리고 말았다. 창피해서 눈물을 마구 닦았지만, 그치지 않는 눈물이 그녀를 더욱 난처하게 만들었다. 그녀는 황급히 일어나 흐느끼며 말했다.

"미안해."

그렇게 그 자리를 떠났고, 뒤돌아보지 않았다.

그 후, 강희는 며칠이 지나도록 그녀에게 가 보지 않았다. 길에서 그녀와 마주쳐도 외면했다.

고월야의 어리고 예쁜 여수사들이 낌새를 눈치채고는 자기들끼리 모여 뒤에서 그녀를 비웃었다.

"처음부터 목이 빠져라 애가 타서 가더니, 이 기회에 강 사형이랑 뭐라도 될 줄 알았나 보지. 그게 말이 되니."

"수련은 그냥 수련이죠 뭐. 혼자 들떠서 괜한 착각한 거 아니겠어요. 그러다 주화입마까지 갔으면, 애꿎은 우리 야침 사형만 골치 아파지는 거 아니에요. 정말 민폐라니까."

"됐어요, 수련은 무슨. 사형이 사저와 한 건 공적인 일이고,

사저가 사형과 한 건 사적인 일이죠. 사저가 무슨 마음이었는지는 다들 알 거 아니에요. 픕, 사형의 마음을 거저 얻으려고 했던 것 같은데."

"왕 사저는 우리보다 나이만 많은 게 아니라 낯가죽도 훨씬 두껍나 봐."

이런 말들은 전해지고 전해져서, 평소와 다름없이 왕 낭자와 추석을 함께 보내고 싶어 찾아온 설정옹의 귀에도 들어갔다.

설 소협은 솔직한 사람이었지만 어리석진 않았다. 오며 가며 사건의 대략적인 전말을 알게 된 그는 노발대발하여 그 즉시 함부로 혀를 놀린 여수사들을 혼내 준 다음 왕 낭자에게 달려갔다. 그러나 막상 그녀를 만나자 무슨 말을 해야 할지 몰라 멍하니 바라보기만 했다.

"낭자……."

왕초청은 울다 지쳐 빨갛게 부은 눈을 들었다.

설정옹은 어쩔 줄을 몰랐다.

"울지 마시오. 사람들이 하는 쓸데없는 얘긴 듣지 말아요. 나, 낭자는…… 내 생각엔 너무 좋은 사람이오. 나는…… 나는……."

왕초청은 버드나무 옆에 서서 깨끗한 호수로 시선을 돌렸다.

"예전엔 제가 솔직하지 못했어요. 전 좋아하는 사람이 있어요."

"……음."

"그런데 왜 가지 않으세요?"

설정옹이 머리를 긁적였다.

"하지만 그 사람은 낭자를 좋아하지 않잖소……. 그 사람이 낭자를 안 좋아하니, 나도…… 나도 아직은 낭자에게 얘기라도 해 볼 수 있는 것 아니오. 그 사람이 날 어쩌지도 못할 거고."

"……."

말 없는 그녀를 보며 설정옹이 머뭇거렸다.

"그가 어찌할 수 있소?"

왕 낭자는 고개를 떨구고 조용히 말했다.

"아니요."

강희와 그녀가 무슨 사이일까? 처음부터 끝까지 그저 장문의 명령일 뿐이었고, 그녀 혼자만의 소망일 뿐이었다.

문파의 많은 사람들이 강희를 인간쓰레기라고 했다. 그러나 왕초청은 남자가 다른 사람의 마음을 받아 주지 않는다는 이유로 인간쓰레기라는 평가를 받는 건 너무 심하다고 생각했다.

강희는 다른 사람의 감정을 헷갈리게 한 적도 없고 다른 사람에게 희망을 준 적도 없었다. 여수사들은 그의 냉정함을 알면서도 불 속에 뛰어드는 나방처럼 일방적으로 그를 쫓아다녔다.

일이 이 지경에 이르자, 그녀 역시 괴로웠다. 이제 그만하고 싶었다.

그러나 우연의 일치였는지, 약을 처방하는 제자가 실수로 약을 잘못 제조한 건지, 아니면 다른 이유가 있었는지는 몰라도…… 왕 낭자는 자신의 배 속에 아이가 있다는 사실을 깨달았다.

당혹스럽고 막막했다. 이 일이 알려지면 다른 사저와 사매들이 자신을 어떻게 조롱하고 비난할지, 강희는 또 어떤 반응일지 알 수가 없었다. 그녀는 초조한 마음으로 이리저리 생각하다 결국 장문을 찾아가기로 마음먹었다.

장문의 거처 앞에서 문을 두드리려는데, 안에서 차갑고 담담한 목소리가 새어 나왔다. 강희였다.

"사저의 마음이 불안정하여 영핵이 점점 난폭해지고 있습니다. 요즘은 사소한 법술 하나를 시전하는 데도 자신의 영류를 제어하지 못해 애를 먹고 있어요. 이렇게 하다간 사저의 몸이 상할 겁니다. 부디 쌍수지법 수련 명령을 거두어 주십시오. 더는 같이 수련할 수 없습니다."

"아, 희야. 그래도 초청과 한 번 더 얘기해 보는 게 어떻겠느냐. 혹시 아느냐……."

"더 말할 필요도 없습니다. 제가 벌써 몇 번이나 얘기했는걸요. 사저는 이 법술에 적합한 사람이 아닙니다."

강희가 말했다.

"초청은 쉽게 마음이 동요하는 사람이라, 소용이 없습니다."

장문이 물었다.

"……그럼 앞으로 어떻게 할 생각이냐?"

강희가 말했다.

"마음을 정결히 하고 잡념을 없앨 수 있는 사람이 없다면, 수련을 관두겠습니다."

장문이 한숨을 내쉬었다.

"……알겠다, 가 보거라. 마음을 정결히 하고 잡념을 없애는 건 쌍수지법에서 가장 어려운 부분이다. 고월야에서 수십 년 내에 너처럼 다른 것에 한눈팔지 않는 사람이 하나라도 나오려나 모르겠다."

강희는 바로 나가지 않고 그 자리에 잠시 서 있었다. 그가 물었다.

"그게 그렇게 어렵다고요?"

"아주 어렵지."

장문이 그를 바라보았다.

"너는 왕초청과 그렇게 오래 같이 있었는데, 마음에 조금의 동요도 일지 않았느냐?"

강희가 이해할 수 없다는 듯 물었다.

"……제가 왜…… 동요를 합니까?"

장문은 강희를 응시했다. 젊은이의 눈에는 한 점의 거짓도 들어 있지 않았다. 장문은 더욱 놀라며 한참을 생각하다 물었다.

"강희, 너에게 왕초청은 무엇이냐?"

"대사저이지요."

"쌍수할 때는?"

"……쌍수의 대상입니다."

"그것뿐이냐?"

"그것뿐입니다."

"……."

장문의 복잡한 표정을 보며 강희가 미간을 찌푸렸다.

"다른 게 있어야 합니까?"

"아니다."

잠시 후, 반백의 늙은 장문이 탄식했다.

"그렇게 오랫동안, 제자들의 쌍수지법은 감정의 문턱을 넘지 못했다. 네가 처음이다. ……하지만 누가 너와 이 큰일을 완성할 수 있을지 모르겠구나."

그날, 강희와 장문 둘 다 그들의 대화가 낱낱이 왕 낭자의 귀에 들어갔을 줄은 꿈에도 상상하지 못했다. 그들의 대화를 듣기 전, 왕 낭자에게는 그래도 실낱같은 희망이 있었다. 그러나 지금, 그녀는 온몸에 소름이 돋고 얼굴에서 핏기가 사라졌다.

너무나 괴로웠다. 앞으로 어떻게 문파에서 살아가야 할지, 무슨 면목으로 사람들과 얼굴을 마주할지 알 수가 없었다. 다른 사저와 사매들은 일찌감치 그녀에게서 등을 돌렸는데, 자신의 부주의로 강 사제의 아이를 가진 것까지 알게 된다면…….

상상만으로도 온몸에 전율이 일었다. 그녀는 더 이상 고월야에 남아 있을 수가 없었다. 그래서 한밤중에 임령서를 떠났다.

"……설정옹과 몰래 달아난 게 아니었다고요?"

왕 부인이 말했다.

"아니야."

강희는 눈을 질끈 감았다. 무슨 말을 해야 할지 떠오르지 않았다.

그가 냉정한 사람인 것은 분명했다. 그의 마음속에는 오로지 자신이 가야 할 정도(正道)만이 있었다. 평생 왕 부인을 제외한 그 어떤 여자도 가까이하지 않았으며, 이 대사저에게마저 그 어떤 감정도 없다고 스스로 생각했다. 그러나 나중에 왕 부인이 설정옹과 몰래 임령서를 떠났다는 얘기를 듣고는 자기도 모르게 미간을 찌푸렸었다.

그는 인간의 감정이란 역시나 화초의 목숨보다도 짧은 것이라고, 세상의 여자들은 역시나 믿을 게 못 된다고 생각했다. 자기에게 깊은 감정이 있던 사저조차 그렇게 쉽게 다른 사람과 떠나 버리지 않았는가.

그때부터 그는 애정에 관한 일을 더욱 혐오하고, 심지어 비웃게 되었다.

이십 년이 흐른 오늘에서야 그는 대사저의 입을 통해 지난날의 진실을 알게 됐다. 그때의 '왕 낭자'는 지금의 '왕 부인'이 되었고, 그들의 인생에서 가장 아름다웠던 시간은 다 옛일로 남았다.

한참이 지나고, 강희가 쭈뼛거리며 물었다.

"그렇다고…… 고월야를 떠날 필요까지 있었습니까?"

"난 도저히 사제와 같은 지붕 아래에서 살 수가 없었어."

이십 년이 흐른 후, 왕 부인은 마침내 이렇게 차분하게 그를 바라볼 수 있게 되었다.

"사람은 누구나 존엄하니까. 문파에 남을 염치가 없었어."

"……."

"몽이를 없애고 싶었지만, 차마 그러지 못했어."

왕 부인이 담담하게 말했다.

"그래서 나 혼자 많은 곳을 돌아다녔지. 그러다가 백제성(白帝城)에서 사제의 아이를 낳았고, 정옹이 날 찾아와 내 곁에 있었을 때 몽이는 이미 한 살이었어. 그는 몽이가 누구 아들인지 알고 있었지."

그녀는 말을 잇다가 또 피를 토하기 시작했다.

그때의 주화입마로 난폭해진 영핵은 지금까지 억눌려 있었고, 전혀 법술을 쓰지 않았다. 지금 봉황의 불길이 하늘까지 치솟아 올랐으니, 그녀의 목숨은 거의 끝난 것과 다름없었다.

기침은 점점 잦아들었으나 호흡이 불안정했다. 그녀가 말했다.

"사제, 정옹이 날 납치해 사생지전으로 데려와서 혼인했다는 말은 대외적으로만 한 얘기야. 그는 언제나 내가 난처해질까 걱정했고…… 몽이가 난처해질까 걱정했어."

그녀의 시선이 한참을 돌다 설정옹의 시신에서 멈췄다.

아주 잠깐이었지만, 가시에 찔리는 고통이 느껴졌다.

그녀는 신혼 시절 설정옹이 빙그레 웃으며 그녀에게 했던 이야기를 떠올렸다.

– 자, 이제부터 지난 일은 기억하지 마시오. 고월야의 나쁜 놈들은 당신 얼굴에 먹칠했지만, 난 절대 그러지 않을 거요.

– 당신이 나와 함께 있으니, 나는 평생 당신을 멋있게 살게 해줄 거요.

– 내가 있는 한, 당신이 억울할 일은 절대 없을 거요.

왕 부인은 고개를 돌렸다. 희미하게 몸이 떨렸다.

사내대장부의 말은 천금보다 무겁다 했다.

설정옹은 약속을 지켰다. 그가 곁에 있을 때, 그녀는 사람들 앞에 모습을 드러낼 필요도 없었고, 다른 사람 때문에 괴로움을 겪지도 않았다. 그녀가 흘린 눈물, 받은 모욕, 쏟은 피는 모두 그가 가 버린 이후의 것들이었다.

"그렇게 오랫동안, 그는 내 몸이 약한 것도, 다시는 아이를 가질 수 없는 것도 개의치 않았어. 심지어 몽이가 친자식이 아닌 것도 아랑곳하지 않고 자기 핏줄처럼 대했지. 설몽…… 몽이는 이렇게 클 때까지 고생해 본 적이 없어…….”

그녀가 눈을 감았다. 얼굴은 하얗게 질리다 못해 투명해졌다.

“이제 우린 다시는 그 아이를 지키지 못하게 되었어.”

강희가 뻣뻣하게 서 있었다.

“사제, 지난 이십 년은 내가 사제한테 복수한 시간이라고 생각해도 좋아……. 원망과 증오는…… 나 한 사람한테만 해.”

왕 부인의 목소리가 점점 아득해졌다.

“부탁해……. 다른 사람이 몽이를 괴롭히지 못하게…….”

마지막에는 거의 들리지 않을 정도로 희미해졌다.

“야침…… 제발…….”

봉황천화가 하늘을 뒤덮고 태양을 가렸다. 강희는 불바다 속에 서 있었다. 온 세상이 작열하는 핏빛 붉은색이었다. 그는 상석에 있는 여인을 바라보았다. 눈을 감은 그녀는 고개를 떨군 채, 마치 잠이 든 것 같은 모습이었다. 그녀가 아직 할 말이 남아 있을 거라고 생각했다. 조금 전에도 설몽에게 상천전에서 보자고 했으니…… 그는 인내심을 가지고 기다렸다.

그녀가 일어서서 이 모든 게 거짓말이었다고, 장난이었다고, 연극이었다고 말해 주길 기다렸다.

그는 자신의 성질을 참으며 기다리고 또 기다렸다. 낮빛이 점점 어두워질 때까지, 심장 박동이 느려질 때까지, 피가 차갑게 식을 때까지.

그녀는 더 이상 아무 말도 하지 않았다.

왕초청은 설정옹과 함께 영원한 잠에 빠졌다.

그녀는 명문 상급 여수사였고, 온화하며 현숙했다. 나중에 사람들은 그녀가 설정옹에게 납치된 후 그의 부인이 되었다고도 했고, 그녀가 설정옹과 함께 몰래 도망가서 혼인했다고도 했다. 소문은 무성했으나 아무도 진실은 알지 못했다. 그동안 사생지전의 많은 사람은 왕초청이 자신의 남편을 좋아하지도 않는데 소심한 성격 탓에 원망하지 못하는 거라고 생각했다.

그러나 남들이 어떻게 말하고 어떻게 생각하든, 설정옹의 죽음을 알게 된 그 순간, 그녀는 이유가 생겼다. 이것이 못다 한 사랑 같은 게 아닐까 생각도 했다. 자신의 마음을 마지막이 되어서도 정확히 알 수가 없었다. 평생 남편을 향한 마음은 고마움이었을까, 아니면 사랑이었을까? 강희에 대한 감정은 오래 전에 사라졌을까? 확실히 대답할 수가 없었다.

이 세상에는 명확한 답을 내릴 수 없는 일들이 너무 많다.

최후의 순간, 그녀의 머릿속에 흐릿하게 떠오른 건 오래전 자신이 창가에 서서 읽은 시 한 구절이었다…….

[기나긴 밤을 뜬눈으로 지새우며, 평생 찌푸린 눈썹 한번 펴지 못한 당신께 보답하는 마음이라오.]

설정옹과 막 혼인했을 때였다. 어렴풋이 고월야에서 보냈던 소녀 시절이 떠올랐다. 그녀가 창밖을 바라보았다. 촉 땅의 자욱한 안개는 아무도 쓸어 내지 않은 흰 구름처럼 모였다 흩어지기를 반복했다.

하늘인지 속세인지 알 수 없었다.

누군가 걸어왔다. 그녀는 멍한 상태에서 어렴풋이 강희라고 생각했다. 겨울옷 하나가 어깨에 걸쳐지며, 환상은 사라졌다.

그녀는 강희가 자신을 걱정하지 않는다는 걸 잘 알고 있었기 때문이다.

왕초청이 고개를 돌렸다. 서쪽 창문에서 촛불이 빛났고, 오랫동안 보지 못했던 사람을 만났다.

젊고 잘생긴 남편이 빙그레 웃으며 그녀를 바라봤다. 그가 머리를 긁적이며 말했다.

– 날이 찬데 감기 걸리지 않게 조심하시오.

단심전에 깔린 두꺼운 융단의 두약 무늬는 왕초청이 가장 좋아하는 꽃무늬였다. 강희는 정전 가득 깔린 두약 사이를 지나면서도 전혀 알아채지 못했다. 오히려 평소보다 더욱 무신경했다.

'딸깍' 하는 소리와 함께 문이 열렸다.

정전을 떠나려고 문을 연 순간, 그는 시체처럼 창백한 얼굴로 꼼짝 않고 서 있는 설몽과 마주쳤다.

285장 사생지전, 벗어날 수 없는 숙명

강희는 말이 없었다. 설몽도 말이 없었다.

한참이 지나고, 강희가 거북한 표정으로 어색하게 입을 열었다.

"다 들었겠구나. 내가 다시 얘기할 필요 없겠군."

"……."

"가서 정리할 것이 있으면 하거라. 사생지전의 규율에 따라."

강희가 시선을 돌렸다. 더는 설몽의 눈을 보고 싶지 않았다.

"네 어머니가 널 내게 맡기셨다. 산 아래에서 기다리마."

설몽이 움직였다. 그러나 아무 의미 없는 움직임일 뿐이었다.

온몸의 피가 빠져나간 듯, 손가락만 조금 구부렸을 뿐인데 남은 기운을 다 써 버렸다.

설몽은 어두운 단심전을 우두커니 바라보았다. 융단 위의 핏자국은 타오르는 화염 아래 흐릿하게 보였지만, 설정옹은 여전히 바닥에 엎드려 있었다. 미소가 사라진 그의 얼굴은 창백하고 나이 들어 보였다. 주름이 선명했고, 귀밑머리에도 백발이 듬성듬성 나 있었다.

그러나 강희는 여전히 서른이 안 되어 보이는 외모였다. 젊고 힘이 넘치는 그의 모습은 영원히 유지될 터였다.

설몽이 천천히 앞으로 다가섰다.

"가세요."

강희가 고개를 돌렸다. 설몽의 외로운 뒷모습이 보였다.

설몽이 말했다.

"난 당신을 몰라요. 당신은 내 아버지가 아니에요."

그는 말을 마치고 쾅 소리를 내며 정전의 문을 닫았다. 잠시 후, 강희는 설몽이 쉰 목소리로 슬프게 울부짖는 걸 들었다. 마음이 아팠다.

"……."

강희는 손발이 꽁꽁 얼어붙을 때까지 차가운 바람을 맞으며 오래도록 서 있었다. 그러다 천천히 산에서 내려갔다.

산 아래에 도착하니, 봉황천화에 겁을 먹은 수사들은 대부분 도망가고 없었다. 답설궁의 제자만 몇몇 남아 있었고, 그중에는 매함설도 있었다.

내려온 강희를 본 답설궁 제자들은 우물쭈물하며 예를 갖췄다.

"강 장문."

강희는 안면 근육이 온통 뻣뻣하게 굳은 느낌이 들었다. 입술을 오므렸다. 그의 갈색 눈이 맨 앞에 서 있는 매함설에게 가 닿았다.

"아직도 안 갔느냐?"
매함설은 온화하면서도 차갑게 말했다.
"오랜 벗을 기다립니다."
누구를 말하는지 알아챈 강희가 답했다.
"아마 내려오려면 한참 걸릴 게다."
매함설이 말했다.
"한참 걸려도 기다리고, 사나흘이 걸려도 기다릴 겁니다. 별일 없으면 그냥 여기에 있는 거지요."
그는 잠시 뜸을 들이다 말을 이었다.
"그리고 강 장문, 궁주께서 말씀을 전하라 하셨습니다."
가슴 가득한 우울함을 억누르며 강희가 물었다.
"무엇이냐?"
매함설이 예를 갖췄다.
"궁주께선 천지신명의 후손인 천음각을 더는 맹종하지 않을 것이며, 상수진계 문파들과도 더는 뜻을 같이하지 않을 것이라 하셨습니다. 강 장문께선 모든 선문의 수장이시니, 앞으로 다수결로 일의 향방을 정할 때 답설궁은 제외하셔도 된다고 하셨습니다."
강희는 말이 없었다. 얼굴에서 표정이 드러나지 않았다.
"이제부터 독자적으로 행동하겠다는 건가?"
"고립무원 상태가 된다는 건 확실히 두려운 일이지요."
매함설의 눈빛은 여전히 봄날의 기운이 가득했다. 그러나 미소를 짓는데도 차가운 표정이었다.
"그러나 맹종하는 것과 그들이 말하는 신명 신앙이야말로 가장 큰 문제입니다."

강희는 그를 응시했다.

알 수 없는 분노, 답답함, 비웃음이 치밀어 올랐다.

남궁류가 선문의 수장 자리에 앉아 있는 걸 보면서, 그는 남궁류가 내리는 수많은 결정이 하나같이 황당하고 우습다고 느꼈었다. 그러나 막상 자신이 이 자리에 앉아 보니 마음대로 되는 일이 거의 없었다.

묵연을 처벌한 건 그의 뜻이었을까?

천음각을 맹신한 건 그의 진심이었을까?

이번에 사생지전을 짓밟은 것도, 그는 혼자 힘으로나마 그들을 말렸다. 그러나 다른 문파의 반대에 맞서 모든 문파의 수장인 그가 또 무엇을 할 수 있었겠는가? 예전에 그는 고월야를 이끌면서 다른 일에는 전혀 관여하지 않았고, 자신만의 견해도 있었다. 그러나 본인은 가장 높은 자리에 올랐고 고월야도 천하제일 문파가 된 지금, 정작 자신이 돌아갈 곳은 없다는 걸 깨달았다.

결국엔 제2의 남궁류가 될 터였다.

강희는 눈을 감고 말없이 소매를 펄럭이며 발걸음을 옮겼다. 교양 있고 예의 바른 매함설은 그의 뒤에서 또 예를 갖추며 차갑게 말했다.

"안녕히 가십시오. 강호에서 뵙겠습니다."

대답은 돌아오지 않았다. 금사로 수놓인 푸른 옷을 입은 강희는 고개도 돌리지 않고 먼 곳을 향해 떠났다.

지난날, 영산에서 즉위한 그는 남궁류를 대신해 과거의 영광을 누렸다. 우레와 같은 박수 소리, 환영과 기쁨의 함성으로 온통 떠들썩했다. 자신은 전임자와 다를 줄 알았다. 혼자 힘으로 세상을 바꿀 수 있을 줄 알았다. 그때는 야망이 있었고, 피가 끓어올랐고, 포부도 있었다.

이제야 깨달았다.

그날의 박수 소리는 웅대한 계획이 있는 선문의 수장을 환영하는 게 아니라, 자유로운 영혼의 장례를 의미하는 소리였다.

그 후, 너른 강호와 드넓은 대지에서 강 존주를 만나긴 쉬웠어도 강희를 찾을 수는 없었다.

설몽은 부모님을 묻은 후에도 한동안 사생지전을 떠나지 않았다. 봉황천화가 꺼지고, 매함설은 산에 올라가 설몽을 찾으라는 명을 받았다. 그는 상천전에서 의식이 혼미한 설몽을 찾아 곤륜 답설궁으로 데리고 갔다.

이때, 답설궁 궁주는 앞으로 문파들의 의사 결정에 곤륜은 포함할 필요가 없으며, 곤륜 역시 앞으로 수진계의 법적 속박을 받지 않겠다고 천하에 표명했다. 그렇게, 단호히 관계를 끊어 버렸다.

그 후, 강희는 사람들을 영산으로 불러 최근의 일들을 상의했다. 회의 석상에서 강희는 중대한 안건은 세 번의 심사를 거쳐 판결을 내리자는 제안을 했다. 즉, '관아 심사', '선문 공동 심사', '백성 심사'를 거치면서 한쪽의 의견만 맹신하는 걸 막자는 것이었다.

그는 '한쪽의 의견'에서 한쪽이 어디인지는 굳이 밝히지 않았으나, 사람들은 그가 천음각의 지위에 불만이 있다는 걸 알고 있었다. 그래서 강희의 이 제안은 격렬한 반대에 부딪혔다.

"천음각은 천지신명께서 만드신 겁니다. 목 각주도 심판의 신이 남긴 신무로 심판하고요. 신보다 공정한 사람이 어디 있습니까."

"강 장문께서 이리 마음대로 행동하시다가 하늘의 벌을 받을까 겁납니다."

천음각을 맹신하며 목연리의 말과 행동을 교리와 법도로 떠받드는 보수파는 극도로 흥분해서는, 어디서 그런 용기가 나왔는지 갑자기 탁자를 쾅 내리치며 일어섰다.

"천음각은 수천 년의 역사가 있는 수진계의 자랑입니다. 천음각 덕분에 누명을 벗게 된 억울한 죄인이 얼마나 많습니까. 천음각이 있기에 수진계 사람들이 무턱대고 나쁜 짓을 저지르지 않고 그나마 고민이라도 하는 겁니다. 강 장문, 지금 수진계의 성화를 끄고 싶으신 겁니까?"

강희가 엄하게 말했다.

"천음각이 지금도 때 묻지 않고 결점이 없어 잘못을 저지르지 않는 곳이라는 거요?"

"천음각은 세워진 지 수천 년이 되었고, 천지신명께서 만드신 것이니 당연히 잘못이 없지요."

"우리가 신선 수련을 하는 건 사후에 승천하기 위함이 아닙니까. 천상의 신선도 잘못을 할 수 있다고 생각한다면, 수진계는 도대체 뭘 믿는 겁니까?"

보수파의 의견을 지지하는 사람이 너무 많았다. 극도로 흥분한 그들은 앞다투어 심판의 신이 남긴 천음각을 변호했다. 결국, 강희는 얼굴이 새파랗게 질려 그들과 언쟁을 벌일 힘도 남지 않게 되었다.

그렇게 흐지부지 끝이 났다.

그러나 종이로 불을 감쌀 수 없듯, 진상은 반드시 드러나기 마련이었다. 사생지전이 해체된 후에도 흉흉한 일들은 줄어들기는커녕 점점 많아졌다. 사흘 뒤, 촉 땅에서 대폭동이 시작되었다.

가장 먼저 참지 못하고 일어선 곳은 무상진이었다. 삼베옷을 입은 백성 무리가 상수진계의 천음각 앞에서 욕설을 퍼부으며 항의했다.

"사생지전이 언제 어린아이들을 대가로 받았다는 거요?"

"천음각 이 짐승만도 못한 놈들! 사생지전을 적으로 몰다니! 그러고도 편히 발 뻗고 잠이 오냐?"

"신선 수련을 하다 하다 이젠 눈도 감은 채로 하나 보지! 무상진이 바로 산 아래에 있는데, 왜 우리한테는 당당하게 와서 사실 확인을 안 하는 거냐! 네놈들이 찾아낸 양심 없는 배신자들, 은혜를 원수로 갚은 앞잡이들은 분명 자기들이 저지른 악행을 위해서였겠지! 이 살인범들!"

"설 장문의 결백을 밝혀내라!"

임기의 겁화에서 목숨을 구한 상수진계의 오래된 주민들은 눈시울이 촉촉해져서는 분노에 찬 표정으로 소리 질렀다.

"억울한 누명을 뒤집어씌우다니, 양심이 썩어 문드러졌어. 네놈들은 사람도 아니야! 망할 놈들! 악귀 같은 놈들!"

보다 못한 수사가 검을 들고 화를 냈다.

"말 다 했소? 천음각은 천지신명이 계신 곳인데, 그렇게 상스러운 말들을 쏟아 내 놓고 나중에 지옥에 떨어질까 무섭지도 않은 게요?"

모두가 침묵했다. 그때, 한 이야기꾼이 부채를 들고나와서는 천음각의 편액을 가리키며 냉소를 지었다.

"지옥에 떨어져? ……선군들은 잘 들으시오……."

그는 목청을 가다듬은 다음 고저장단을 맞추며 말했다.

"천음각은 돼지우리보다 못하구나!"

모두가 박장대소하며 손뼉을 쳤다.

한 공자가 감탄하며 말했다.

"선생, 당신이 십여 년 동안 했던 이야기 중 가장 흥미진진한 대목입니다."

"훌륭해! 천음각은 돼지우리보다 못하다!"

여기저기서 고함이 들리자, 머리끝까지 화가 난 수사는 얼굴이 잿빛으로 변했다. 때릴 수도 없고 욕도 할 수 없으니 한참을 그 자리에 서 있다가 붉으락푸르락한 얼굴로 소매를 펄럭이며 돌아갔다.

백성들은 영력이 전혀 없었으므로, 천음각은 신경 쓰지 않고 그렇게 소리 지르도록 놔두었다. 그러나 어쩐 일인지 방방곡곡에서 찾아오는 사람들이 점점 많아졌다. 이튿날에는 결국 참지 못한 제자가 목연리에게 보고했다.

"각주, 사생지전의 억울함을 풀어 달라는 백성들이 광장에 가득합니다. 가셔서 뭐라도 말씀을 하시는 게 어떠신지요?"

목연리의 표정은 담담했다.

"굳이 그들에게 설명할 필요 없다. 저런 사람들은 몇 번 시끄럽게 굴다가 스스로 창피해서 떠날 것이야."

"그런데 지금 벌써……."

제자가 입을 우물거렸다.

"문 앞에 천 명도 넘는 사람들이……."

목연리는 약간 놀란 기색이었다.

"천 명이 넘었다고?"

그녀가 붉은빛 나무로 만들어진 침상에서 아름다운 자태로 일어났다. 그러고는 동물 가죽으로 만든 두꺼운 융단 위를 지나 창가에 섰다.

무늬가 새겨진 창틀 너머로 내려다보니, 천음각 정문의 광장은 흰 물결로 가득했다. 삼베옷을 입은 백성들이 함성을 지르고 있었다. 누군가는 목청껏 욕을 퍼부었고, 누군가는 이곳에 뿌리를 내리고 싹을 틔우겠다는 고집스러운 모양으로 바닥에 앉아 있었다.

목연리가 미간을 잔뜩 찌푸렸다.

그녀가 직접 가르친 제자가 옆에서 조심스럽게 말했다.

"이틀이 지났는데, 사람이 줄기는커녕 점점 많아지고 있습니다. 촉 땅의 크고 작은 성읍과 마을의 백성들이 천음각으로 몰려오기 시작했어요. 이렇게 가다간 저희가 위증을 강요했다는 사실이 드러날지도 모릅니다."

"……."

"각주, 어떻게 할까요?"

목연리는 입술을 굳게 다문 채 말이 없었다. 뒤에서 옥구슬처럼 부드러운 목소리가 들려왔다.

"감출 수 없으면 감추지 않으면 되지."

반들반들한 주렴이 걷히고, 사매가 난각 안으로 성큼성큼 걸어 들어왔다. 그를 본 제자는 황급히 고개를 숙이며 예를 갖췄다.

"성수 선배."

목연리가 미간을 찌푸리며 말했다.

"네가 어찌 왔느냐? 답선군을 지키고 있지 않고?"

"영핵의 파편은 모두 심장에 흡수되었어요. 한동안은 깨어나지 않을 거예요."

사매는 창가로 걸어가 담담히 아래를 내려다보았다.

"많기도 하네요. 다들 할 일도 없나 보군."

목연리의 얼굴에 희미하게 걱정스러운 표정이 비쳤다.

"지금이 어느 땐데 아직도 비아냥거리는 말을 하느냐. 그나마 천음각의 명성 덕분에 이 정도나 유지하고 있는 거지, 얼마나 버틸 수 있을지 나도 모르겠다. 수사 중에는 얼간이도 있지만, 그렇지 않은 자들도 있어. 백성들이 계속 이런 식으로 나온다면 답선군이 깨어나기 전에 큰 변고가 생길 수도 있다."

그러나 사매는 웃었다.

"누님께선 걱정하실 필요 없어요. 아무리 큰 변고가 일어나도 천음각은 무사할 겁니다."

"어째서?"

"신선 수련의 목적은 승천하여 신선이 되는 것입니다. 그러니 땅에서 천지신명의 후손에게 죄를 지을 수는 없는 노릇이지요."

사매가 말했다.

"사실 사생지전에 죄가 있는지 없는지, 그 수사들이 모를까요? 위증인지 아닌지, 설마 모르고 있을까요?"

"……."

"그때 그들이 천음각을 믿기로 한 건 사생지전에 음모가 있을까 두려웠기 때문이고, 묵연의 진롱기국이 두려웠기 때문이에요. 그들 역시 이 문파를 제거하고 싶어서 수십 명의 위증을 믿기로 한 거죠."

사매가 창틀을 짚으며 담담하게 말했다.

"그들은 다 알고 있을 거예요."

옆에 있던 직속 제자가 말했다.

"하, 하지만 백성들을 계속 저렇게 놔두는 것도 방법은 아니잖습니까. 뭐라도 설명이 필요할 것 같아요."

"그래서 내가 말했잖아. 감출 수 없으면 감추지 않으면 된다고."

목연리가 물었다.

"무슨 뜻이냐?"

"깔끔하게, 내쫓아야지요."

목연리가 말했다.

"……천음각은 한 번도 직언하는 사람을 못 들어오게 한 적이 없고, 이유 없이 사람을 내쫓지도 않았다. 분명 비난받을 게야."

사매가 담담하게 말했다.

"제가 방금 다 말씀드렸잖아요. 천음각이 맞았는지 틀렸는지, 그들은 이미 다 알고 있어요. 그래도 한동안은 반기를 들지 못할 겁니다. 그들이 생각을 바꾸었을 땐…… 우리의 답선군이 이미 깨어나 있겠죠. 이게 뭘 의미하는지 아시나요?"

"……."

목연리는 뭔가 말하려 했으나 또 한편으론 모순되는 것 같아 결국 눈을 감아 버렸다. 그러고는 제자에게 말했다.

"가서 저들을 내쫓아라."

충심으로는 둘째가라면 서러운 제자가 방을 나갔다. 난각 안에는 목연리와 사명정 둘만 남았다.

그들은 창가에 서서 광장의 상황을 지켜보았다.

천음각 제자들이 줄줄이 나타났다. 백금색 의관이 햇빛을 받아 찬란하게 빛났다. 삼베옷을 걸친 백성들은 그들을 보고 드디어 무슨 해명이 있겠다 싶었는지 하나둘 자리에서 일어났다. 그러고는 제자들을 빙 둘러섰다.

거리가 멀어 사매와 목연리는 그들이 하는 말을 들을 수 없었지만, 그들의 분노는 육안으로도 느낄 수 있었다.

순간, 무슨 이유에선지 백성 중 한 명이 천음각 제자에게 돌진하더니 있는 힘껏 따귀를 올려붙였다.

광장은 삽시간에 아수라장이 되었다!

목연리의 눈이 휘둥그레졌다. 사람들은 밀물처럼 서로 밀고 밀렸다. 십여 명의 천음각 제자들은 사람들에게 둘러싸인 채 한바탕 싸움을 벌이고 있었다.

이거 정말 큰일 아닌가? 목연리가 아무리 냉정한 사람이라 해도 자기 제자들이 대놓고 맞는 모습을 보니 가만히 있을 수 없었다. 창문을 열고 제자들에게 법술로 스스로를 보호하라고 말하려는데, 그녀의 손이 저지당했다.

사매가 말했다.

"싸우게 두세요."

목연리가 말했다.

"천음각에는 규율이 있다. 수사는 명령 없이 백성에게 반격할 수 없어. 내가 아무 말도 하지 않으면 저렇게 무자비하게 맞다가 목숨이 위태로워질 수도 있다."

사매가 차분히 대답했다.

"그럼 하나 죽어야죠."

"!"

분노는 이성을 잃게 만든다. 특히 다수가 소수에게 물리적인 폭력을 가할 때, 적정선은 사라진다.

얼마 지나지 않아 목연리는 사람들이 굳어 버리는 순간을 목격했다.

그들은 천천히 작은 원을 그리며 흩어졌다. 이제 막 입문해서 목연리가 이름도 채 외우지 못한 천음각 제자가 원 안에 쓰러져 있었다. 엎드린 제자의 몸 아래, 핏물이 서서히 넓어져 갔다.

사매가 목연리의 손을 놓으며 말했다.

"됐습니다. 이제 저 개미들을 다 밟아 죽일 이유가 생겼군요. 시작하시죠."

폭력과 진압이 어려운 이유는 적당한 구실이 없기 때문이다.

구실만 찾으면, 폭력과 진압은 수월하기 그지없는 일이 된다.

천음각의 문이 활짝 열리고, 한 무리의 제자들이 쏟아져 나왔다. 그들은 모두 날카로운 무기를 들고 영력이라곤 전혀 없는 백성들에게 돌진했다…….

눈 깜짝할 사이 난장판이 되었다.

제자들은 백성들을 몰아내기 위해 가차 없이 검을 휘둘렀다. 비명, 분노에 차 욕하는 소리, 화내는 소리가 뒤섞였다. 사람들은 숨고, 소리 지르고, 서로를 보호했다. 도망가는 사람은 없었다.

"너희들이 계속 이렇게 뒤엉켜 있으면서 천음각이 무자비하다고 원망하지 말아라!"

"천음각이 언제 인정이 있던 적이 있었나?"

군중 속에서 떨리는 목소리가 들렸다. 옥량촌의 촌장이었다.

"이 늙은이가 오늘 정의를 되찾아야겠다. 여기서 죽어도 여한이 없어."

릉아 낭자도 있었다. 슬픔과 분노로 가득한 그녀는 같은 마을에 사는 아주머니들과 함께 서서 물러서지 않았다.

"난도질하려면 해라! 우리는 오늘 네놈들이 촉 땅 백성들을 다 죽이고 입을 막을 능력이 되는지 한번 제대로 봐야겠다!"

맨 앞에 서 있던 천음각 정예 부대 제자가 이를 악물고 말했다.

"미개하고 못난 백성들이 죽고 싶어서 줄을 섰구나."

사람들이 들고일어나 달려오는 걸 보는 눈에서 법술의 빛이 번쩍였다.

그때, '휙' 하는 소리와 함께 화살이 바닥에 꽂히더니 금빛 광채가 폭발했다! 곧이어 명황 결계가 허공을 가르며 하늘을 양쪽으로 나누었다.

천음각의 정예 부대가 소리 질렀다.

"누구냐!"

하얀 빛줄기가 번쩍이며 하늘 높이 솟아올랐다. 순식간에 각

궁이 구름을 뚫었고, 늑대의 포효가 허공을 갈랐다! 놀랍도록 강력한 영력 가운데, 아름답고 총기 넘치는 수사가 뛰어내렸다. 활을 들고 촉 땅 백성들 앞에 우뚝 선 수사의 주변에는 운무가 감돌았다. 그녀의 뒤에는 성인 남자 키보다 두 배는 큰 요랑이 바람을 맞으며 서 있었다. 눈처럼 하얀 털과 금빛 발톱, 빨간 눈의 요랑은 이빨을 드러낸 채 거친 숨을 내쉬었다.

위에서 지켜보던 사매가 눈을 가늘게 떴다.

"엽망석……."

엽망석은 재빨리 활을 넣고 다른 손으로 장검을 들었다. 홀로 무기를 들고 바람 한가운데 선 그녀의 눈빛은 강인하고도 단호했다.

"또 너냐?"

그녀를 알아본 천음각 제자가 분노의 눈빛으로 노려보았다.

"유풍문의 찌꺼기."

엽망석은 말이 없었다. 긴 다리가 앞으로 한 발 나왔다.

"묵연에게 계속 물을 주려고 할 때부터 네년이 이상하다는 걸 알아봤어!"

천음각 정예 부대의 제자가 말했다.

"역시나 묵연과 한패였어! 전부 원흉이야!"

칼집에서 뽑힌 장검이 물처럼 사방을 갈랐다.

엽망석이 눈을 가늘게 뜨고 말했다.

"원흉이 누군지는 너희들이 가장 잘 알 것이다. 하지만 한 가지는 너희들 말이 맞지."

그녀는 잠시 뜸을 들이다 말을 이었다.

"엽 아무개는, 명백히 묵 종사의 편에 선 사람이니까."

맨 앞에 서 있던 정예 부대 제자가 냉소를 지으며 말했다.

"엽망석, 일개 계집이 혼자 우리와 싸우시겠다?"

엽망석은 사생지전의 일로 이미 극도로 화가 나 있었다. 눈동자가 불꽃처럼 이글이글 타올랐다. 그녀는 검을 바닥에 내던졌다. 사나운 영류가 신무도 아닌 장검을 통해 바닥에 내리꽂힌 순간, 바닥이 쩍쩍 갈라지며 긴 균열이 생겼다!

그녀가 이를 악물고 말했다.

"난 너희들을 봐줄 만큼 봐줬다. 그놈의 계집이란 소리는 이제 그만 집어치워!"

"……."

대부분의 수사가 생각하는 이전의 엽망석은 언제나 참고 양보하며 모두와 좋게 지내려는 사람이었다.

그들은 이렇게 격노하는 그녀를 처음 보았다.

"내 말 잘 들어."

엽망석은 표범처럼 몸의 마디마디를 꼿꼿이 폈다. 그리고 전혀 움츠러든 기색 없이 남자들을 노려보았다.

"예전에 사생지전은 유풍문에 해를 가한 적도 없고 오히려 임기 백성들을 불바다 속에서 건져 냈다……. 비록 사생지전은 없어졌지만, 난 더 이상 너희가 촉 땅의 백성들을 괴롭히도록 두고 보지 않을 것이다!"

천음각에는 엽망석과 정면으로 겨뤄 본 사람이 없어 그녀의 실력을 아는 사람이 없었다. 그저 어린 공자 옆에서 훌쩍거리기만 하는 여자라고 생각한 게 다였다. 누군가 참지 못하고 조롱 섞인 웃음을 터뜨렸다.

"어린 계집 주제에. 지금 네가 무슨 말을 하는지 알기나 해? ……너 혼자서 털 다 빠진 메추라기 떼를 보호하겠다고? 꿈도 크구나. 그럴 능력은 있고?"

"그럴 능력이 있는지 없는지 눈 크게 뜨고 보아라!"

칼집이 옆에 내던져지고, 서슬 퍼런 칼날이 번쩍였다.

엽망석은 더는 그들과 말을 섞지 않았다. 손가락을 한 번 튕기고는 풀쩍 날아올라 제비처럼 가볍게 요랑에 올라탔다. 곧이어 팔을 뻗어 바닥에 꽂혀 있던 검을 뽑더니 비열하고 경멸스러운 천음각 수사들에게 돌진했다.

난각 안. 사매는 미동도 하지 않고 아수라장이 된 광장을 내려다보았다. 그가 푸른빛 입술로 냉소 지으며 말했다.

"흠, 전생에 본 그 여전신[#17]을 다시는 못 볼 줄 알았는데. 그녀가 결국 이 길로 내몰렸을 줄은 몰랐네."

"전신?"

사매는 말없이 약간의 연민과 약간의 조롱이 섞인 눈빛으로 엽망석을 바라보았다.

"누님, 보세요. 사람 인생이란 게, 돌고 돌다 보면 갈림길이 많이 나오게 마련이죠. 그런데 결국 마지막에 가서는 다 똑같아져요. 전생에 있던 그 모습 그대로, 이번 생의 운명도 벗어날 수가 없지요."

피가 뿜어져 나오고, 불꽃이 마구 튀었다. 순식간에 교전의 소리가 하늘을 울렸다. 엽망석은 홀로 검을 미친 듯이 휘두르

#17 전신 戰神, 전쟁의 신

면서도 법술을 쓰지 못하는 백성들을 결계로 보호했다.

머리부터 발끝까지 검은 옷의 여인은 허리가 얇고 다리는 길었다. 검을 들었을 때, 그녀는 엽망석이었다.

노백금과 그녀는 환상의 조합이었다. 용 부인이 수놓아 준 전갑도 그녀의 허리춤에서 흔들렸다.

활을 드는 순간, 그녀는 또 남궁사였다.

이번 생에서 그녀는 전생에서보다 많은 일을 겪었다. 막막할 때도 있었고, 막연할 때도 있었다. 짧았지만, 어둠이 걷히고 애틋한 사랑을 했던 적도 있었다.

남궁사가 그녀에게 옥패를 주던 그날 저녁, 내하교의 노을은 아름다웠다. 그녀는 이제야 자신이 몸의 긴장을 풀고 맘 편히 울고 웃을 수 있는, 다정한 아가씨가 될 수 있을 거라고 생각했다.

그러나 남궁사가 죽었다.

전혀 예상하지 못했던 일이었다. 그는 죽기 전, 독사 떼를 소탕하기 위해 남은 엽망석에게 말했었다.

– 어두운 이곳을 네가 싫어하는 건 알지만, 조금만 버티고 있어. 금방 돌아올게.

그러나 다시는 돌아오지 않았다.

엽망석은 결국 전생에서와 똑같이 자신이 가장 아끼는 것을 잃었고, 투구와 갑옷을 잃었다. 그녀는 그나마 남아 있던 온정과 친절을 천천히 소멸시켰다. 그리고 의지할 데 없이 외로운 자신을 천천히 받아들였다. 또, 마음속에 조용히 자신을 위한 두 번의 장례를 치렀다…….

서 장로는 죽을 때 어린 엽이를 데려갔다. 그녀는 봄바람에 복사꽃과 배꽃이 날릴 때, 자신과 의부가 나누었던 술을 손수 묻었다.

남궁사는 죽을 때 엽 낭자를 데려갔다. 그녀는 자신과 사가 강호를 떠돌며 십 년 동안 밝혀 두었던 등불을 손수 껐다.

전사는 소녀와 여인의 무덤을 덮었다.

그녀는 몸을 돌려 홀로 검을 들고 천음각 앞에 섰다. 그리고 무장한 병사들과 맞섰다.

사매는 격전의 현장을 지켜보며 목연리에게 말했다.

"천음각의 상급 제자들을 모두 내보내세요. 저 여자는 살려 두어선 안 됩니다."

목연리가 약간 놀랐다.

"상급 제자들 모두? 그, 그녀는 여인일 뿐인데……."

사매가 눈을 흘기며 미소 지었다.

"저 여자 때문에 전생에서 답선군이 얼마나 애를 먹었는데요. 얕봤다가는 저 여자의 뼈가 얼마나 단단한지 제대로 맛보게 될 겁니다."

문이 열리고, 천음각의 상급 제자들이 총동원되었다. 엽망석은 결계가 무너지지 않도록 유지하는 한편, 그들과 격전을 벌였다.

그녀는 여전히 유풍문의 선학(仙鶴)이 수놓인 머리끈을 하고 있었다. 잽싸게 공격하고 피하는 동안 머리끈이 펄럭였다. 목연리의 명령을 받은 제자들은 그녀에게 너도나도 살초를 썼다.

혼자 힘으로는 애초에 버티기 힘든 공격이었지만, 엽망석은 이를 악문 채 물러서지 않았다. 거기에 노백금의 용맹까지 더해지니, 한동안은 전혀 열세라고 할 수 없었다.

"사람을 더 보내세요."

사매는 연못에서 물고기를 구경하는 사람처럼 아래를 내려다보며 담담하게 말했다.

"무조건 오늘 안으로 결판내야 합니다. 절대 저 여자를 살아서 나가게……."

"남아, 저길 봐!"

목연리가 사매의 말을 끊었다. 그녀의 시선을 따라가 보니, 아득히 먼 지평선 부근에서 푸르스름한 연기가 피어나고 있었다.

사생지전의 장로들이 제자들을 이끌고 오고 있었다!

왕 부인의 비호로 살아남은 전력은 여전히 사생지전의 갑옷을 입은 채였다. 은빛 광채가 번쩍이는 패검을 타고, 웅장한 기개를 뽐내며 날아왔다. 선두는 탐랑과 선기 두 사람이었다. 오대당풍의 한 화폭처럼 장포가 바람에 휘날렸다.

그들 뒤에는 노기 어린 눈을 부라리는 천여 명의 제자가 있었다. 갑옷의 빛이 하늘을 비췄다!

선기 장로가 또렷한 목소리로 말했다.

"천음각이 천지신명의 후손이라 이렇게 남을 업신여기는 것인가?"

어둡고 사나운 탐랑은 갈색 눈으로 아래를 노려보았다. 그는 애초에 고상한 사람이 아니기에, 짧은 한마디로 자신의 분노를 명확히 전달했다.

"다 죽여라!"

폭풍우처럼 몰려오는 군대를 보며 사매의 얼굴이 희미하게 어두워졌다. 입꼬리는 미소인지 조소인지 알 수 없었다.

"정말 끈질긴 악연이군. 큰 싸움만 벌어지면 사생지전부터 해치우고 봐야 한다니."

그는 이렇게 말하며 몰려오는 그들을 바라보았다.

초만녕의 모습은 보이지 않네……. 천음각의 형대에서 달아난 초만녕과 묵연은 어디로 간 걸까? 묵연은 그렇게 여러 번 심장을 도려냈으니 분명 살아남지 못했을 거고, 그럼 초만녕은?

묵연의 새로운 무덤을 지키고 있거나, 아니면 아예 전생에서처럼 묵연과 같이 죽었겠지.

어느 쪽이든 그를 초조하게 만드는 건 마찬가지였다. 마음속에 알 수 없는 불안이 엄습했다. 그는 몸을 돌려 안으로 들어갔다.

목연리가 근심 어린 말투로 물었다.

"어디 가느냐?"

"답선군한테 가 보려고요."

사매가 조금 뜸을 들였다.

"좀 더 빨리 깨울 방법이 없는지 생각해 봐야겠어요. 그가 깨어나기만 하면 시공생사문을 다시 열 수 있으니…… 아무도 우릴 막을 수 없을 겁니다."

가늘고 긴 손가락이 천음각의 문양을 문질렀다. 밀실이 우르릉하며 열렸다. 사매는 길고 긴 계단을 내려갔다. 섬세한 상고시대 부적이 새겨진 복도를 따라 결계를 세 번이나 지난 후에야, 석실의 가장 깊은 곳에 도착할 수 있었다.

그곳은 온통 얼음이 얼어 있었고, 옅은 안개가 껴 있었다. 둥근 청회색 천장에 박혀 있는 옥석에선 성스러운 빛이 흘러나왔다. 이 옥석 아래, 냉기가 흐르는 수정 관이 놓여 있었다. 사매는 관 앞에 서서 옷을 입고 누워 있는 남자를 내려다봤다.

"답선제군 묵미우……."

그가 낮은 목소리로 말했다. 시선은 빛나는 남자의 가슴팍에서 멈췄다.

"잘 만큼 잤으니, 이제 일어나야 하지 않을까?"

그의 말은 아무런 효과가 없는 것 같았다. 답선군은 여전히 두 눈을 꼭 감은 채였다. 입술엔 핏기가 하나도 없었다.

"영류가 이렇게 엉망이라니."

사매는 답선군의 이마에 손을 올리고 자세히 감지한 후, 생각에 잠긴 듯한 눈빛으로 수려한 얼굴을 바라보았다.

"악몽을 꾸고 있나?"

의식이 없는 사람은 당연히 묵묵부답이었다.

사매는 그의 이마에 흐트러진 머리칼을 정리해 주었다. 표정은 매우 부드러웠다. 곧 완성될 불세출의 신병을 보는 것 같았다. 그가 천천히 말했다.

"빼앗아 온 건 너 자신의 영핵이야. 하지만 이 영핵이라는 게 심장과 깊은 관련이 있어서, 하나로 합쳐질 때 좀 불편하긴 할 거야."

현혹을 담고 있는 그의 목소리에 최면 주술이 더해졌다.

"답선군, 꿈에 무엇이 나오든 믿지 마. 다 거짓이야. ……자, 어서 일어나. 일어나면 무엇이든 얻을 수 있어."

그는 몸을 굽혀 답선군의 귀에 대고 속삭였다. 매끄럽고 매혹적인 목소리로.

“사명정도, 초만녕도, 심지어 네 어머니도 다 돌아올 거야.”

그가 꿈속에 있는 제군에게 중얼거렸다.

“어서 일어나. 기다리고 있을게.”

286장 사생지전, 종사와 제군

꿈이었다.

눈을 뜬 답선군은 광활한 벌판 위에 서 있는 자신을 발견했다. 핏빛 구름은 손을 뻗으면 닿을 수 있을 정도로 낮게 깔려 있었고, 무성히 자라난 갈대가 바람을 따라 사방에서 이리저리 춤췄다. 갈대숲에서 속삭이는 듯한 목소리가 들렸다. 웃는 사람도 있었고, 우는 사람도 있었다. 작은 목소리들은 마치 망사로 만든 천이 손가락 끝을 스치는 듯한, 물과 같은 감촉이었다.

그는 앞으로 걸었다. 갈대꽃 깊숙한 곳에 있던 짙은 남색 반딧불이가 깜짝 놀라 날아올랐다. 그의 눈앞에 장엄하고도 고요히 흐르는 강줄기가 나타났다. 이전에 봤던 그 어떤 강보다 웅장했다. 물은 아주 천천히 흘렀다.

저 멀리 작은 배 몇 척이 떠 있었다. 강을 건너는 사람들의 노랫소리가 아득히 들려왔다.

"내 몸이 뇌연[#18]에 들어가면 사지가 문드러져 진흙과 기름이 되고, 내 정수리가 광활한 천지에 떨어지면 눈알은 물거품이 되고 머리카락은 시들어 먼지가 되네. 내 심장을 먹으러 불개미가 드글드글 끓고 오장육부를 쪼아 먹으러 독수리가 빙빙 도는구나……. 돌아오는 건 오로지 혼백뿐인 것을…… 혼백뿐인 것을……."

돌아오는 건 오로지 혼백뿐이었고, 어제는 흐르는 물처럼 지나갔다.

여기에 와 본 적이 있는 것 같았다. 언제였지?

답선군은 주변을 둘러보았다. 눈앞의 모든 것이 낯익었지만 구체적으로 떠오르지 않았다. 머릿속이 또 하얘졌다.

"거기, 너."

그때, 그의 뒤에서 목소리가 들렸다.

고개를 홱 돌렸지만 반딧불이 말고는 아무것도 보이지 않았다.

목소리는 매우 희미하고 몽환적이었다.

"앞으로 걸어와. 난 네 앞에 있어."

남의 지시대로 움직이는 건 끔찍이 싫었지만, 그는 호기심을 참지 못하고 굳은 얼굴로 반딧불이가 춤추는 갈대꽃 깊은 곳으로 걸어 들어갔다.

얼마 지나지 않아 무너진 방앗간이 보였다. 잡초가 무성한 좁은 뜰에는 부러진 나무와 깨진 기와가 잔뜩 널려 있었는데, 한 남자가 정원의 한가운데 새카만 석묵 위에 앉아 있는 게 보였다. 그는 자신을 등진 채 하늘을 올려다보고 있었다.

#18 뇌연 雷淵. 중국 고대 신화에 나오는 깊은 못

"누구냐?"

남자는 그의 목소리를 듣고도 고개를 돌리지 않고 한숨만 내쉬었다.

"아마도 곧 떠나게 될 사람."

"떠난다고? 어디로?"

남자가 대답하기도 전에 그는 약간 초조하게 물었다.

"여긴 또 어디지?"

"혼백의 피안."

남자가 말했다.

"그 강을 봤나? 강물을 따라 흐르는 대나무 뗏목, 그게 저승으로 가는 길이야."

"……."

"환생하려면 칠팔 년은 기다려야 해. 저승에 들어가면 창자가 줄줄 흘러내리는 문지기가 네 일생의 공과를 측량하지. 죄가 크면 곧장 18층 연옥으로 압송돼."

사후의 일을 말하는 남자의 말투는 부드럽고 차분했다. 지난날의 일을 되새기는 것 같았다.

"제1층은 남가향이라고 부르는데, 그림 파는 가난한 서생이 있어. 하지만 이젠 가난하지 않을 거야. 내가 그를 위해서 종이돈을 잔뜩 태웠으니까. 훈툰탕 파는 늙은이도 있지. 계속 안으로 들어가면 궁궐 하나가 나오는데, 그건 귀계의 사왕야가 지은 거야. 맞다, 그리고 순풍루……."

"엉망진창이군."

답선군은 참지 못하고 그의 말을 끊었다.

"무슨 말을 하고 싶은 거냐?"

남자는 잠시 말이 없다가 입을 열었다.

"답선군, 죽음이 두렵나?"

답선군이 비웃었다.

"두려울 게 뭐가 있어."

그러자 남자가 말했다.

"나도 예전엔 그렇게 생각했었지."

그가 담담히 말을 이었다.

"그래서 독약을 먹고 스스로 목숨을 끊었어. 난 내가 인간 세상에 더는 바라는 것도 미련도 없는 줄 알았고, 내가 죽음을 두려워하지 않는 줄 알았지."

잠시 뜸을 들이던 남자가 고개를 숙였다.

"하지만 지금은 떠나고 싶지 않아. 그 사람이 아직 인간 세상에 있어. 나는 마음이 놓이질 않아."

말을 마친 남자가 석묵에서 가볍게 뛰어내렸다. 그러고는 어둡게 그늘진 곳에서 나와 밝은 달빛 아래 섰다. 혼백의 피안에 바람이 불었다. 자욱한 바람에 반딧불이가 뭉쳤다가 흩어졌다.

답선군의 표정이 약간 변했다.

"……너는?"

묵연이 그에게 다가왔다. 심장이 있던 부분은 뻥 뚫려서 바람이 지나다니는 검은 동굴 같았다. 아름다운 눈썹, 높은 콧날, 단정한 얼굴은 여전히 혈기 왕성한 청년의 모습이었다. 답선군과 교산에서 처음 만났을 때와 별 차이가 없었다. 다만, 지금의 그는 훨씬 더 편안해 보였고 그때의 막연함과 두려움은 온데간데없었다.

"네가 어떻게……."

"보시다시피, 난 산 사람이 아니야."

"……."

"하지만 왜인지는 몰라도 난 다른 사람들하고 다른 것 같아. 죽은 지 이레가 지났는데도 무상귀[#19]가 날 저승으로 데려가지 않았어. 그래서 계속 여기서 배회하고 있지."

답선군이 눈을 가늘게 떴다.

"긴장할 필요 없어. 내 영핵은 네 몸에 들어 있으니까, 어차피 난 살지 못해."

묵연은 드넓은 혼백의 강을 바라보며 조용히 말했다.

"하지만 나도 떠나기 싫어……. 돌아가고 싶어."

그의 말을 들은 답선군은 순간 멍해졌다. 손을 자신의 가슴에 대고 한동안 침묵하더니, 갑자기 잔인한 미소를 지어 보였다.

"네 영핵이 본좌의 여기에 있다고? 그렇다면…… 화벽남이 성공했군? 그가 성공한 거라면 본좌는 곧 자유를 얻을 거고, 곧……."

그의 말을 묵연이 잘랐다.

묵연은 고개를 돌려 차갑게 그를 바라보았다.

"화벽남이 누군지 알아?"

"……."

그는 답선군에게 다가갔다. 가까이 다가가서 흰빛이 아른거리는 손가락으로 답선군의 미간을 가볍게 눌렀다.

#19 무상귀 無常鬼. 사람이 죽을 때 와서 영혼을 거두어 간다는 사자

"사실, 내가 말한다 해도 아무 소용이 없을 거야. 넌 여기서 그에게 이용된 거야. 화벽남은 널 조종하는 데 방해가 되는 건 모두 없애겠지. 그래도 너에겐 한 가닥 식혼이 남아 있으니, 조금은 기억할 수 있겠지……. 이렇게 아무것도 모른 채 남에게 좌지우지되면 안 돼."

이유는 알 수 없었지만, 답선군은 묵연이 자신의 미간에 손을 댄 순간 머리에 격렬한 통증을 느꼈다. 조각난 파편들이 빠르게 눈앞을 스치는 것만 같았다.

"뭐 하는 거지?"

묵연은 말이 없었다. 그저 그의 얼굴을 받치고 조용히, 그리고 슬프게 그를 바라볼 뿐이었다.

"네가 모든 진실을 알 수만 있다면 정말 좋겠다."

"너……."

"내가 떠난다고 해도 조금은 안심이 될 것 같아."

답선군이 이를 악물고 소리쳤다.

"무슨 진실? 뭔 말도 안 되는 소리야! 본좌를 놔라!"

그는 있는 대로 화를 내며 묵연의 속박에서 벗어나려 애썼다. 그러나 그의 힘은 솜에 부딪치는 느낌이었고, 주술과 다리 모두 눈앞의 투명한 몸을 통과할 뿐이었다.

묵연이 눈을 감고 조용히 탄식하며 말했다.

"그거 알아? 난 내가 환생한 후 겪은 것들, 그리고 내 머릿속에 있는 모든 기억을 너에게 꼭 보여 주고 싶었어."

그가 조용히 말을 이었다.

"그 집념이 너무 강해서 내 영혼이 끌려가지 않고 여기서 널 만나게 된 건지도 몰라."

그는 말하며 몸을 앞으로 기울였다. 이마가 답선군의 이마에 닿았다.

"돌아가."

그가 조용히 속삭였다.

"너 자신을 놓아줘."

전생에 초만녕이 죽기 전 했던 말과 너무 비슷한 말이었다. 답선군은 소름이 돋았다. 그러나 그가 분노를 분출하기도 전에 눈앞에 핏빛 선이 좍 그어졌다.

그는 또 귀계의 천열을 본 것이다.

그의 인생을 바꾼 거대한 겁화가 일어났을 때, 사람들은 자기 자신을 지킬 여력도 없었다. 통곡이 하늘을 울렸다.

답선군은 나부끼는 연처럼 허공을 떠다니고 있었다. 발아래에선 사람들이 울부짖었고, 비릿한 피와 잘려 나간 사지가 가득했다. 그는 아래를 내려다보았다. 사매는? 사매는 어디 있지……?

찾을 수 없었다. 보이지 않았다. 그의 마음은 감당할 수 없을 정도로 불타올랐다……. 순간, 그가 멈칫했다.

연기 속에서 익숙한 형상이 움직이고 있었다. 답선군은 그곳으로 날아갔다. 놀랍게도, 그가 본 건 소년 시절의 자신이었다. 의식이 혼미했고, 숨이 끊어지기 직전이었다.

어떻게 된 일이지?

그에게 대답이라도 하듯, 답선군의 눈앞에 펼쳐진 장면이 바뀌었다. 누군가가 만신창이가 된 그를 업고 시체 산과 피바다 사이를 힘겹게 오르고 있었다.

누구지?

피로 범벅이 된 저 손은…… 누구의 것이지?

자기 몸을 가누기도 힘들어 보이는데 악착같이 그를 업은 사람은, 도대체 누구야?

답선군이 낮게 날았다. 그는 두 사람 주위를 맴돌면서 온몸이 피투성이라 얼굴도 알아보기 힘든 그를 주시했다……. 그러다 그가 누군지 알아본 순간, 벼락을 맞은 기분이었다.

"초만녕……?"

어떻게 이럴 수가…… 어떻게 이럴 수가?

분노의 포효가 들리는 것 같았다. 소리는 아득히 멀었지만, 그 사람의 분노는 날카로운 칼처럼 폐부를 찌르는 것 같았다. 고함을 질렀다.

"계단에 피가 아직도 있어. 그가 널 집으로 데리고 온 바로 그 길이야!"

"결계의 관조는 쌍생이야. 네가 다친 만큼 그도 다친다고!"

"어떻게 사존이 널 안 구했다고 말할 수 있어! 어떻게 구하지 않았다고 말할 수 있냐고!"

온몸에 소름이 돋았다.

답선군은 눈을 번쩍 떴다. 시뻘건 두 눈으로 눈앞에 있는 묵미우를 노려보며 이를 악물고 말했다.

"본좌에게 뭘 보여 준 거야? 이런…… 황당하기 짝이 없는 것을!"

하늘까지 닿을 것 같은 분노의 불길이 일었다. 그러나 마주한 두 눈에 그는 멈칫하고 말았다. 묵연이 그를 응시하고 있었다. 새카맣고 고요한 눈동자는 촉촉했다.

"난 내 기억을 전부 너에게 줬어."

"누가 너랑 초만녕의 일을 보고 싶다고 했어? 누가 네놈이 환생한 후의 일을 알고 싶다고 했냐고? 죽지 못해 살면서 사매를 저버린 주제에……. 본좌는 너와 근본적으로 달라!"

그는 머리끝까지 화가 났다.

"누가 네 맘대로 행동하래? 꺼져!"

모든 사람이 무서워 벌벌 떠는 그 분노의 불길이 묵연에게는 그 어떤 영향도 미치지 못했다.

묵연이 그를 바라보았다. 심지어 연민까지 담긴 눈빛이었다. 그가 답선군 앞에 섰다. 장포 끝자락에서 갑자기 금빛 불꽃이 일었다. 투명한 그의 몸이 화염 속에서 조금씩 사라지며 점점이 반딧불이로 변했다.

"네가 말하지 않아도, 난 이제 가야 해."

묵연이 나직이 말했다.

"내 영혼의 힘을 써서 모든 기억을 너에게 전했어. 이건 하늘을 거스른 행동이라, 마지막에 내가 어떻게 될지 나도 모르겠다."

묵연은 여기까지 얘기하고 뜸을 들이다 웃었다.

"육도윤회(六道輪廻)를 해도 용서받지 못할 수도 있고, 곧바로 무간지옥으로 떨어질 수도 있어."

"……."

"가장 좋은 건."

묵연이 말했다.

"내 혼백이 영핵을 따라 네 몸속에 같이 들어가는 거야."

그가 무슨 말을 해도 개의치 않았던 답선군이 이 말을 듣자 미간을 확 찌푸렸다.

"쓸데없는 생각 하지 마!"

묵연은 웃는 듯 웃지 않는 듯 그를 바라보았다.

"지금 두려워하는 거야?"

"본좌는 두려운 게 없어!"

답선군은 묵연이 매우 무례하다고 생각하며 눈을 가늘게 떴다.

"이 몸은 본좌의 것이다. 네가 차지할 생각일랑 하지도 마!"

묵연이 한숨을 내쉬었다.

"넌 그저 사실을 받아들이기 싫을 뿐이야."

"……."

"나는 이미 인정했지만, 너는 못 본 체했던 진실을 받아들이기 싫은 거잖아."

"닥쳐!"

묵연은 차분히 그를 바라보았다. 환영이 점점 빨리 사라졌다. 배, 가슴…… 몸이 완전히 사라지기 전, 그는 손을 들어 답선군의 귀밑머리를 만져 보려 했다. 그러나 답선군은 마치 독극물이 몸에 닿기라도 한 것처럼 혐오스러운 표정으로 한 발 뒤로 물러났다.

그런 그를 보며 묵연은 웃기만 했다. 불길로 뛰어드는 나방처럼, 그의 몸에서 빛나던 금빛 점들이 갑자기 답선군의 가슴팍으로 돌진했다……. 답선군은 몸속에서 익숙한 힘이 깨어나는 걸 느꼈다. 그 힘은 암석 아래 용암처럼 펄펄 끓어올랐다.

그에게 친숙하면서도 혐오스러운 힘이었다.

"본좌와 영혼을 섞을 생각은 집어치워……."

"가고 싶지 않으니까, 나도 마지막까지 최선을 다해 보려고."

답선군이 미친 듯이 격분했다.

"당장 내 눈앞에서 꺼져!"

그러나 묵연은 그를 응시하기만 했다.

"미안해. 결국 너와 이 육신을 놓고 경쟁하게 되네."

"……."

"너의 본성이 회복된다면 좋을 텐데."

금빛 화염은 금세 그의 손가락까지 불살랐다. 그다음엔 젊고 준수한 얼굴을 집어삼켰다.

"묵미우로 살자. 답선군이 되지 말고."

목소리가 사라졌다.

재 가루가 날리고, 연기가 꺼졌다…….

그때, 천음각 밀실에서 눈부신 금빛 광채가 주위를 비췄다. 빛이 너무 밝아 사매는 얼른 소매로 얼굴을 가린 채 한동안 눈을 뜨지 못했다. 강렬한 광채는 긴 시간이 흐르고 나서야 서서히 사라지기 시작했다.

사매는 이런 상황을 겪어 본 적이 한 번도 없었다. 그는 소매를 홱 내리고 창백한 얼굴로 수정 관 안을 들여다보았다…….

보랏빛이 감도는 새까만 눈동자와 마주쳤다.

답선군이 관에서 천천히 일어나 앉았다. 얼굴은 얼음처럼 투명했고, 입술에는 아직 혈색이 돌아오지 않았다. 그는 차가운 옥으로 조각된 것처럼, 지옥의 샘물이 언 것처럼, 금사로 수놓아진 검은 장포에조차 차가운 안개가 스며 있었다. 빛나는 광채마저 그의 몸에선 얼어붙어 버린 것 같았다.

답선군은 창백하고 기다란 손가락으로 관의 모서리를 짚었다. 움직이던 눈동자가 사매에게 고정되었다.

"……."

자신이 그의 주인이라는 걸 알면서도, 음산한 눈동자가 자신을 주시하자 사매는 자기도 모르게 뒤로 한 걸음 물러섰다.

"너……."

목젖이 떨렸다. 사매는 억지로 침착하려고 애썼다.

"드디어 깨어났군."

답선군은 대답하지 않았다. 그의 표정은 음흉하고 악랄했으며, 이전보다 훨씬 사납고 종잡을 수 없었다.

그는 숨을 내쉬었다. 등이 식은땀으로 축축했다. 눈앞에 묵종사의 마지막 미소가 아른거렸다……. 그는 눈을 감고, 제게 불필요한 이혼칠백[#20]이 몸속에 들어왔는지 느껴 보려 했다. 그러나 이는 느낌에 의존해 알 수 있는 게 아니었다.

옆에 서 있던 사매는 그의 달라지는 표정을 보고 얼른 손을 뻗어 그의 이마를 짚었다. 그리고 입으로는 조용히 주술을 외워 답선군의 동요하는 마음을 진정시켰다.

"어때?"

영혼을 안정시키는 주술을 외운 후, 사매가 그의 얼굴을 응시하며 물었다.

답선군은 여전히 답이 없었다. 한참이 지나고, 그가 손을 들

#20 이혼칠백 二魂七魄. 삼혼칠백 중 식혼이 빠진 혼백. 답선군의 입장에서 묵 종사를 가리킨다.

어 다섯 손가락을 움직여 보았다. 깔끔하게 정돈된 손톱은 얼음처럼 조금의 핏기도 들어 있지 않았다.

그가 관에서 일어섰다.

"아주 긴 꿈을 꾼 것 같군……."

답선군이 입을 열었다. 쉰 목소리로 그가 말한 첫마디였다.

사매의 표정에 경계심이 가득했다.

"다 거짓이야."

물처럼 흐르는 금사가 수놓인 구름 같은 검은 장포를 끌고, 그가 관에서 걸어 나왔다. 표정이 흐릿했다.

"나도 그렇게 생각해."

그는 사매를 응시했고, 사매도 그를 응시했다. 잠시 후, 사매가 작은 소리로 물어보았다.

"네가 누군지 기억해?"

"……."

침묵이 흘렀다.

차갑고 준수한 얼굴의 남자는 웃는 것 같았다. 그가 얇은 입술을 뗐다.

"어찌 모를 수가 있나. 답선제군, 묵연 묵미우지."

그는 잠시 멈칫했다. 그러고는 뻣뻣하게 굳은 사매에게 눈을 내리깔고 내키지 않는 듯한 예를 갖췄다.

"주인에게 충성을 다하겠습니다."

사매의 눈에 광기 어린 기쁨이 스쳤다. 그러나 안심하긴 일렀다. 그는 건곤낭에서 수정석 하나를 꺼냈다. 푸른빛이 반짝이는 수정석은 모양이 독특했다. 수사의 영력을 측정하는 가장 강력한 수정석이었다.

그의 목울대가 오르락내리락했다. 그는 간절한 기대를 안고 수정석을 답선군에게 건넸다.

"밝힐 수 있겠어?"

"……."

답선군이 냉담한 눈빛으로 수정석을 쳐다보고는 느긋하게 말했다.

"그게 뭐 어렵다고."

말을 마치자마자 그는 손가락 두 개로 영석을 꽉 쥐었다. 손등의 핏줄이 툭 불거졌다.

순간, 세상에서 가장 강력한 영류가 수정석에 흘러들었다. 순식간에 영석에서 엄청난 빛이 뿜어져 나온 건 말할 것도 없고, 표면에 가느다란 균열까지 생겼다.

사매는 숨도 쉬지 못하고 미동도 하지 않은 채 그 수정석만 응시했다.

그때, '팟' 하는 소리가 들렸다. 푸른 수정석이 답선군의 창백한 손가락 사이에서 산산이 부서졌다. 곧이어 난폭한 영력에 진동하다 재 가루가 되어 버렸다…….

재 가루가 됐어!

"이게 뭐야?"

답선군이 가루를 아무렇게나 만지며 냉소 지었다.

"꽉 쥐지도 않았는데."

사매는 안도의 한숨을 쉬며 몇 걸음 뒤로 물러났다. 그러고는 힘이 풀린 듯 옆에 있던 돌의자에 털썩 앉았다.

이거야말로…… 인간 세상에서 가장 강력한 전력이군…….

바로 이 순간, 드디어 나의 소유가 된 건가?

사매는 감정을 억누를 수가 없었다. 희미한 떨림은 격렬한 전율로 변했다. 석실 안의 어두운 빛이 그의 아름다운 얼굴을 비췄다. 광적인 기쁨인가? 아니면 개운함? 흔들리는 빛은 또렷하지 않았다. 오히려 괴기스러웠다.

한참이 지나고, 사매가 얼굴을 손에 묻고 낮은 소리로 중얼거렸다.

"어머니, 보셨어요? 제가 해냈어요."

순간, 그는 광기 어린 표정으로 몸을 홱 일으켰다. 그러고는 휑한 석실 안의 벽을 향해, 답선군과 자신 말고는 아무도 없는 석실을 향해 목이 쉬도록 소리 질렀다.

"봤어? 이제 곧이야! 너희들 다 봤어?"

아무도 대답하지 않았다. 그는 고요한 석실 안에서 마음껏 소리 내며 웃었다. 그렇게 웃다 보니 눈물이 흘러내렸다…….

한 방울의 금빛 눈물이.

접골미인석 송추동의 것과 같은 눈물이었다.

287장 사생지전, 옛 친구를 찾으니 반은 귀신이 되었네

수진계의 악몽은 나날이 더 끔찍해져만 갔다. 진룡기국은 전염병처럼 퍼졌고, 배후 인물은 미치광이처럼 노인네든 젖내 나는 아이든 대상을 가리지 않고 모조리 제 손아귀에 넣었다.

무분별한 포석 확대에 사람들은 그가 대체 무엇을 하려는 건지 알아차릴 수 없었다.

애절하게 천음각에 도움을 청하는 사람도 있었지만, 천음각 각주는 뜬금없이 병을 핑계로 나오지 않았다. 피난민이 천음각 앞에서 굶어 죽어도 문은 굳게 닫힌 채 열리지 않았다. 그렇게 점점 사람들은 씁쓸하게 깨달았다. 어쩌면 처음부터 그들이 틀렸을지도 모른다고.

하지만 이미 때는 늦었다. 묵 종사는 죽었고, 초만녕은 행방불명 상태였다. 사생지전은 무너졌고, 대문파들은 제 코가 석 자였다. 점점 이성을 잃어 가는 진룡기국 바둑돌들이 인간계를 떠돌며 살인과 방화를 저질렀고, 위기는 건초에 붙은 불처럼 엄청난 속도로 수진계 전체로 번져 나갔다.

강도로, 양주로, 촉 땅으로, 뇌주로……. 호화로운 저택도, 야설(夜雪) 속 선박도 모두 활활 타오르는 화염 속에서 묵직한 탄식과 함께 무너지고, 인간 세상의 풍경은 모조리 겁화에 불타 장엄하게 사라졌다.

사매는 천음각 별 관측대에 홀로 서서 혼란에 빠진 전경을 가만히 보고 있었다. 잠시 후, 그의 뒤에서 작은 발소리가 들렸다.

여인의 신발이 소복이 쌓인 눈을 밟는 소리였다. 두 손이 올라와 그에게 겨울옷을 걸쳐 주었다. 목연리였다.

"답선군은?"

"아침 일찍 출발했어요."

"……벌써 그 일을 하라고 보냈다고?"

목연리는 살짝 놀랐다.

"이렇게 빨리?"

"기다릴 필요 뭐 있어요. 모든 준비는 끝났고, 동풍이 불기만 기다리면 되는데. 그에게 달렸죠."

그러고 한참 뒤 사매가 다시 입을 열었다. 항상 침착하던 목소리에 미세한 떨림이 묻어났다.

"누님."

그가 목연리에게 작게 속삭였다.

"긴 세월이었어요. 두 번의 생을 지나 제가 드디어……."

목연리가 고개를 돌려 그를 봤다. 감격 때문일까, 설움 때문일까. 그의 요염한 눈에 물기가 어려 있었다.

그는 눈을 감고 전신의 떨림을 억제하지 못한 듯 파르르 떨었다.

"가요."

그가 나지막이 말했다.

"시공생사문이 곧 열릴 겁니다. 준비한 바둑돌을 전부 그곳으로 데리고 가요."

"바둑돌 전부를?"

"전부요."

"하지만 그렇게 많은 사람을……."

목연리의 안색이 조금 창백해졌다. 하지만 그녀는 고통과 감격이 뒤섞인 사매의 얼굴을 보고 결연하게 말했다.

"……그래, 알았어."

목연리가 몸을 돌려 별 관측대에서 내려가기 직전, 사매가 갑자기 그녀를 불러 세웠다.

"잠깐만요!"

고개를 돌린 그녀의 눈에, 어슴푸레한 하늘을 뒤로하고 그녀 쪽으로 몸을 틀고 서 있는 사매의 모습이 들어왔다. 강풍에 그의 장포가 거칠게 휘날렸다. 그는 목연리를 보며 뭐라고 말하려는 듯했지만, 눈시울만 붉힐 뿐 끝내 아무 말도 하지 않았다.

목연리는 그렇게 그와 마주 보다가 말했다.

"걱정하지 마. 아무리 잔인해도 나는 너를 배신하지 않겠다."

사매가 눈을 질끈 감았다. 사람은 중요한 순간 항상 이렇게 예민하고 나약해진다.

그의 목소리가 가늘게 떨렸다.

"이 세상의 나조차 나를 배신했어요……."

"그는 널 배신한 게 아니야."

목연리가 말했다.

"접골족을 배신하고, 우리 모두를 배신한 거지. 그는 제 손에 수사의 피를 묻히지 않았지만 우리를 지옥에 떨어트렸어."

"……."

"네 허망함은 이해해."

목연리가 사매에게 말했다.

"남아, 세상 사람들이 뭐라고 널 비난하든 접골미인 일족에게 너는 자랑스러운 영웅이다."

그녀가 떠났다.

사매는 점점 멀어지는 그녀의 뒷모습을 보다가 몸을 돌려 관절이 툭 튀어나온 손으로 화려한 난간을 짚었다. 손바닥에 닿은 냉기가 그의 심장까지 스며들었다.

"영웅?"

사매는 고개를 들어 무겁게 내려앉은 먹구름을 보며 탄식했다.

"영웅은 무슨. 어느 영웅이 이리 많은 사람에게 목숨 빚을 진단 말이야."

그의 눈에 순간 슬픔이 스쳐 갔으나 이내 차갑게 얼어붙었다.

"나는 갖은 고생을 하며 두 평생 운명과 싸웠어. 하늘의 뜻을 바꿀 수 없다고 생각하지 않아. 시공생사문과 진롱기국, 이 두 금지 술법을 내 손에 넣은 마당에 과연 이 세상에 날 막을 수 있는 자가 있을까."

난간을 쥔 관절이 퍼렇게 변했다.

"영웅은 됐어. 난 살길을 찾고 싶은 것뿐이니까."

이어 짧은 한마디가 바람 속에 흩어졌다.

"우리를 위해."

넓고 아득한 곤륜 설원에 검은 형체 하나가 빠르게 지나갔다.

눈보라가 칼처럼 그의 얼굴을 할퀴고 지나갔지만, 그는 뼛속까지 파고드는 추위를 느끼지 못하는 듯 까맣다 못해 파란 눈만 살짝 찌푸릴 뿐이었다.

그는 절벽 위 독수리처럼 거침없이 날아다녔다. 푸른 기와와 하늘로 뻗은 처마로 올라가는 그의 발놀림은 가벼웠고 몸놀림은 날렵했다. 곤륜 답설궁을 순찰하는 수많은 고수 중 아무도 그의 존재를 눈치채지 못했다. 그가 지나간 눈길에는 작디작은 흔적조차 남지 않았다.

남자는 금세 답설궁에서 제일 높은 지붕으로 올라갔다. 이곳에서 내려다본 눈보라 속 천지는 몽롱하고 고요하며 물안개가 자욱했다.

검은 번개 같은 형체가 움직임을 멈췄다.

곤륜 꼭대기에 창처럼 꼿꼿하게 선 남자는 까만 눈으로 천지를 내려다봤다. 세찬 바람에 장포의 두건이 벗겨져 창백하다 못해 핏기 없는 수려한 얼굴이 드러났다.

답선제군이었다.

사매의 두 번째 단련을 거쳐 탄생한 그는 묵 종사의 영핵으로 전처럼 강한 힘을 회복했다. 게다가 더는 '주인'의 명령을 거역하지 않았다.

그는 마침내 사명정을 만족시킬 만한 살인 병기이자 영력의 원천이 되었다.

그러나 천음각에서 깨어난 후로 답선군의 머릿속에는 어지럽게 흩어진 기억 조각들이 자꾸 떠다녔다. 예전에 그는 줄곧 초만녕을 미워하고 사명정을 사랑한다고, 자신의 희로애락은 다 이 두 사람과 관련 있다고 생각했다.

그러나 그는 그렇지 않음을 어렴풋이 느꼈다.

최근에는 종종 희미한 목소리가 들리고, 흐릿한 풍경이 보였다.

맹파당에서 세심하게 만두를 빚는 초만녕이 보이고, 자신이 초만녕에게 이렇게 말하는 게 들렸다.

– 사존, 우리 다시 시작해요, 네? 제발…… 저 좀 봐 주세요…….

달빛이 쏟아지는 해안 절벽이 보였다. 자신은 초만녕의 손을 꽉 잡고 있었지만, 초만녕은 계속 고개를 숙이고 있었다. 항상 날카롭던 봉안 언저리가 빨갰다. 초만녕이 자신에게 말하는 게 들렸다.

– 난 좋은 사람이 아니야. 지금껏…… 날 좋아한 사람은 없었다.

그와 초만녕이 객잔의 침상에서 필사적으로 뒤엉키는 모습이 보였다. 바깥에서 몰아치는 비바람은 그들과 아무 상관도 없는 듯했다.

홍련수사에서 초만녕이 속눈썹을 들어 올려 자신을 바라보는 모습이 보였다.

별안간 두려워졌다.

답선군은 눈을 번쩍 떴다.

이게 다 뭐지?

너무나도 다정하게 자신을 보는 초만녕을 봤다. 미약으로 괴롭히고 가둬 놓고 능욕하고 떼를 써도, 죽어도 가질 수 없었던 눈빛이었다.

답선군은 머리가 아파 왔다. 그가 손을 들자 태양이 날카로운 정이 박힌 손목 보호대를 비추었다. 그는 관자놀이를 문지르며 낮게 욕지거리를 내뱉었다.

"이 무슨 거지같은."

그는 지붕에 잠시 멍하니 서 있었다. 곤륜에 내리는 폭설에, 금세 어깨에 얼음과 서리가 내려앉았다. 그는 은근히 놀라고 있었다. 마치 단꿈을 꾼 것처럼 내심 이것도 좋다고 느꼈기 때문이다. 자신이 꿈에서 본 초만녕의 따스한 눈빛에 안정을 느끼다니.

"……본좌가 실로 미친 것인가."

그는 눈을 깜빡이며 황당한 생각을 떨치고 계속 앞으로 걸어갔다.

주인의 명령은 곤륜에서 영력이 가장 왕성한 곳으로 가 전생으로 통하는 시공생사문을 활짝 열라는 것이었다. 그래서 원래대로라면 북쪽으로 가야 했다. 그러나 천지를 본 순간, 그는 무의식적으로 길을 돌아가고 있었다.

그곳은 그가 초만녕을 영원히 잃은 곳이었다.

답선군은 뭔가를 억누르듯 그 자리에 뚝 멈춰 섰지만, 결국 참지 못하고 귀신에 홀린 듯 그쪽으로 향했다. 그런데 답설궁 복도를 지날 때, 갑자기 익숙한 목소리가 들렸다.

"아버지…… 어머니……."

너무나도 귀에 익은 목소리에 그는 발걸음을 멈추고 어둠 속에 몸을 숨긴 채 까만 눈으로 아래를 내려다봤다.

누구인지 확인한 그가 조롱 섞인 미소를 지었다.

"누군가 했더니, 너였군."

뜰에는 설몽 혼자였다. 술에 취해 고주망태가 된 설몽은 술 단지를 껴안고 탁자에 엎드려 있었다.

"이번에 네 부모는 본좌가 안 죽였다."

답선군은 꽤 흥미롭게 취한 설몽을 구경하다가 턱을 문질렀다.

"하지만 네가 슬퍼하는 걸 보니 무척 기쁜데. 전에 누구 덕에 가슴에 구멍이 뚫려서 말이야. 본좌는 아직 잊지 않았다고."

그러고는 히죽 웃었다.

"어때, 가슴 아픈 느낌도 꽤 좋지 않아?"

적막이 흐르는 뜰에 다른 사람은 없었다.

답선군은 잠시 아래를 응시하더니 무슨 마음이 들었는지 홱 몸을 날려 설몽 앞에 섰다.

술에 떡이 된 봉황의 아들은 그가 온 것도 모르고 여전히 술 단지를 만지며 안에 든 옥액경장[#21]을 입에 부어 넣으려 했다.

그런데 별안간 차가운 손이 적토로 빚은 술 단지를 잡으며

#21 옥액경장 玉液瓊漿. 신선이 마신다는 감미로운 술로, 빛깔과 맛이 좋은 술을 가리킨다.

그를 저지했다.

"넌…… 누구야……?"

"맞혀 봐."

설몽은 울어서 퉁퉁 부은 눈 한쪽을 간신히 뜨고 손을 따라 시선을 위로 옮겼다. 답선제군의 비웃음 서린 수려한 얼굴이 보였다.

답선군은 이렇게까지 상심한 설몽을 본 적이 없었다. 비록 전생의 설몽도 남몰래 여러 번 무너졌을 거라고 믿어 의심치 않지만, 자기 눈으로 직접 보는 건 처음이었다. 그는 입술을 핥았다. 너무나 재밌고 자극적이었다.

그는 몸을 숙이고 사냥감을 노려보듯 설몽을 응시했다.

"재미있군. 초만녕의 가장 자랑스러운 제자가 이렇게 술에 취해 고주망태가 된 모습이라니."

그는 돌 탁자 가장자리에 비스듬히 앉아 손을 뻗어 설몽의 턱을 들어 올렸다.

"네 젊을 적 모습을 보는 건 오랜만이군."

답선군은 어딘지 감회에 젖어 말했다.

"저쪽 세상에 오래 있었더니, 본좌는 네가 애송이 시절에 얼마나 건방진 얼굴이었는지 잊을 뻔했어."

그의 손가락이 설몽의 얼굴을 쓸며 조금씩 위로 올라갔다.

뺨을 지나 코, 눈썹을 스친 손끝이 마지막에는 세지도 약하지도 않게 이마를 쿡 찔렀다.

"설몽, 그거 알아? 본좌는 사실 몹시 후회하는 일이 하나 있거든."

멍한 설몽의 눈을 보며 그는 서서히 소름 끼치는 미소를 지었다.

"전생에서 본좌는 좋은 마음으로 널 살려 줬는데, 너는 되레 본좌를 죽이려고 했잖아. 가끔 본좌는…… 애초에 널 죽였어야 하는 것이 아닌가 생각해."

그가 말을 이었다.

"사람은 말이지, 산다고 꼭 즐거운 것도, 죽는다고 꼭 고통스러운 것도 아니야."

답선군의 목소리가 조금씩 음침해졌다.

"설몽, 부모님 곁으로 가고 싶어?"

그는 말하면서 점점 더 몸을 숙였다.

차가운 콧김이 설몽의 뺨을 스치고, 서늘한 손가락 두 개가 설몽의 목에 있는 동맥을 짚었다. 그 와중에 그의 눈은 계속 설몽의 눈에 고정되어 있었다.

그는 눈물 젖은 몽롱한 눈에 비친 자신을 보며, 인간 세상에 강림한 귀신 같다고 생각했다.

"이 세상 사람들은 결국 다 죽을 거야."

답선군은 치아를 드러내며 기분 나쁜 미소를 지었다.

"그래도 반평생을 형제로 지냈는데, 이왕 이렇게 만났으니 네가 괴로움에서 일찍 벗어날 수 있도록 본좌가 널 죽여 주지."

손가락에 힘을 준 그때였다.

"형……."

갑자기 봄의 새싹이 땅을 뚫고 올라오는 듯한, 너무나도 당황스러운 속삭임이 들렸다.

답선군은 멈칫했다.

설몽이 그를 봤다. 술기운 속에서 이제야 눈앞의 사람을 알아봤는지, 눈물이 그렁그렁한 눈으로 흐느끼며 비틀비틀 일어나 바다 한가운데에 떠 있는 부목을 잡듯 답선군의 차가운 팔을 잡았다.

"형……."

설몽이 그를 불렀다.

설몽이 어찌 두 묵연의 미세한 차이를 구분할까. 그는 눈앞에 있는 사람이 묵연이라고, 그의 가장 걱정 없던 시절을 함께한 형제가, 자신의 가족이 마침내 돌아왔다고 생각했다.

이번에는 똑똑히 들었다. 답선군은 자신이 잘못 듣지 않았다고 확신했다. 조금 충격이라 무슨 표정을 지어야 할지 알 수 없었다.

머릿속이 너무 혼란스러웠다.

그사이, 답선군의 눈앞에 어렴풋한 환영이 스쳐 지나갔다. 자신과 설몽이 홍련수사에 앉아 술과 차를 나눠 마치며 달빛 아래에서 잔을 부딪치고 있었다.

"……이것도 그놈의 묵 종사가 했던 일인가?"

"형."

술에 취해 몽롱한 눈을 한 설몽이 답선군의 품을 파고들었다. 억누르며 참던 울먹임이 흐느낌으로 바뀌더니 결국 오열이 되고 통곡이 되었다.

"가지 마……. 나만 두고 가지 마……."

그러다 또 뭔가가 생각났는지 그가 부들부들 떨기 시작했다.

입술도 파랗게 질렸다.

"아버지를 죽이지 마, 우리 부모님을 괴롭히지 마……. 그 사람들은 내가 죽였어. 그러니까 우리 부모님 해치지 말고 다 나한테 풀어……."

굵은 눈물이 뚝뚝 떨어져 답선군의 가슴을 적셨다.

"안 돼……. 우리 형의 심장을 꺼내지 마……."

되풀이되는 오열에 답선군은 그를 죽이려던 손을 천천히 내려놓았다. 그는 그 자리에 얼어붙어 가만히 있다가 설몽을 밀쳐 내려 했다. 하지만 설몽이 그를 꽉 껴안았다. 형제이자 가족인 그를.

그렇게 천천히, 심장에서 가장 가까운 곳이 눈물로 흠뻑 젖어 갔다.

답선군은 결국 도망치듯 몸을 날려 복도에 몸을 숨긴 채, 눈 속에 웅크려 무릎을 껴안고 통곡하는 설몽을 봤다.

그의 기억 속에서 설몽은 항상 난폭하고 오만하고 기세등등하고 예민하고 각박한 사람이었다. 그러나 지금 눈보라 속 그는 영원히 형을 잃은 아이에 불과했다.

그 자리에서 아주 오랫동안 우는 설몽을 지켜봤다. 마침내 설몽이 몸을 일으켰다. 술이 깬 것일까, 울다 지친 것일까. 그는 망연하게 뜰에 서 있더니, 술 단지를 품에 안고 매화꽃 사이 깊숙한 곳으로 걸어갔다. 목적지 없이 멍한 표정으로 멀리, 멀리 걸어갔다.

답선군은 눈 덮인 땅을 봤다. 한 방향으로만 찍힌 삐뚤빼뚤한 두 줄의 발자국이 눈보라가 휘날리는 저편, 설몽이 사라진 곳까지 쭉 이어져 있었다.

몰아치는 칼바람 속에서 별안간 차가운 노랫소리가 들렸다. 설정옹이 생전에 자주 부르던 촉의 단가가 설몽의 목에서 흘러나와 곤륜 답설궁에 메아리쳤다.

"고인이 귀신 되어, 오늘처럼 취한 날 만나기를 바라네."

음색은 앳됐으나 곡조는 온갖 세파를 다 겪은 그것이었다.

"월계수 아래에서, 함께 술잔을 기울이는 그의 머리가 세었네."

눈이 청년의 검은 머리카락을 덮었다.

갈라진 목소리 사이로 쉬익쉬익 눈보라 소리가 섞였다.

"햇빛에 꿈에서 깨어 멀리 떠났고……."

목소리가 점점 멀어지더니 희미해졌다. 어쩌면 설몽이 멀리 간 것이 아니라 눈물 때문에 소리가 잘 나오지 않는 것일지도 몰랐다.

"이 늙은 몸은 눈물을 머금네……."

이 늙은 몸.

그는 겨우 스물두 살이지만 술에 취해야만, 꿈을 꿔야만 환한 미소를 짓는 옛 친구와 만날 수 있었다. 아직 한창인 나이건만, 술을 마셔야만 자애로운 부모님과 옛 친구를 볼 수 있었다.

설몽은 고개를 치켜들었다. 눈가에 걸린 눈물이 떨어지는 것을 참으려는 듯했다. 그러나 눈앞을 어지르는 눈보라에 그는 자신이 참지 못한 것도 몰랐다.

눈을 감고 길게 울부짖는 그의 소리가 하늘까지 울렸다. 하늘에 묻고, 땅에 말하는 듯했다.

"남은 세월 그와 함께하기 바라지만, 그는 술을 가지고 왔다가 다시 떠났네!"
그는 기를 모아서 손에 든 술 단지를 깨트렸다.
그러고는 두 손을 활짝 펴고 그대로 눈밭에 쓰러졌다. 그는 더 앞으로 나아가고 싶지 않았다. 앞에는 무엇이 있을까? 어딜 가든 얼음과 눈으로 뒤덮인 땅만 있을 뿐 익숙한 사람도, 집도 없었다.
조금 전 꿈속에서 본 묵연도 가짜였다. 모두 다 거울에 비친 꽃처럼, 물에 비친 달처럼 순식간에 사라져 버렸다.
설몽은 눈밭에 한참 누워 있다가 손을 들어 눈을 가렸다.
혈색이 옅은 입술이 살짝 벌어졌다가 닫혔다. 뜨거운 눈물이 주르륵 흘러내렸다.
"왜 다들 나만 두고 그렇게 가 버렸어."
갑자기 목이 메어 소리가 잘 나오지 않았다.
"왜…… 왜 나만 남겨 뒀어……."
사실 두 번의 생에서 마지막에 그는 항상 혼자 남았다.
답선군은 몰아치는 거센 바람 소리가 설몽의 목소리를 집어 삼키는 것을 들으며 그가 사라진 곳을 바라보았다. 꼼짝도 하지 않고 용마루 위에 서 있는 답선군의 장포가 바람에 거세게 휘날렸다. 그는 손을 들어 가슴 위에 올렸다. 이건 대체 무슨 감정일까.
옛 친구를 찾으니 반은 귀신이 되었다.
설몽이 그러한데 답선군이라고 어찌 아니겠는가?
전생의 무산전은 텅텅 비었고, 결국 그 혼자 외로이 남았다. 그는 자기 방 안에 향로가 어디 있었는지도 기억나지 않았고,

소년 시절 입던 낡은 옷을 입지도 못했다. 가끔 문파에서 수련하던 시절에 하던 농담이 툭 튀어나왔지만, 주변에는 온통 긴장으로 가득 찬 공손한 얼굴뿐이었다.

그의 말을 알아듣는 사람은 없었고, 그 누구도 그를 이해하지 못했다.

그를 이해하는 사람은 저승으로, 하늘로 갔다.

답선군은 천천히 천지에 도착했다. 험한 날씨 탓에 저 멀리 안개 자욱한 숲에는 서리가 눈처럼 내려앉고, 천지 위로는 눈발이 세차게 날렸다. 그는 생각도 없고 차가움도 따뜻함도 모르는 목각 인형처럼 무표정하게 그곳에 서 있었다.

그렇게 눈과 서리가 그를 덮도록 내버려 뒀다.

“초만녕…….”

그가 작게 탄식했다.

“만약 그때…….”

만약 그때 뭐?

그는 더 말하지 않고 눈을 꼭 감았다.

애초부터 ‘만약 그때’ 따위는 없었다. 그는 답선제군이고, 수진계에서 그 누구도 닿을 수 없는 높고 귀한 자리에 있었다. 그는 후회가 뭔지, 뉘우치는 것이 무엇인지 모른다.

일어날 일은 모두 일어났다.

그는 후회를 말하지도, 패배를 논하지도 않을 것이다.

설령 만신창이가 되고 만인이 등을 돌려도, 이건 그가 선택한 길이었다. 아무리 가시밭길이라고 해도 그는 꾹 참으며 걸어가야 했다.

그러나 끝없이 너른 하늘과 설원이 맞닿은 이곳은 그 어떤 시선도 없고, 무슨 짓을 한들 누구도 알 수 없는 곳이었다. 답선군은 뒷짐을 지고 오랫동안 서 있다가 갑자기 생각지도 못한 일을 했다. 무릎을 꿇은 것이다.

그는 초만녕이 당시 전사한 곳에 긴 절을 올렸다.

일 배(拜).

이 배.

그리고 삼 배.

답선군이 고개를 들었다. 두건 아래로 드러난 속눈썹에 서리가 맺혀 있었다. 엄숙한 표정 속에 어떤 생각이 숨어 있는지 아는 사람은 아무도 없었다. 곧 몸을 일으킨 그는 오랜 염원을 이룬 것처럼 아무 말 없이 검은색 장포를 펄럭이며 곤륜산에서 영기가 가장 왕성한 곳으로 날아갔다.

답선제군이 나선 이상 천하에 그를 막을 수 있는 자는 없었다. 사명정의 선택은 옳았다. 그는 세상에서 가장 무시무시한 영력을 가졌고, 누구도 따라잡을 수 없는 엄청난 내공을 지녔다.

시공생사문은 이제 곧 열릴 것이다.

288장 사생지전, 한 줄기에 핀 두 송이 겨울 매화

설몽은 땅에 누워 있었다. 술에 취해 정신이 없으니 방금 세상에서 가장 끔찍한 악마를 만난 것도 몰랐다. 곤륜산 꼭대기를 덮은 하얀 눈이 봄날의 버들처럼, 가을의 갈대꽃처럼 하늘하늘 떨어져 하늘을 향해 누운 그를 덮었다.

얼마나 지났을까. 누군가 선홍빛 종이우산을 쓰고 눈 속에서 다가왔다. 가늘게 눈을 뜨고 살피니, 냉담한 얼굴이 보였다.

"매……."

설몽이 작게 중얼거렸다. '함설'이라는 두 글자가 나오지 않았다. 그는 너무 지쳐 있었다.

"그래, 나다."

매함설은 별말 없이 그를 일으켜 세웠다.

설몽은 갈 생각도 않고 매함설의 어깨에 기대어 물었다.

"술 있어?"

매함설이 말했다.
"없어."
설몽은 제대로 듣지도 않은 채 말했다.
"그래, 그래. 나랑 한잔할래?"
"……아니."
잠시 말이 없던 설몽이 피식 웃었다.
"너 이 개자식. 예전에 내가 안 마신다고 했을 때는 내 입에 술을 들이붓더니, 이번엔 내가 술 마시자고 하니까 안 마신다고 하네. 나랑 장난해?"
"술 끊었다."
설몽은 또 혼자 구시렁거렸다. 욕을 하는 것 같았다. 그러더니 매함설을 밀치고 발이 푹푹 빠지는 망망한 눈밭을 걸었다. 매함설은 우산을 쓴 채 그의 굽은 뒷모습을 가만히 바라보다가 물었다.
"어디 가는 거야?"
설몽도 자신이 어디로 가는지 몰랐다. 그저 술이 부족해서 죽을 만큼 취하지 못한 게 답답할 뿐이었다.
매함설이 말했다.
"돌아와. 앞엔 길 없어."
설몽이 걸음을 뚝 멈췄다. 그는 멍하니 그 자리에 서 있다가 갑자기 울부짖기 시작했다.
"내가 제기랄, 술이 마시고 싶다고! 근데 왜 못 마시게 해! 안 마시면 안 마시는 거지, 왜 술 끊었다고 거짓말하는데! 네가 그러고도 인간이야?"

"……거짓말 아니야."

설몽은 아예 듣지도 않고 목 놓아 울었다.

"너희가 인간이냐고!"

"……."

"이 몸이 심기가 불편하다고! 보고도 모르겠어?"

매함설이 말했다.

"알아."

살짝 멈칫한 설몽은 이내 더 서러워져 코끝까지 빨개졌다.

"그래…… 알겠어. 알면서도 나랑 안 마시겠다는 거지. 내가 공짜로 네 술 마실까 봐 그래? 잘 들어, 사실 나 그렇게 가난하지 않아……."

그는 진짜로 주머니를 뒤져 동전을 주섬주섬 꺼내더니 이리저리 세다가 난감한 듯 말했다.

"어라, 왜 이것뿐이지?"

매함설은 머리가 아픈 듯 이마를 짚으며 말했다.

"설몽, 너 취했어. 쉬는 게 좋겠다."

설몽이 대답하기도 전에 뒤에서 뽀드득뽀드득 발소리가 울렸다. 곧 온화한 목소리가 들렸다.

"형, 취한 사람이랑 무슨 하나 마나 한 이야기를 하고 있어?"

말이 끝나기 무섭게 명주실로 만든 장갑을 끼고 양가죽 주머니를 든 손이 뻗어 왔다. 손목에는 은방울이 딸랑거렸다. 매함설이 눈을 흘기며 고개를 돌렸다.

그의 뒤에는, 그와 똑같이 생겼지만 웃음기가 짙고 부드러운 얼굴을 한 남자가 서 있었다.

"술꾼을 만났을 때는 딱 두 가지 방법밖에 없어."

남자가 배시시 웃었다.

"쓰러질 때까지 술을 먹이거나, 때려서 기절시키거나."

"……."

남자는 매함설을 보며 눈을 찡긋했다.

"형은 술 끊었잖아. 먼저 돌아가. 내가 같이 술 마실 테니까."

부드럽게 춤추며 모락모락 피어오르는 연푸른색 연기가 깊은 정취와 함께 알 수 없는 분위기를 자아냈다.

답설궁 대사형의 침실에 값비싼 용연향이 짙게 퍼졌다. 바닥에는 발꿈치까지 푹 빠지는 푹신하고 새하얀 융단이 깔려 있었고, 주위를 감싼 얇은 휘장은 밤인지 아침인지도 모르고 바람에 따라 나부끼다 가만히 내려앉곤 했다.

맨발을 한 매함설은 손으로 머리를 받친 채 하얀 융단에 누워 옥처럼 하얀 발가락을 꼼지락거렸다. 그의 푸른 눈동자는 가부좌를 틀고 앉아 술을 벌컥벌컥 마시는 설몽을 향해 있었다.

술이 세 잔 정도 오간 후 매함설이 웃으며 물었다.

"이봐, 자명. 안 놀랐어?"

"뭘 놀라?"

"내가 둘이잖아."

"……아."

매함설이 고개를 가로저었다.

"네가 주량이 얼마나 약한지 깜빡했네. 술에 취하면 머리가 정상이 아니니까 놀라지도 않았겠지."

"흥."

"네가 알아차렸을지는 모르겠지만, 그날 사생지전에서 검을 막아 준 사람은 우리 형이었어."

"기억 안 나."

매함설이 말했다.

"형의 무기, 삭풍을 봤잖아. 은색 현철로 주조한 검 말이야."

설몽은 인상을 쓰며 애써 기억을 떠올렸다.

"……그런데 그날 대전에서 내 방패가 되어 준 사람은 엄청 못생겼던데. 무기도 은색이 아니라, 그…… 그……."

"푸른색이었지."

매함설이 이해한다는 듯 고개를 끄덕였다.

"그날 형이 화도 나고 마음도 급해서 영력을 불어 넣었어. 평소에는 영력을 잘 넣지 않거든. 형은 잔인한 걸 별로 안 좋아해."

"……."

"그 검은 우리가 서로 바꿔 가면서 써. 내 영핵은 수, 목 속성이고, 형의 영핵은 수, 화 속성이야. 기회가 되면 녹색, 붉은색, 푸른색의 영력을 볼 수 있을걸. 하지만……."

그가 말을 멈췄다. 설몽이 별로 흥미가 없어 보였기 때문이다. 설몽은 반쯤 듣다가 심드렁한 얼굴로 술을 마시고 있었다.

매함설은 눈살을 찌푸렸다.

그는 문득 설몽이 평소 건방 떨던 모습과 달리 냉담해 보인다고 생각했다. 이런 냉담함은 설몽이 아닌 다른 누군가를 떠올리게 했다.

누구였더라?

바로 생각나지도 않았고, 생각하기도 귀찮았다. 그는 항상 이 금빛 향로가 뿜는 은은한 연기처럼 나른하게 살았다. 흐느적거리며 흘러가는 대로.

설몽은 양가죽 주머니 하나를 비우고는 매함설에게 물었다.

"술 더 없어?"

"있는데 너 이미 많이 마셨어. 더 마시면 안 돼."

설몽이 말했다.

"천 잔을 마셔도 안 취해."

매함설이 웃었다.

"미쳤구나?"

그러면서도 그에게 술을 건넸고, 넘겨주기 전 다정하게 말했다.

"마지막이야. 더 줬다가 형한테 걸리면 형이 날 산 채로 찢어 죽일 거야."

설몽은 냉랭한 표정으로 천천히 술을 마셨다.

설몽 같지 않았다.

마시고 또 마시던 설몽이 별안간 이렇게 중얼거렸다.

"형이 있구나."

"아."

매함설이 웃으며 말했다.

"그래, 계속 얘기했잖아. 방금 너도 봤고."

나비가 내려앉은 듯한 긴 속눈썹 아래로 보이는 설몽의 눈빛이 흐리멍덩했다. 그가 또 중얼거렸다.

"나도 형이 있어."

"응, 알아."

기둥에 기대앉아 있던 설몽은 가부좌를 너무 오래 틀고 있어서 다리가 저렸는지, 한쪽 다리를 펴고 매함설을 잠시 응시했다.

그러다 갑자기 그에게서 냉랭한 기색이 사라지더니 얼굴이 환하게 빛났다. 그러나 이런 환한 얼굴의 설몽 역시 설몽 같지 않았다.

그가 배시시 웃으며 물었다.

"어이, 너희 형은 잘해 줘?"

매함설은 그의 변화가 어딘지 이상했다. 설마 이게 녀석의 주사인가? 그럼에도 그는 답했다.

"……꽤 잘해 줘."

"하하하, 뭘 그렇게 말을 아껴. 꽤라니, 어떻게 잘해 준다는 거야? 무기도 만들어 주고, 네가 아플 때 국수도 끓여 줘?"

매함설이 미소 지으며 말했다.

"그러지는 않지만, 여인을 막아 주지."

"……."

"나는 헤어진 상대가 울고불고하는 모습, 별로 안 좋아하거든."

매함설이 말했다.

"그런 곤란한 일을 형이 대신 처리해 주지. 형은 나보다 일처리가 깔끔해. 감정이 없어서 딱 잘라 끊을 줄 알지. 형은 진짜 여자에게 흥미가 없어서 그 나이 먹도록 여자 손 한번 안 잡아 봤다고."

설몽이 코를 찡긋거렸다.

"네 형 이름이 뭐야?"

"매한설."

"너랑 똑같네?"
"한 글자가 달라."
그가 웃었다.
"형은 '찰 한(寒)' 자를 써. 성격이랑 잘 어울리지."
설몽이 잔소리하듯 말했다.
"너희는 뭐 하러 그런 꼼수를……."
"편하잖아. 두 명이 했다면 하나도 이상할 것 없는 일이 한 명이 한 것처럼 보이면 사람들은 혼란에 빠지지. 궁주께서는 그걸 원하셨고, 그래서 어렸을 때부터 나랑 형을 그렇게 키우셨어."
매함설은 그렇게 말하며, 향로 뚜껑을 열고 은 숟가락으로 재를 뒤적이더니 추위를 쫓고 정신을 안정시켜 주는 향료를 넣었다. 그가 부드러운 목소리로 말을 이었다.
"나랑 형은 항상 인면 가면을 가지고 다녔어. 형이 가면을 쓰면 나는 얼굴을 내놓고 다니고, 내가 쓰면 형이 진짜 얼굴로 다녔지. 그렇게 벌써 이십 년이 훌쩍 넘었어."
"안 힘들어?"
"전혀. 꽤 재미있어."
매함설이 웃었다.
"그런데 형은 힘든가 봐. 내가 너무 여자를 울리고 다녀서 나갈 때마다 여수사들을 피해 다녀야 한다고 투덜대."
설몽은 여수사들에게 둘러싸인 기분을 느낀 적이 없었다. 그래서 그는 자신과 매한설의 상황이 별반 다르지 않다고 생각했다. 이 나이가 되도록 여인의 손 한번 만져 본 적이 없으니 말이다.

하지만 이런 일은 자랑거리가 아니었다. 그래서 그는 무뚝뚝하게 술을 마시며 침묵을 유지했다.

매함설은 그가 고주망태가 되어 제정신이 아니라고 생각했다. 그런데 갑자기 설몽이 물었다.

"왜 날 구했지?"

말투가 또 변했다. 이번에는 무척 부드러운 말투였다.

이런 부드러움이 설몽의 얼굴에 떠오르니 엄청난 위화감이 느껴졌다. 아까 보였던 환한 빛보다, 그 전에 보였던 냉담함보다 훨씬 더 거슬렸다.

매함설은 결국 참지 못하고 일어나 앉아 은방울이 달린 손으로 설몽의 턱을 잡고 좌우로 돌리며 말했다.

"이상하네. 설몽이 맞기는 한데, 왜 이러는 거야?"

설몽은 뿌리치지 않고 매함설이 하는 대로 내버려 둔 채 칠흑같이 까만 눈으로 그를 가만히 쳐다보다가 다시 물었다.

"왜 사생지전을 돕는 거지? 나랑 친했던가?"

"그렇게 친하지는 않지."

매함설이 말했다.

"어렸을 때 너와 놀긴 했지만, 하루는 나였고 하루는 형이었어. 그래서 사실 내가 너랑 보낸 시간도 열흘 정도밖에 안 돼."

"왜 날 거둬 준 거야?"

매함설은 한숨을 쉬었다. 그는 가느다란 손가락을 뻗어 설몽의 미간을 쿡쿡 찔렀다.

"네 부모님께서 내 어머니의 목숨을 구해 주셨으니까. ……

어머니는 쇄엽성 출신이야. 너도 알다시피 쇄엽에는 악귀가 아주 많아. 어머니는 우리 형제를 낳고 곤륜 답설궁으로 보냈어. 그런데 어느 날, 악귀 때문에 쇄엽성에 소란이 일어 심각하게 사상자가 발생했지. 어머니는 간신히 도망쳤지만, 한쪽 다리가 부러지고 말았어."

새로 피운 향료에서 소나무의 청량한 향이 풍겼다.

매함설이 웃었다.

"돈 한 푼 없이 떠돌다가 곤륜산 자락에 도착했을 때, 거의 죽기 직전이셨지."

그의 표정은 여전히 부드러웠다. 물방울 모양의 붉은색 장식이 이마에서 반짝거렸다.

"그때 마침 네 부모님이 곤륜 답설궁을 처음으로 방문하셨다가 위독한 어머니를 발견하신 거야. 두 분은 어머니의 출신을 묻지도, 돈을 받지도 않고 제일 좋은 약으로 어머니를 치료해 주셨어. 그리고 아들들을 찾으러 왔다는 이야기를 듣고는 어머니를 업고 곤륜산을 오르셨지."

순간 말이 없어진 설몽은 멍하니 듣고만 있었다.

한참 뒤 그가 물었다.

"그럼 네 어머니는 어떻게 되셨어?"

"병이 너무 깊었어."

매함설이 고개를 저었다.

"살릴 방법이 없어서 결국 돌아가셨지. ……그래도 두 분 덕에 우리는 어머니의 마지막을 볼 수 있었어."

밖에서 불어온 바람이 방 안의 연기를 흩트리고, 처마 끝에 달린 풍경을 흔들었다.

흐르는 물소리처럼 맑은 소리가 울렸다.

"그동안 두 분은 별일 아니라고, 은혜라고 할 것도 없다고 하셨어. 나중에는 이 일을 아예 잊어버리신 것 같지만, 나와 형은 잊지 않았지."

매함설이 푸른 눈동자로 평온하게 설몽을 봤다.

오랜 시간이 흐른 일이었다. 그 이야기를 하는 그의 눈에는 슬픔이 아닌 부드러움이 떠올라 있었다.

"그날 설 백부는 어머니를 업고, 왕 백모는 옆에서 우산을 받쳐 주셨어. 어머니가 풍한에 걸릴까 봐 걱정하셨지. 대전에 도착한 두 분이 제일 먼저 꺼낸 이야기는 사생지전의 일도, 답설궁과 맹약을 맺거나 우호를 다지자는 말도 아니었어. 쇄엽성에서 온 쌍둥이가 있냐는 거였지."

내리깐 연한 금색 속눈썹이 그의 깊고 푸른 눈동자를 가렸다.

"솔직히 말하면, 내가 살면서 봤던 분들 중 가장 훌륭한 장문과 장문 부인이셨어."

설몽이 흐느꼈다.

"아버지, 어머니가……."

매함설은 '그래'라고 하며 말했다.

"네 아버지와 어머니가."

손바닥에 얼굴을 파묻은 설몽의 어깨가 미세하게 떨렸다. 그는 또 눈물을 흘렸다. 이번 생에서 흘릴 눈물을 몇 달 동안 겪은 이별에 다 흘리는 것 같았다.

그가 울었다. 그리고 마침내 다시 원래의 설몽으로 돌아왔다.

그때, 매함설은 번뜩 깨달았다.

방금 그가 냉담하게 뱉은 '천 잔을 마셔도 안 취해'라는 건 초만녕을 말했다.

감상에 젖어 '나도 형이 있어'라고 한 건 묵미우를 뜻했다.

부드럽게 던진 '왜 날 구했지'라는 질문은 사명정을 향한 것이었다.

설몽은 그들의 작은 것 하나하나를, 눈짓과 미소, 앉아 있거나 서 있는 모습, 화내거나 고뇌하는 모습 등을 서툴지만 열심히 되새김질하고 있었다.

과거에 그는 무뚝뚝한 초만녕이, 활력 넘치는 묵미우가, 다정한 사명정이 옆에 있는 것에 익숙했다. 과거의 그에게는 사존이 있었고, 사촌 형이 있었고, 벗이 있었다. 그는 이 모든 것이 당연하다고 생각했고, 그래서 소중히 여기지 않았다.

그러나 하룻밤 사이에 갑자기 몰아친 거센 비바람에 초목이 쓰러지고, 산이 무너지고, 강이 범람했다.

비가 그치니 그만 홀로 그 자리에 있었다.

그들 모두 사라졌다.

설몽은 홀로 탁주를 들고 마셨다. 하나가 셋이 됐다.

그는 울다가 웃다가 냉담해졌다가 밝아졌다가 부드러워졌다. 그는 그들을 좋아했다. 그래서 공손하게, 거만하게, 어색하게 좋아하는 마음을 표현했었다.

어쩌면 제대로 표현하지 못했을지도 모른다. 사존에게는 항상 미련하게, 사촌 형에게는 항상 날카롭게, 사매에게는 항상 덤덤하게 마음을 드러냈었다.

술을 다 마신 설몽이 천천히 몸을 웅크렸다. 몸을 아주 작게 웅크린 그의 눈가는, 빨갰다.

그가 말했다.

"내가 나빴어……. 내 잘못이야……."

그러니까 다들 돌아와 줘.

그는 이제 거만을 떨지도, 제멋대로 굴지도, 주저하지도, 무시하지도 않았다.

설몽은 흐느끼며 이마를 무릎에 붙였다. 그의 온몸이 미세하게 떨렸다. 그가 울면서 말했다.

"돌아와……. 날 혼자 두지 마."

죽은 사람이 돌아올 수 있다면, 모든 걸 처음으로 되돌릴 수 있다면. 그는 하늘의 총아라는 명성도, 사생지전 소주의 위엄도 필요 없었다.

그는 솔직하고도 열렬히 그들에게 알려 주고 싶었다.

나는 정말, 정말 당신들을 좋아해. 당신들이 없으면 안 돼. 내 인생에서 당신들이 빠질 순 없어.

기꺼이 영핵을 내놓고, 기꺼이 천금을 바칠 수 있었다.

모든 것을 바쳐 그들과 모여 함께 웃고 떠들고 싶었다.

매함설은 슬픔에 잠긴 설몽을 보고 작게 탄식하더니, 손을 들어 그의 얼굴을 쓰다듬으며 위로의 말을 건네려 했다. 그런데 그때, 갑자기 궁 밖에서 우르릉하고 낮은 굉음이 들렸다. 겹겹의 구름을 뚫고 떨어진 천둥이 대지를 흔드는 것 같았다.

진동은 한참 동안 지속됐다. 설원 깊숙한 곳에서 거대한 괴물이 깨어나, 언제라도 숨을 내쉬며 힘차게 솟아올라 해와 달을 삼킬 것 같았다.

뭔가 잘못됐다고 느낀 매함설은 설몽을 잘 눕히고 문을 나섰다. 그때, 패검을 쥔 형이 휘장을 걷어 올리고 성큼성큼 들어왔다.

형의 안색은 극도로 어둡게 가라앉아 있었다.

"당장 대전으로 가자."

매함설이 깜짝 놀라 물었다.

"왜 그래? 방금 그건 뭐야?"

항상 냉정하던 그의 형이 입술을 짓씹더니 이렇게 말했다.

"동북쪽에 거대한 미지의 법진이 나타났어. 어쩌면 묵 종사의 말처럼 시공생사문이 열릴 것 같다."

二哈和他的白猫師尊

바보 허스키와 그의 흰 고양이 사존 11

초판 1쇄 발행 2021년 12월 31일
지은이 육포부흘육 **옮긴이** 어썸스토리 **감수** 치치
펴낸이 신현호
편집장 김승신 **책임편집** 원현선
본문조판 양우연 **마케팅** 김민원
펴낸곳 (주)디앤씨미디어 **출판등록** 2002년 4월 25일 제20-260호
주소 서울시 구로구 디지털로 26길 111 제이앤케이디지털타워 503호
전화번호 02.333.2513
B-Lab 공식 트위터 twitter.com/B_lab_BL/

ISBN 979-11-278-6163-6 04820
ISBN 979-11-278-6152-0 (세트)

정가 13,000원

晋江文學城
WWW.JJWXC.NET

Published originally under the title of《二哈和他的白猫师尊》

Illustrated by dugong